U0493700

长篇报告文学

李延国 许晨 ◎著

无衔将军
——优秀军转干部王福波的命运创新

人民出版社

我也是一名军转干部。

　　铁打的营盘流水的兵。早在革命战争年代，就有一批又一批在军队工作的同志服从组织安排到地方工作，为夺取中国革命胜利建功立业。新中国成立后，大批军队干部转业地方工作，为加强政权建设、恢复和发展国民经济作出了重要贡献。在新的历史时期，广大军转干部顾全大局、无私奉献，成为改革开放的时代弄潮儿，作出了骄人业绩。我们要广泛宣传他们的先进事迹，使之成为培育和践行社会主义核心价值观的生动教材，成为弘扬奋力拼搏、开拓进取精神的生动教材，在全社会形成向模范人物看齐的良好风尚。

——习近平

（2014年5月27日，在接见第六次全国军转表彰大会代表时的讲话节录）

目 录

序　章　兵歌里的壮士们 …………………………………………… 1

第一章　壮别将军梦 ………………………………………………… 7
　　播种血性 ………………………………………………………… 8
　　将军之门 ………………………………………………………… 14
　　绿色基因 ………………………………………………………… 20
　　义无反顾 ………………………………………………………… 22

第二章　"将军"变成"破烂王" …………………………………… 29
　　痛苦的抉择 ……………………………………………………… 30
　　"旱鸭子"下海 ………………………………………………… 36
　　"破帽遮颜过闹市" ……………………………………………… 41
　　从战争中学习战争 ……………………………………………… 46

第三章　人生能有几回搏 …………………………………………… 53
　　又一个轮回 ……………………………………………………… 54
　　置之死地而后生 ………………………………………………… 62

走向"大世界" 71
商场亦战场 77

第四章 业道酬精
建筑物的"癌症" 86
孙子干成"爷爷辈" 89
防水也称"王" 94
民企姓"国" 99

第五章 夺下达摩克利斯之剑
转向新战场 108
"天下第一难" 112
"天敌"变朋友 118
锦绣中华情 128

第六章 财富藏在舍得中
承接苦难的人 136
资本的向导 145
丹柯之心 153
仁者为师 171

第七章 崛起的文化城
文化之城 188
文化的召唤 193
文化的地基 200
文化的求索 209

第八章　基业长青 ·· 217
"福汉集团军" ·· 218
在商言人 ·· 228
银发参谋部 ··· 253
青鸟归乡 ·· 266

第九章　路向远方 ·· 273
叫"三妮"的男娃 ··· 274
黄河少年 ·· 282
亦师亦友南怀瑾 ··· 292
王福波论商道 ·· 299

后　记 ··· 307

序章　兵歌里的壮士们

章 首 语

　　能够被称为一名真正的军人，不在于是否穿着一身军装，而是看他对祖国和人民，是否终生拥有忠诚和血性，并为之作出奉献。因而，我们以文学的名义，授予他们其中的佼佼者这样一个称号：无衔将军！

——作者

> 我是一个兵，
> 来自老百姓。
> 打败了日本侵略者，
> 消灭了蒋匪军。
> 我是一个兵，
> 爱国爱人民。
> 革命战争考验了我，
> 立场更坚定，
> ……

如果你曾唱着这首军歌在队列里走过，那么你的一生都不会丢失这种旋律，不论你走向天南地北，还是天涯海角，你的脚步永远都会踏着它的节拍前进。

阳春三月的一天，在山野秀美的胶东半岛上，走来一队引吭高歌、英姿勃勃的队伍。虽说时光的车轮驶进了21世纪，炮火的硝烟早已消失在历史深处，可这支队伍步伐是那么的铿锵有力、气壮山河，犹如奔赴战场的一支劲旅，边走边唱着诞生在战争年代的这首军旅歌曲，斗志昂扬。

他们都已不是年轻的士兵，但他们曾经作为年轻的士兵，在这片土地上走过、唱过、守卫过。

这是一支从岁月中走来的队伍。他们大部分年过半百，乃至年过花甲，有的西装革履打着鲜艳的领带；有的穿着时下流行的老年夹克衫，拉着整齐的拉链儿；有的着一身中式便装，如邻家叔伯，但却依然精神抖擞、豪气冲天。

队伍前拉着一条红底黄字的横幅，上面醒目地印着："炮兵第8师第47团老战士'梨乡情·故地游'活动。"

他们是一群退伍、转业的老兵，重访老军营来了。

序章　兵歌里的壮士们

解放军炮兵第 8 师第 47 团是一支英雄的部队，诞生于血火交织的解放战争时期，参加过辽沈战役、平津战役和抗美援朝、对越自卫反击战等。打出了军威、打出了国威、立下了赫赫战功。和平年代，他们驻防山东烟台地区莱阳北官庄。军事训练、战备值班，支援地方建设，培育和锤炼了一批批有担当、有情怀、有血性的干部和战士。

当来到昔日的驻地，当看到曾经居住过的旧营房时，这些来自四面八方、饱经人世间风霜雨雪的男子汉，再也抑制不住自己的感情，忽然变得像个小孩子，一个个竟然眼圈红红的，甚而流下了热辣辣的泪水。直到重访军营活动正式开始，他们才悄悄擦了擦湿润的面颊，按军旅习惯整理一下着装，挺直腰板，站在当年团队集合的场地上，整齐如昔、威武依然。

随着主持人在主席台上宣布联谊会议程，一位身高一米八多、脸盘方正、浓眉大眼的中年汉子大步走上讲台致辞。

他是谁？

他就是本书的主人公，曾经在这支部队服役 8 年，如今的优秀军转干部——山东福汉集团的董事长王福波。

在一片热烈的掌声中，他操着一口浓重的鲁西南乡音说：

尊敬的各位老首长、老战友：

　　大家上午好！

几十年前，我们这些风华正茂、朝气蓬勃的热血青年，怀揣着报效祖国的赤胆忠心，期望着前程似锦的美好未来，从祖国四面八方投身到了向往已久的中国人民解放军大熔炉中，来到了炮兵第 8 师第 47 团这所火热的军营，开始了人生旅途中的崭新生活。

我叫王福波，来自美丽的牡丹之乡——山东菏泽，1979 年 11 月入伍，在团指挥连侦察班服役。1981 年考入军校，毕业后先后担任第47团司令部测绘员、保密员、团指挥连侦察排长。1985年任炮兵第8师侦察连副连长。之后任师司令部军务装备科参谋。1987年转业安排在菏泽市市政工程处工作。1988年响应国家号召，辞去铁饭碗，下海经商办企业。我从废品回收、装饰装修、防水堵漏等单一的经营模式，发展到现在集房地产开发、酒店经营、物业管理、养老服务、武术传承、网络传媒、书画艺术、影视制作、牡丹文化等20多家公司的集团企业，资产达到数十亿元，被市政府领导树为"创业创新的好典型好榜样"。并被市有关部门和军分区联合授予"优秀军转干部"。

在人生漫长的旅途中，军旅生涯是一段光辉的里程，大家的军旅经历虽然有长有短，但是我们每个人都可以自豪地说，我曾经是一名中国人民解放军战士，为军队的全面建设拼搏过、奋斗过、奉献过，我们把最美好的青春年华献给了军队、献给了国防事业。回到地方后，我们每一名战友都在不同的工作岗位上，以军人特有的品质和毅力，克服种种困难迎来新的胜利。……

最后，我想强调一句话：不管岁月如何变迁，不管在什么岗位上，只要我们永远保持军人的忠诚与血性，为国家为人民不怕困难、不怕牺牲，再有战争，或在和平年代，我们都会挺身而出，无私奉献，无往而不胜！

掌声如雷。

生命里有了一段当兵的历史，脱下军装，不论是在天涯海角，不论是命运沉浮，你骨子里将永远还是一个兵！

久违了，军营！久违了，青春！

老兵们走到老军营的门窗前，擦擦满是尘土的玻璃，向里边望去：

屋里空空荡荡，流逝的岁月尘封在里面，唯独当年摆放床铺睡觉的地方，还是十分清楚地保存在记忆中。

王福波趴在自己住过的营房窗口，睁大眼睛向里边久久地凝视，不知不觉，眼眶涌上一层亮晶晶的东西。

这个已过知天命之年的老兵，转业后在祖国经济建设的新战场上，披荆斩棘、迎风斗浪，杀出了一条"血路"。今天他守着老营房的窗口，是在寻找同住过上下铺的战友的身影吗？是在怀念寒冷的冬夜起床换岗时的坚持吗？是在思念开班务会时，全班战友围坐在班长身边，听他讲军纪和张思德故事时的情景吗？还是回忆起患了感冒，老班长用饭盆端来冒着热气、卧着荷包蛋的病号饭，战友们围在身边，对他鼓励道："你多吃些，出出汗就好了。"

就是在这里，他由一个农村的毛头小伙子变成一个士兵！

人生苦短，岁月如梭。

军营，是青春的驻地；是血性与纪律的驻地。集结在此的青年人听军号、喊口令、唱军歌、操枪炮，白驹过隙间，便把青春永远留在了这里。

但他们都带走了一个光荣的称号："军人"！

用青春换来这样一种宝贵的东西，终生无悔！

在中国，兵不是职业，而是义务。

在中国人民解放军里走出来的每一个士兵，都是终生的战士！走出军营，你将迈着士兵的步伐，消失于人海之中。你今后做的每一项工作，都是军人的征战，你说出的每一句话，都蕴含着家国情怀！如今，这些不穿军装的壮士，大部分战斗在祖国复兴的经济战场上，有些驰骋在商场，带起了一支支"集团军"，成为经济改革的主力部队！

据统计，中国现有复转军人6000万人以上，你可以听到这个庞大军团的步伐，在民族复兴之路上，踏出震撼世界的足音。

他们其中的一些优秀者，可以当之无愧地被称为"无衔将军"！

第一章　壮别将军梦

章 首 语

不想当将军的士兵不是好士兵。但，不是每一个士兵都有可能成为将军，大部分人最终将成为普通的平民。但他们带走了士兵的步伐、忠诚、意志和理想。他们再也没有机会成为将军，但他们可以成为各行各业的英雄，成为一名无衔将军！

——作者

播种血性

> 向前、向前、向前，
> 我们的队伍向太阳……

朋友们，兄弟姐妹们，你们一定看到过新兵入伍时的壮观场面。成百上千名身穿草绿色新军装、不戴领章帽徽的"准士兵"，告别亲人和故乡，乘坐着闷罐火车，抑或是敞篷卡车，在带队干部的引领下昂首高歌，驰向梦想。

许多刚刚踏入军营的新战士，首先就是从军歌中找到军人感觉的。列车载着那种气壮山河、摧枯拉朽的青春和声，从而在生命中谱写下英雄乐章的第一个音符。

1979年深冬的一天，王福波和100多名菏泽老乡，搭乘着一节货车，从鲁西南到达胶东半岛的莱阳，成为中国人民解放军济南军区炮兵第8师第47团（后合编到第26集团军）的一名战士。

这个刚满17岁的大男孩阳光帅气，会写书法，会练武术，手脚勤快，思维敏捷，在新兵连就当上了文化教员，办黑板报、组织文体活动等等，显露出一个"兵王"的素质。

说起来，王福波还算是一个"学生兵"，20世纪70年代末的菏泽地区，率先吹响了农业生产责任制的号角，生活正在向美好与富裕转变，全国各行各业包括教育、科学、文化都呈现出勃勃生机。正在读高二的王福波全身心地扑在学习上，知识改变命运，决心要考个好大学！

命运之舟在时间的激流中穿行，往往一个巨涛涌来就会改变一个人的航迹。

高二下学期，同学们都在埋头攻读，冲刺高考大关。刚刚过完了1979年春节，一场关乎民族尊严的对越自卫反击战打响了！报纸广播纷纷报道，胸怀大志的王福波看得热血沸腾，除了上课复习之外，分外关心着战事进展。

直到胜利结束，正义之师凯旋归国了，王福波的心还牵挂着南疆安宁，一心想投笔从戎。

一天晚上，听同室同学说："部队上来接兵的就住在公社里。"

这个晚上，王福波失眠了。童年的英雄情结被唤醒了，他默诵着戚继光那首豪迈的《马上作》：

南北驱驰报主情，
江花边月笑平生。
一年三百六十日，
多是横戈马上行。

天一亮，他自作主张地去了公社，打听着接兵连连长叫王洪武，排长叫臧连玉，径直找上门去。人家刚刚起床，问他什么事？他自我介绍了一下，急切地说："我想当兵！"

两位接兵干部上下打量着他，说："小伙子，你的心愿很好，可正在上高二，快要高考了，不能荒废了学业啊！"

"国家需要，我宁可放弃上大学，再说了，部队也是一所大学校，同样可以学习嘛！"

"你有这个想法很好。这样吧，你写个简历和申请书，我们向菏泽接兵团的袁政委报告。"

王福波坐下，当场挥笔，填简历、写申请书，不一会儿就写好了。王洪武拿过来一看，文笔工整，内容充实，简直就是一篇好文章。加上小伙子高高大大、英俊帅气，听说还是学校团总支书记、篮球队队长，正是部队需要的人才，心里已经认可了："王福波，你回去等通知吧。"

消息很快传开了，学校老师和同学们都很惋惜，纷纷找到他说：

无衔将军——优秀军转干部王福波的命运创新

"福波，你太轻率了。你学习不差，马上就高考了，咋想去当兵呢？"

学校当时接连几次模拟考试，王福波都是名列前茅。父母亲友包括最了解他、关心他的老师和同学们，没有一个同意他的选择。

带兵的领队袁政委，专程从菏泽县城驱车20多里，到小留中学面试王福波："真是个好兵苗子呀！"经过一系列的体检、政审、定兵等程序，王福波被确定参军入伍了。

令王福波兴奋的是，他参军的部队，竟是一个有着优良传统的英雄部队。

炮兵团的最重要的核心是指挥连，其中的尖兵则是侦察排的一班——侦察班。因为每当执行战斗任务时，开设阵地、了解敌情、侦察指挥目标点、计算射击诸元等等，需要首先派侦察兵率先出动，提供种种数据，确定射击目标。因而，每当来了新兵，总是由指挥连侦察排先挑素质最优良的战士，在士兵能提干的年代，这些人也是干部苗子。

连长名叫李述民，山东文登人。他去新兵连选兵，主要从两个方面来选，第一条是看政治表现，那时候讲的是对党要忠诚，这是首要的。政治条件先符合，然后再看文化程度、反应能力。侦察兵夜间捕捉目标，要求在零点几秒钟的瞬间快速反应，火光一闪，你必须马上要找到这个目标，交汇测算，出来数据，火炮立时据此回击。

侦察排每年有两三名老兵退伍，补充员额较少，更是优中选优。一般由新兵连推荐七八名优秀新兵，连长再从中选拔。王福波第一轮就被选上。全排13人，排长叫张剑，回族，山东曹县人，与王福波是菏泽老乡。下面分两个班，一个侦察班，一个计算班，精兵强将。从此，王福波与李述民连长、张剑排长朝夕相处，同训练、同学习、同劳动、同休息。

莱阳，属于山东省烟台地区的一个县，盛产闻名中外的莱阳梨，外表虽粗糙，绿皮上布满黑点子，好似一张大麻脸，可吃起来却脆甜可口，不小心掉到地上能摔得粉碎，所以民谚有"烟台苹果莱阳梨"之说。据称日寇侵华前,学校上地理课,每个学生发一个莱阳梨,老师问:"好吃不好吃?"学生回答:"好吃。"老师说:"这梨子生长在中国山东,好好学习,长大了当兵去中国,天天有梨吃!"日军侵华后,这里成为抗日的根据地,战争年代在传奇将军许世友率领下杀鬼子、打反动派,为共和国的诞生立下了汗马功劳。

王福波一下连队,就被部队光荣的革命传统和浓浓的军民鱼水情感染着。

侦察班老班长张虞,江苏南京人,一米八七的大个子,满脸络腮胡子,现为南体的后勤处处长;副班长张志泉,山东莱州人,一米八〇的个头,现为莱州中美合资企业的总经理;老兵李跃武,山东东营人,一米八四的个头,现为村党支部书记;老兵史森,山东济宁人,一米八三的个头,现为济宁市招商局副局长……

一个班9个战友,个个都是彪形大汉,王福波一米八一的个头,在班里按高矮个排队,成为倒数第二名。侦察班的战士个头不仅高大威猛,而且军事训练也都是能手、标兵,在军、师、团各级的技术比武中,多次获得冠军,成为全军的军事训练示范班。王福波入伍的当年,他所在的侦察排荣立集体三等功,他所在的侦察班也成为三等功班。

战友如兄弟。王福波刚到侦察班时,老兵李跃武负责他和同年入伍的新兵朱徽明、王嘉竹的军事训练。李跃武十分爱护和关照这位有文化又懂事的小老弟。上哪儿都愿带着他,教他站军姿,练队列,教他学习掌握炮兵侦察员知识。加上王福波理解能力快、文化水平高,很快就掌握了侦察业务,独当一面了。

训练中有一个科目,叫夜间寻找指挥目标。要求侦察兵利用夜幕掩护,独自一人按照预先设定的坐标,前往不明地点,找到并取回三张纸条,既检验一个人的测算技术和反应能力,也锻炼一个人的胆量。这次训练让王福波至今难以忘怀——

那天,班长张虞耐心地讲解执行任务的要领,带领大家认真备课,最后拍拍王福波的肩膀,说:"今晚你第一个上,有信心吗?"

"有!"王福波一挺胸脯。

"好!"张虞鼓励,"相信你能开个好头,不过地形复杂,坑坑洼洼,要注意脚底下,千万不能受伤。"

班长为兵头将尾。对于新兵王福波来讲,班长的命令就是军令。

夜深人静,万籁俱寂。王福波腰扎武装带,带着地图、手电筒和测量仪器出发了。正值春寒料峭,胶东半岛靠近海边,夜风吹透军装,刺骨寒凉。此地还有一个风俗:谁家办丧事,要在坟头上压些白花,旁边烧纸。而指挥部设置坐标点,往往在那些坟场、山头、小树林、水塘边等处,设置了让你想象不到的难点……

王福波虽说长得高高大大,实际上才是个17岁的少年,从没有半夜一个人独闯野外,心里未免有点害怕,只是壮着胆子走进了茫茫夜色中。按照地图、罗盘的指引,第一个"点"在一片坟地中,他深一脚浅一脚地边走边观察。不知白天哪家来上坟的,灰烬里还有没烧完的纸钱,风一吹,星星点点的火花如萤火虫般四处乱飞:"俺的娘呀!这不是鬼火吗?"王福波头皮发麻,趴在那里不敢动了。过了一会儿,他看看身上的军装,军人是有血性的,一种勇气油然而生,咬紧牙关又往前去了。

好不容易沿着计算数据,找到了那个坐标点,出题人竟把象征完成任务的"纸条"压在一个坟头上,此时已闯过关口的王福波顾不上害怕了,爬上去从两块砖头底下把纸条取出来,打开手电筒一照,上写着"旗开得胜"四个字。他心里别提多高兴了,立刻跳下来去寻找下一个"点"。

一路顺风,在一处干枯的机井边旮旯儿里找到了第二张纸条:"继续前进!"

王福波调整好了方位,向着第三个目标一溜小跑,很快来到了一个山坡上的苹果林里,左找右找就是找不着纸条。此时,距离要求返回的时间越来越近,他很着急,虽然夜风凛冽,他却一点儿也不感到寒冷,还出了一身的冷汗。越是紧张时刻越不能慌,从小听来的英雄智者的故事起了作用,他定了定神,细心地拿着手电筒慢慢搜索。蓦地,看到一棵苹果树杈上绑着一张纸:"哈!在这儿呢!"

他兴奋得几乎跳起来,赶紧将手电筒放在嘴里叼着,腾出手来噌噌地爬上树去,可能太心急了,突然一下子拉断了一根树枝,"哐"的一声摔了下来,滚到十几米深的山沟里。疼得王福波龇牙咧嘴,连衣服带皮都划破了。轻伤不下火线,这会儿用上了,他咬紧牙关又爬上去,终于把纸条拿了下来,打开一看:"大获全胜!"

这样的兵,这样的连队,怎能不大获全胜呢?

王福波和他的战友们,在张剑排长的带领下,军事训练、体育比赛、政治学习、组织活动等各方面,在全连全团都走在了前面。搞内务,软绵的军被叠得如刀切的豆腐块,棱角分明;走队列,昂首挺胸,步伐一致,前面有坑也不停步;每次会操,全排好似一列小火车,"嗒嗒嗒嗒",整齐而准时跑步到达操场⋯⋯

全团比武大会上,他们班如同一群小老虎下山一样,多次拿到了第一名。我们年轻的主人公,水涨船高地茁壮成长起来,锤炼了意志、练就了胆量,培养了敢打必胜、勇争第一的精神。

经过一年的刻苦训练,王福波成为一名优秀的侦察兵。

当时部队的工作时间安排为二、二、一,也就是说,每周有两天的军事训练课,有两天的政治学习课,有一天的文化学习课。由于王福波的文化程度好,被团里选为文化教员。同年还被评为优秀文化教员。当兵的第二年,就被选送到师教导大队参加预提班长培训班学习。

王福波被分配在师教导大队一中队一区队。

培训归来,王福波当上了侦察班也就是一班的副班长,更是与刚当上班长的李跃武等一帮战友成了生死兄弟。

当兵的有三大喜:看电影、吃包子、来家信。家乡的老师同学经常

无衔将军——优秀军转干部王福波的命运创新

来信问王福波在部队的情况，尤其是许多老同学都相继考上了大学，不断地给王福波写信、寄教材，嘱咐他别忘了看书学习，争取有机会再考学。

将军之门

东汉年间，有一个叫班超的人，从小用功读书，对未来充满了理想，因家境贫寒，只得找了个抄写文书的差事养家糊口。可他毕竟有着远大志向，一天，写着写着突然觉得很闷，忍不住丢下笔说："大丈夫应该像傅介子、张骞那样，在战场上立下功劳，怎么可以把青春浪费在抄抄写写的小事中呢？"

傅介子和张骞两个人生在西汉，曾经出使西域，替西汉王朝立下了汗马功劳。因此，班超决心学习他们从军报国。经过努力，他果真当上一名将领，在对匈奴的战争中，勇敢冲杀，屡立战功。后来，他又奉命率队出使西域，凭借着超人的智慧和胆量，度过各种各样的危机，维持了边境稳定，被朝廷封侯。

从此，留下了一句流传千年的成语：投笔从戎。

实际上，王福波一直是"从戎不投笔"。随着军队现代化的需要，当时部队规定：不再从士兵中直接提干，要想成为军官必须上军校。入伍时他就带了一堆高中课本，只是平常训练紧张，一个排住在一起，没有条件复习。好在李跃武班长十分理解，经常鼓励他："小王，我参军就想着入党提干，穿上四个兜。可现在提干都需要经过军校，我是没希望了。你有这个基础，争取考军校，给咱班争个光！"

"班长，训练这么紧，哪有时间啊。听说上军校最后还要靠审批，咱离军区那么远，上面没关系，怕是不行吧。"王福波没有多少信心。

"咋还没考就打退堂鼓呢？不像咱们侦察班的兵！以后劳动啊、打扫卫生啊，你少参加，专心好好学习。"李跃武班长说。

第一章　壮别将军梦

随后，李跃武又吩咐全班，谁也不能攀比副班长，给他创造考军校的好条件。

在王福波上师教导大队培训之前，曾有一次预考。王福波成绩全师第一。连长李述民非常看重这个年龄最小的"兵王"；他政治可靠、军事过硬、文武兼备，是个"将军"苗子。

不久，全连正式分下来一个报考军校的指标，连长李述民决定推荐他去考试："福波，全团就这一个指标，我们连争取下来，连里决定让你去。你可一定要珍惜，争取考上。"

"感谢连长，我一定刻苦努力，只是时间太紧了。"

李述民说："我让炊事班把那间小仓库收拾出来。以后训练科目你就不用参加了，好好复习，一定要考上军校。"

排长张剑也表态："正好我家属来探亲，我晚上住在临时家属院，你有什么不明白的地方，就来家属院找我，我给你辅导。"

张剑本身就是测绘员出身，对王福波准备报考的测绘专业比较熟悉，一有时间就去教他怎样看图、标图等，为他应考打下了良好的基础。

考试的时候到了，来自基层连队的考生全都集中到济南军区应试。一连三天，王福波在气氛肃穆的考场顺利答完了试卷，与一帮考生同车回到莱阳驻地。听人说这次名额不多，还有一些大机关的战士参加。他心想：自己一个熟人都没有，看来只是个陪榜的……

当时全团正在潍北拉练，进行实弹射击训练。整个营房只有部分留守人员，正好碰上团部通讯员骑着摩托车要去送信，王福波跨上后座就追连队去了。军事训练十分紧张，白天急行军六七十里地，晚上展开炮阵地进行实战演习，一下子让他把考学的事丢在脑后，没指望考上，也就不多想了。

有一天，连队改善生活，中午吃肉包子，白菜肉丁的胶东大包子，那个香啊，管够。晚饭时，剩下的包子，一个班发给两个。王福波是副班长，拿起一个包子先给了班长，自己理所当然地拿起另一个，刚放到嘴边咬了一口，就见连部通讯员举着一封信跑来了："一班副，军校录取通知书来了！"

真的？王福波傻愣在那儿。

李跃武班长一把夺过他手里的包子，嬉笑着说："你以后就是干部了，天天吃包子。"顺手给了另外一个战士："小曲，下一步你是副班长了，吃！"

"噢——王福波上军校了，将来闹个将军干干！"战友们纷纷地起哄、祝贺。

军校，将军之门！

为实现"将军梦"，王福波博览群书，尤其是对人类战争史，乃至军校史了然于胸——

"不想当将军的士兵，不是好士兵。"当年法兰西第一帝国皇帝拿破仑的这句名言，概括了一个血火战争中的军人铁律。古往今来，概莫能外。能征善战的将军们并非天生的，大都是经过战火洗礼或军事学校的培养和训练而成。

拿破仑·波拿巴少年时被选送到法国巴黎军官学校，专攻炮兵学。16岁那年，父亲去世，家境贫寒的拿破仑提前毕业，进入拉斐尔军团并被授予了炮兵少尉军衔。他在战场上战绩卓著，迅速擢升为将军，一度指挥大军横扫欧洲。后来创建法兰西第一帝国，加冕为皇帝，直到兵败滑铁卢……

近代外国著名军校莫过于美国的西点军校，第二次世界大战中纵横欧洲和太平洋的诸多名将，如艾森豪威尔、布莱德雷、巴顿、麦克阿瑟等人，均是此校的优秀毕业生。此时他们代表了全世界的正义力量，挽危御暴，将不可一世的纳粹德军打得落花流水。同时，苏联的伏龙芝军事学院亦毫不逊色。战神朱可夫、崔可夫、格列奇科，还有我军的刘伯承、左权等皆曾进修于此，同样在反法西斯和抗日战争中功勋卓著。

第一章 壮别将军梦

而位于河南淇县的云梦山"战国军庠",则具有"中华第一古军校"之称。它是中国鬼谷子讲学的文化圣地,战国时期鬼谷子在这里隐居,聚徒讲学,创办军庠。他才华横溢,创合纵连横之术,培养出的苏秦、张仪、孙膑、庞涓、毛遂、尉缭等人均为著名的政治家、军事家,在七国争雄中各为其主,相互攻伐、呼风唤雨。王福波称鬼谷子居住讲学的云梦山是中国最早的"军校"。

20世纪纵横华夏大地的铁血将帅,从三所著名军校走出来的居多。创建于1909年的云南讲武堂,本是晚清政府为巩固封建统治所建,不料却变成推翻它的堡垒。教官唐继尧、李烈钧等人为民国诞生立下功勋。学生朱德、叶剑英成了新中国的开国元帅。保定军校,前身是北洋速成武备学堂,清末民初培养了一大批叱咤风云的人物:蒋介石、白崇禧、张治中、叶挺等。辛亥革命后,孙中山痛感没有武装的缺憾,决心在苏联帮助下建立黄埔军校,国共两党诸多要人参与其间,以蒋介石为校长,周恩来为政治部主任,何应钦、聂荣臻、陈诚等为教官,为国共两军造就了一大批战将,打败了日本鬼子,后又为中国向何处去互相厮杀。其中国军中的名将有杜聿明、胡宗南、胡琏、邱清泉、薛岳、王耀武、张灵甫、郑洞国等,而我军中的有新中国成立后的元帅林彪、徐向前、大将陈赓、罗瑞卿、许光达,上将陈奇涵、陈明仁、周士第、宋时轮等。难怪有人说,从某种意义上说,解放战争就是两拨黄埔师生在较量。

共产党领导的工农红军从创建起,就十分重视对干部的培训,1931年在江西瑞金开办了中国红军学校,后扩建为红军大学,1934年随中央红军长征,改称"干部团"。到达陕北后,红军干部团和陕北红军学校合并,组成"中国工农红军学校",不久改称"西北抗日红军大学"。1936年5月,为迎接即将到来的抗日战争,中共中央决定以中国工农红军学校为基础,创办"中国人民抗日红军大学",1937年1月20日,"红大"随中共中央机关迁至延安,改称为中国人民抗日军事政治大学，简称"抗大"。林彪任校长，刘伯承任副校长，毛泽东任教育委员会主席。

由此，许多手拿大刀梭镖、鸟枪土炮冲杀的赤卫队员，虽说凭借一腔血性也能逞强一时，但要提高作战本领和指挥艺术，必须注重于学习总结。短训班、教导队，就是战场上的"军校"，"抗大"则是正规军校。回炉淬火的"抗大"学员有：杨成武、莫文骅、赵尔陆、刘亚楼、杨立三、张爱萍、王平、耿飚、杨得志、周子昆、何长工、冼恒汉、罗炳辉等，这些名将之星在民族解放的战场上闪耀着耀眼的光芒。

从课堂到战场，这些骁将交上了一份份合格的答卷——"胜利"！

新中国成立以后的1950年6月，刘伯承上书党中央，恳请辞去一切职务，专心致志地筹办现代军事院校，为造就大批掌握现代军事知识和能指挥现代战争的指挥员作贡献。毛泽东、周恩来、朱德等中央领导欣然同意了他的请求。同年11月，中央军委任命刘伯承为南京军事学院院长，1951年1月8日正式开学上课……

在一片热热闹闹的欢送声中，王福波告别了连队，告别了李跃武班长和全班战友们，怀揣着远大的"将军梦"，背着背包，走进了军校之门。

这样的兵，在军校也是个好学员。门门成绩皆优，出类拔萃。

一晃两年过去了。王福波学有所成，毕业后，回老部队提干，当了一名排级测绘员。过了不久，又提升为侦察连的副连长。消息传到菏泽老家张河口村，父母和亲朋好友高兴得不得了，王姓家的人走在村里镇上，腰板都挺得直直的："俺村福波当军官了！"

铁打的营盘流水的兵。老班长李跃武服役期满，决定复员回乡。新陈代谢，虽说是正常现象，但对于朝夕相处、甘苦与共的战友来说，每年老兵退伍之际，简直如同生离死别。

大家一遍一遍地唱着："送战友、踏征程，默默无语两眼泪，一样分别两样情……"会餐、照相、赠送纪念品，笔记本上互相留言。要走的和留队的双手紧握，泪眼蒙眬地互相话别。

李跃武就与王福波结下了兄弟般的战友情。他处处关照着这个小老弟，从整理内务叠被子，到指点业务训练，遇到年节组织活动，安慰他别想家，传递着军人的忠诚、坚强、正义和勇敢。

记得李跃武的新婚媳妇来部队探亲，住在军人招待所，王福波和战友们前去看望——那是一个非常朴实秀气的农村姑娘，像个亲嫂子一样柔声细语地叫着他："你是王福波，跃武常提起你，快，吃鸡蛋。"

对于当时的农村人来说，这是到部队探亲拿得出手的最好礼物。一起吃饭时，班长嫂子很热情，一连给王福波盛了三碗面条，最后一碗，王福波实在是吃不下了，剩了一半，放在桌子上。班长嫂子端起来就吃。王福波不好意思了："嫂子，你别……"

"兄弟，没啥。你吃不下，咱别浪费了。"

班长嫂子回老家不久，寄来两副她亲手做的鞋垫，丈夫一双、王福波一双。王福波的鞋垫上还绣着字，一只是"战友情深"，一只是"能当将军"，王福波视如珍宝，感动不已。一双普通的鞋垫寄托着这位鲁北盐碱滩上朴素、善良的农家女子对小弟王福波的殷切希望。

多好的班长，多好的战友！现在说走就要走了，王福波心里一下子空落落的。临别前的一天晚上，两人在营房操场上，推心置腹、彻夜长谈，舍不得分开，谈人生、谈社会、谈未来，直到东方露出了鱼肚白。

分别的时刻还是到来了，王福波和战友们把李跃武送到莱阳火车站，当列车即将开动的时候，他再也控制不住了，与老班长抱头大哭——两个山东大汉的热泪连列车员都感动了，只是轻声催促着，快上车吧，要开了！

"再见了，老班长！一路顺风！"

"再见了，福波兄弟，你要好好干啊，你嫂子说你一定能当个将军！"

绿色基因

军营是青春与血性的聚集地，新陈代谢是保持其战斗力的规律。列车带着老班长远去了，可他留下的告别语长久地留在王福波心中。王福波努力上进，不久，他就调到莱阳团部机关当了一名保密员。

年轻干部，单身汉，白天忙完了工作，有业余时间，他不喜欢下棋打扑克，就借阅政治、历史、文学、军事等等方面的书晚上看。团部有不少菏泽籍的干部，他的老排长张剑被提拔到团司令部任作训参谋，还有政治处的组织干事刘学冉等等，都对这个年轻的小老乡照顾有加。

有一次，全团挑选一名组织干事——当过兵的都清楚，团政治处组织股是个重要的位置，为团长政委起草讲话、写全团工作总结、组织立功受奖材料，有的干事还掌管部队公章，要求具备较高的政治理论水平和文字能力。之前，已在政治处工作的老乡刘学冉，向政治处吴主任介绍过王福波，说他是个人才，文笔不错、书法也很好，这给吴主任留下了一个好印象。

那天中午吃饭时，吴主任碰见了王福波，劈头就问："小王，你愿到政治处来吧？"

"行啊，聂参谋长同意我就去。"保密员属于团司令部管理，参谋长是"顶头上司"。

"好，你先来参加考试，以后的事我去说。"

笔试是写一篇命题文章。参加者大都是各连营的政工干部，只有王福波来自军事干部系统。吴主任亲自出题：《路在脚下》。王福波拿到试卷一看，会心地一笑，这些年自己就是这样走过来的。

他挥笔就写："鲁迅先生说过，世上本没有路，走的人多了也就成了路……"接着激扬文字挥洒自如。一会儿就把发下来的5张纸写完了，又向监考人要了两张纸，接着写。

还没写完，吴主任走过来，拿起他的试卷看了看，微笑着点了点头："行了，小王，就是你了。"

谁料，后来面临部队整编，暂时冻结调整，王福波就没改成政工干部。可他的文字功力却不胫而走，让首长们刮目相看。

那时，王福波还没有结婚。每到逢年过节，战友们大都要休假回家，他常常自告奋勇留下值班，没事就躲在单身宿舍里看书。有一年，同在团部机关的老乡刘学冉也没有回家，两人商量着怎么过年。

团领导纷纷邀请他们去家里吃年夜饭。可两人想了想，年下正是一家人团聚的时候，就别去首长家添麻烦了，所以婉言辞谢了。

刘学冉问："福波，你会包饺子不？"

"会，我会擀皮，可没家什啊！"

"嗨，这不有啤酒瓶嘛，咱自个儿包饺子过年吧！"

"中！"

两个菏泽老乡，跑到炊事班领来面粉、菜馅，大年三十晚上躲在宿舍里，用啤酒瓶子当擀面杖，稀里哗啦一顿忙活，终于吃上了自己包的水饺。脸上身上全沾满了白面，像戏台上的三花脸。

刘学冉笑得弯了腰："福波，快照镜子看看，你上台演小丑不用化妆了。"

王福波一抬头，也笑了："别光说我，你也一样！哈哈……"

说着笑着，外面响起了噼里啪啦的鞭炮声，红红的焰火映红了半个夜空。过年了！过年了！他俩不由得想起了家中的亲人，一时间说不出话来，鼻子酸酸的。

啤酒瓶当擀面杖，如今回想起来也算趣事一桩。

转过年来，新的年度训练要开始了，总结过去，展望未来，是必不可少的程序。

一天晚饭后，王福波正与刘学冉去打开水，迎面遇见参谋长急匆匆地走来，手里拿着一沓纸："小王，哪里也别去，今晚上给我写作训总结。"

　　明天就要开全团总结大会，团长要讲话，作训参谋写好了总结稿子，参谋长看了不满意，就想到了王福波。

　　"我不了解作训的情况，参谋长，这怎么写？"

　　王福波接过材料翻了翻，见是一位老同志写的，也不能全否了。可上级交给的任务再难也要完成，便悄悄到作训股档案柜把历年的总结全找了出来。

　　参考一下试试吧！当晚，王福波把所有的材料铺了一床，一边看一边琢磨，思考成熟了，下笔如有神，一夜未眠，最后数了数，16开稿纸竟然写了57张。天亮了，他还没来得及誊清一遍，参谋长就"砰砰"地来敲门："小王，小王，怎么样？"

　　"写完了，就是有点乱，我再抄一遍。"

　　参谋长拿过来，一目十行地看着，笑意上了眉梢："不用抄了，能看清。马上开大会，就用它了。"

　　王福波在第47团机关期间工作勤奋，口碑好，主编的《安全工作简报》《26军军战史》都得到了军、师机关首长的认可。时任师司令部军务装备科科长的臧伟进，是王福波的又一位伯乐。他发现王福波是个人才，便积极推荐。过了新年，王福波被调到炮兵第8师司令部机关。又上了一个台阶，从莱阳来到师部所在地潍坊服役。这是干部被重用的迹象！

义无反顾

　　军务科是一个师的核心部门，主管除作战指挥之外的所有部队事务。简要说，部队工作四大块：军事训练、行政管理、政治教育、后勤保障。军务科就占了前面两大块。此时的王福波只有23岁，年轻帅气、高大英武，一身成熟的军人气质，分配他负责的工作有接收新兵、组织

第一章　壮别将军梦

训练、检查内务、带队出操……

在这里，王福波又遇到了一位菏泽老乡——冯德稳，一位比他多几年军龄的老同志。他们在一间屋里办公，桌对桌、脸对脸，互相关照支持，成为了永远的好兄弟、好战友。王福波虚心学习，精益求精，很快就熟悉了全部业务，独当一面了。

当时，军务科负责师机关及直属队管理，军务参谋们轮流担任战备值班员，师直机关举行大型活动，甚至在大操场上看电影时，各部队带队负责人都要向值班员报告。王福波真正感受到了指挥部队的成就感。

他作为师值班员站在会场中央，身着合体的军装，手上戴着白手套，凛凛一躯，仪表堂堂，明亮的目光扫视着全场。

各部带队干部跑步来到他面前，立正、敬礼，嗓音洪亮："报告！我部集合完毕，实到133人，请指示！"

"按指定位置就位！"王福波庄严地还礼，下达着命令。

"是！"

紧接着，一支部队又一支部队进场，在他的调度下，整齐划一，令行禁止。

此时此刻，王福波俨然一位威武的将军，那感觉，真爽！并激发起一种庄严、崇高、光荣的军人之魂！

不到两个月，师部机关上下传开了：来了一位形象英俊、气宇轩昂、文武双全的年轻参谋。

正当王福波踌躇满志、顺风顺水走向将军梦的关键时刻，一个关键的因素，使他的人生之路拐了一个大弯……

这一年夏天，中国人民解放军历史上的一件大事发生了。1985年6月4日，中央军委邓小平主席在军委扩大会上郑重宣布：中国政府决定，人民解放军减少员额100万！号称"百万大裁军"。

一语震惊全世界。

新中国成立以来，在冷战的国际局势下，中国军队的建设一直处于"箭在弦上，引而不发"的临战准备状态。历史发展到20世纪80年代，虽然战争危险依然存在，和平力量也日益增长。

邓小平在科学分析中国国情的基础上认为：国家的安全保障最终取决于一个国家的经济实力。在百业待举的当前，国家经济建设是大局，必须硬着头皮把经济搞上去，一切要服从这个大局："大局好起来了，国力大大增强了，再搞一点原子弹、氢弹，更新一些装备，空中的也好，海上的也好，陆上的也好，到那个时候就容易了。"

面对400万军队，裁减如何下手？关键问题是臃肿的各级机关。每个军区有十几名甚至几十名领导，还有什么"团职保密员""营级打字员"等等。当时，世界主要几个国家的官兵比例是：苏联1∶4.65；联邦德国1∶10；法国1∶17；而中国却是1∶2.45。与其说是"精兵"，不如说是"简官"。邓小平坦率地说："这是个得罪人的事情！我来得罪吧！不把这个矛盾留给新的军委主席。"

对全军来说，几乎每一个人都面临着进、退、去、留的选择和被选择，几乎每一个军人家庭的利益都会受到触动。难怪有人说，这是一次从上到下、从里到外的"立体震荡"，是一次脱胎换骨的"大手术"。

一夜之间，人民军队有60万干部被列为"编外"，陆军部队的建制单位有四分之一要撤销，其中包括那些有着几十年光荣历史、战功赫赫的英雄部队。

百万大裁军，按部就班分三年陆续实施。王福波所在的炮兵第8师即为要被整编合并的部队之一。上上下下的动员大会开过后，各级各部门的军官们大都睡不着觉了。

人生命运，就是不断选择的过程。

是转业，是退休，是留队，还是调动？走，怎样走？留，怎样留？转到什么地方去、留到哪个位置上？不同的选择会给一个人带来不同的命运。这等于一次后半生的重新规划、从头再来。

第一章　壮别将军梦

按说，大裁军与王福波关系不大。他刚从军校毕业不久，年轻有学历，正是部队需要的青年军官，也是重点培养和提拔的对象。

一个星期天，几个菏泽老乡约他喝酒，避免不了议论各自的去留问题。

其中，一位年龄稍大的连职干部喝着喝着，深深地叹了口气，借着酒劲抽泣起来："兄弟，不瞒你们说，你老哥这回可惨了，盼了多年的随军泡汤了。呜呜……"

一人向隅，满座不欢，有的劝解道："唉，谁让咱赶上裁军呢！先别发愁，也许轮不到你走哩！"

"咱不行，没学历，又没关系，有一个名额也肯定是我了。呜……"

男儿有泪不轻弹，只是未到伤心处。这是咋回事呢？

部队有规定，干部达到副营职、军龄15年、年龄35岁等三个条件之一，家属可以办理随军，转为城市户口，同时子女也跟着成为城里人。这在以吃国库粮为出路的年代，是农村出来的军官为之奋斗的重要目标！如果不够条件，转业回乡，那就意味着家属子女继续做面朝黄土背朝天的农民。

这位伤心哭泣的战友34岁了，当兵前与农村媳妇结婚，军龄13年，正连职也干了四五年，只差那么一"点"就解决了随军问题，可眼下就因差这么一"点"很可能会给裁掉。

然而，裁军是国家大事。军令如山，不会因为个人利益而额外照顾。

王福波看着难过不已的老乡，心中五味杂陈，一时间不知劝说什么好，只是不断地给他夹菜倒酒。回到宿舍，他一支一支地抽烟，翻来覆去地想：对于这位干部来说，确实挺遗憾的，辛辛苦苦当了十几年兵，眼看到手的"蛋糕"一下子就没了。可是如果为了个人私利都不愿离开部队，那裁军大局还怎样保障呢？

再者说，本世纪无大战，这是各国政治家、军事家一致的共识。

局部战争可能有,但不会打起世界大战来。因为无论谁想发动战争,都是为了胜利,胜,才能得利!当今条件下,几个核大国要想针锋相对地干,只有打核大战,那整个世界就会变成一片废墟。没有赢家!就像一位预言家所说:"我们不知道第三次世界大战怎么打,但知道第四次世界大战是用石块、木棒打的……"

既然世界性战争的可能性不大,当一名"和平将军"就意义不大了。不如趁着年轻力壮,转战经济战场,去为国家创造财富,同样可以使民族强大起来。此时,他已有了儿子王子冰,妻子一个人带着孩子还要上班,太累了,也希望丈夫回来照顾家。多种因素综合考虑,王福波作出了一个重要决定:申请转业回地方。把留部队机会让给更需要的老乡,使他得以实现梦寐以求的家属随军心愿。

他找到同在军务科办事沉稳的老乡冯德稳商量。"怎么?你想走?"冯参谋一听十分惊讶:"再走十个也轮不到你啊!你是复合型人才,我听说首长正准备提拔你呢!"

"一些老同志盼着随军哩。我不存在这个问题,家属在城里有工作。再说,我也想趁年轻回去好好干一场,别等到年龄大,都不愿意要了。我现在提出来,既是响应号召,也是为战友分忧。"

"你的想法我理解,但总觉得有些遗憾,你年轻有为,在部队干很有前途,将来会当将军的。"

王福波坚定地说:"谢谢老哥了,我决心已定。明天就去交申请书。"

毕竟是人生的一次重大抉择,王福波在写转业申请书时,费尽周折,平常写文章下笔如流水,今天却数度卡壳,一时竟不知如何措词。他写几行停一停,写一页看看又团起来撕碎,不一会儿,地下竟积满了废纸团。从当兵第一天起就立下的"将军梦",8年后自己亲手断送。事到临头,他真的有点不舍,也有些感到遗憾和惋惜!

开弓没有回头箭。申请书终于写成了,交到有关首长手中,果然引起了一场不大不小的"地震"。军务科长、师参谋长纷纷劝解，可王福波谢绝了领导和战友的一再挽留。

说走咱就走，无怨又无悔。再说，大多数干部都想留队，遇上一个主动申请转业的人，这工作还好做，也就忍痛割爱批准了。

1987年春夏之交，王福波告别了军营、告别了战友，也是告别了一段宝贵的青春时光，打起背包转业回家乡。

不论去留都永远是血性军人！因为军人最大的特质在于两个字：牺牲！

别了，将军之梦！

第二章 "将军"变成"破烂王"

章 首 语

一个人的幸福主要造就于自己的手。所以诗人说:"人人都可以成为自己的幸福建筑师。"

——培根

无衔将军——优秀军转干部王福波的命运创新

痛苦的抉择

20世纪中叶，苏联作家柯切托夫，写了一部小说流传国内外，书名叫作《你到底要什么》，写到了主人公面对西方物欲和"拜金主义"的引诱，产生了对共产主义信仰的动摇。发出了天问：人生追求的是名利、职位，还是信仰？书中流露出作家深深的困惑和迷茫。

而今，连职军官王福波脱下珍爱的军装回到了故乡，在命运选择的时候，忽然发现自己也面临同样的问题：我到底要什么？

对于有五千年悠久文明史的中华民族来讲，20世纪80年代的变革，是一场史无前例的历史变局。新中国成立以来实行的计划经济模式，被改革开放所冲击。市场经济伴随着新的生产力的萌芽破土而出，板结的旧体制、旧观念发出痛苦的裂变声。国家的门户已经打开，十亿华夏子孙看到了世界的另一幅景象。传统人固守着旧的生活模式，忍受着曾赖以生存的旧经济体制"关、停、并、转"的彻骨之痛，一部分先知先觉者浪遏飞舟，下海谋生，而国家上层建筑也在这新旧交替中起伏颠簸。

由于旧体制的缺陷和未来的不确定性，大家都想去待遇好、有权有势的单位。但僧多粥少，这造成了军转干部安置问题丛生。即便安排虚职、副职，甚而降两级职务，得到一个合适的岗位也是难关重重。

军人光荣不再。请客送礼、托人情拉关系。甚至发生了这样的悲剧：某地一位军转干部花尽了转业费和多年积蓄，结果上当受骗一场空，一时想不开竟跳楼自尽。这是个极端例子，但也说明了军转干部第二次就业的艰难。

按照当时当地的政策规定：农村入伍的干部转业，可以到家属所在地安置，但不得越级。菏泽市当时为县级市，即原来的菏泽县，后改为牡丹区，它上面是菏泽地区，后来改为现在的地级菏泽市。由于妻子的单位属菏泽县（如今的牡丹区），只能进县级市的单位。有点关系的，都愿意去工商局、税务局、公安局、检察院等,王福波没有挑拣,被分配进了菏泽市市政工程管理处。

虽说不当军官了,可转业到菏泽市当了国家干部,这同样是全村祖辈上凤毛麟角的大事,福波的父老乡亲们还是十分自豪的。他回村看望父母,仍然受到人们的尊重!

报到时恰逢临近春节,单位领导让他先在人秘科待命。人秘科七八个人挤在一间20平方米的屋子里办公,只有6张办公桌,大家只能轮流上班。转业军官王福波,规规矩矩地坐在别人的办公桌对面,每天与同事一样,泡上一杯热茶,翻看着一大堆旧报纸。这与部队上的团结、紧张、严肃、活泼、令行禁止的气氛相距甚远,他习惯了朝气蓬勃的军旅生活,总想干点有活力、见成果的事儿。

是金子总会发光的。

年终工作总结大会即将召开,需要给先进生产者和单位颁发奖状,一大堆红彤彤的证书买来了,可没人敢往上边写名字:

"来来,你写吧,我毛笔字不行。"

"不不,我也写不了。还是老张来吧!"推来推去,大家都在那儿观望,无人下笔。

一回头,有人看到了王福波:"哎,老王,你咋样?"虽然他才二十五六岁,可是青年老成,单位里的人都称他为"老王"。

"我也不行。"王福波笑笑,不想主动显摆。

"听说你在部队干过大机关,就别谦虚了,来试试。"

王福波不再谦让了,接过笔,两腿站直,润笔蘸墨,一口气写了几十份,笔力遒劲,柔中带刚。墨迹未干,同事们纷纷拿到外面晾着,一下子轰动了全机关:"好个老王,书法恁好啊!"

"真人不露相,想不到你还有这么一手!"

"献丑了!"他喃喃自谦。

小试锋芒,王福波出名了。春节过后就直接留在办公室,与两位老同志一起负责宣传工作，他终于有了一张办公桌，全身心地投入到新的工作中。

市政工程管理处，主要负责城市道路工程、污水处理工程、水气暖气管道工程建设、修补等方面。通俗地说，就是修筑市区马路的。人们常见大街上封路了，汽车喷洒着黑色沥青，压路车轰隆隆地来回辗压，一群工人跟着铺石子；或者是把街道扒开，找到管道漏水处，进行修补、更换，这就是市政工程在行动。

冬天冒着严寒，夏天顶着烈日，沥青俗称臭油，又热又脏又难闻，市政工人是很辛苦的。席棚子围出一块"指挥部"，插着红旗，高架着广播喇叭，王福波就在工地现场办公。每天了解工程进度、好人好事，写成动员书、表扬稿，由广播员大声广播，再配上雄壮有力的音乐。大造声势、鼓舞士气。要让全城机关都听见：市政工程在行动！

他参与的第一个工程是整修广福街，这里离市委市政府不远，不但要干好活儿，还要给领导们留个好印象，全处上下铆足了劲儿，挥汗如雨地大干快干。年轻利索的王福波，不辞劳苦地奔波在工地上，写稿件，搞宣传，充分发挥了自己的特长。大喇叭整天对着市政府广播好人好事，让领导们听到：市政工程在行动！

王福波也是真切地被这些朴实勤劳的工人感动着，挥笔写了一篇5000多字的通讯文稿，打听到当年上小学时的李传民老师在报社工作，便带着稿子去找他。

"李老师，你还认得我不？我是王福波。"

当年的"民办教师"李传民，在首次恢复高考的1977年11月，以一篇题为《难忘的一天》作文获得"满堂彩"，一举考入山东大学中文系，圆了他的大学梦。毕业时由于身体欠佳，没有留在省城工作，回到老家当了一名《菏泽市报》的记者。文笔犀利优美，成为菏泽新闻界的"一支笔"。算起来，他已有十几年没有见到王福波了。名字是熟悉的，但人已是高高大大的青年干部了："好啊，王福波，长成大男子汉了，

第二章 "将军"变成"破烂王"

在我印象里还是小学生，小时候你还贩过杏买文具呢！你现做啥事儿？"

"在您面前俺们永远是学生。给老师汇报一下，高三那年我当兵去了，考上军校提了干。这不，全国大裁军，我就要求转业了，现时在市政工程处做宣传工作。我写了个稿，老师你给看看行不？"

"哦，快拿来，我看看。"李传民接过来打开，题目是《在火热的市政工地上》，看完后，面露喜色："中！不愧是我的学生，我记得当年你的作文就不错，现在练得更好了。"

"老师过奖了！这都是工地上的真人真事，过去没人宣传过。你再给改改，看看能登不？"

"能！文笔生动，事迹感人，我再跟值班编辑商量商量，可以用。"

王福波十分高兴，一再感谢。

没过几天，《菏泽市报》用了三分之二的版面发表了此文，还配发了工地照片。李传民寄来了十几份报纸，各部门发一发，这一下子又轰动了全单位。过去，整个工程处包括市政局顶多在报上发个"豆腐块"，还从没人上过这么一大篇文章呢！

"啧啧，那个新来的'老王'还真行哩！"人们纷纷刮目相看。

过了一阵儿，菏泽地区建委组织书法比赛，评选一、二、三等奖，要求各县、局积极报名，还要颁发组织奖。市政工程处属于建委系统，工会主席负责这项活动，找谁写呢？蓦然想到了王福波。

这天下午5点半多，王福波推着自行车准备下班回家，走着走着，忽然车子一沉，回头一看，原来工会主席抓住了车后架："老王，地区搞书法大赛，你得去参加！"

王福波没有思想准备，连忙说："主席，我不是专门搞书法的，都是写着玩的。"

"你得写，我都给人家说了。上次奖状就写得不孬。明天要交作品哩，你不写可不中，你这根橡子已经冒出头来了。"

"好吧，在哪儿写？要不上你办公室，有白纸吗？"

"有，有，来吧！"

王福波跟着去了工会主席的办公室，没有纸墨，便取一支钢笔，凝神静气地想了一下，在两张白纸上书写了两首毛主席诗词：《七律·长征》和《七律·人民解放军占领南京》。

评比结果一公布，王福波获得全区建委系统硬笔书法一等奖！工会主席比王福波本人还高兴，抱着获奖证书找来了，老远地就招呼："老王，请客！"

王福波赢得了尊重和信任。局面打开了，脚跟站稳了，他渐渐地适应了回到地方上的工作。可是不久，心生旁骛，他又不满意这种生活了。

那是到职后的第一个工程——广福街拓宽完成了，全队转战到解放北街修补道路。这里距离市中心和市政府较远，工程量也不大，不需要大力宣传。三个指挥部的政工人员一时失业，干点什么呢？一位领导说："工人们干活很辛苦，要不你们轮着烧开水往工地上送吧。"

有事干就行！王福波每天早早上班点着锅炉，哗哗地劈柴添煤。水开了，他一弯腰挑起两只水桶，两位年龄大的同事抬着一只桶，送到工地上。

这样一直烧了两个月的开水，雨季来临了，天空像一只巨大的细眼筛子，淅淅沥沥地，连绵不断地下个不停。修补马路最怕这样的天气了，刚刚挖好的地槽，一会儿就注满了水。辅助便道上泥泞不堪，大车小车容易陷在坑里，工程只好停了下来。

临时指挥部一下子空空荡荡的。王福波身上保留着军人的作风，每天照样按时上班，早来晚走。他一个人一坐大半天，听着外面的风声、雨声、打雷声，百无聊赖，不禁悲从中来：自己才20多岁，阔别军旅，回到地方，本想施展一番身手，为国家经济建设贡献力量，不料无所事事，空耗青春。郁闷至极，想着想着竟扑簌簌掉下泪来……

这一天，王福波枯坐在办公室，胡乱翻着一叠报纸，突然一条消息吸引了他的注意力：××市实行停薪留职，鼓励机关干部下海创业。仔细一读，见是某地某人暂停工资，保留公职，自己去做生意了。他眼睛一亮，一拍桌子站起来，这是一条创业路、一个新战场，我也可以干啊！

又一想，这与从军队转业不一样，这份公职是人们眼中的"铁饭碗""金饭碗"，舍了它，父母、家人和朋友肯定接受不了。

王福波多了个心眼，决定先瞒住家人，只向几位好友悄悄征求意见。但绝大多数人听了他的想法，全都竭力反对：

"你疯了？人家都挤破脑袋想进机关，你咋想辞职呢？快打住吧。不为自己，也为老婆孩子想想。"

"你坐办公室喝茶、看报纸，工资一分也不会少；下海做生意，可不那么容易，弄不好你呛一肚子苦水……"

这确实是生命中一次痛苦的抉择！

一旦跨出这个门，将意味着永别"铁饭碗"，永别这个诱人的体制，而未来的世界还是一片茫然……

然而，选择即创新，自我命运的创新！

这天晚上，他来到李传民老师那儿，敞开心扉："李老师，我请教你个事儿。回来大半年了，我觉得在单位上干没意思，一年有半年闲，人浮于事，整天就是喝茶、看报纸，浪费生命。我从部队回来是想干番事业的，不甘心这个样子下去。"

李传民沉思良久："你这么说我是理解的，不过再等等，你年轻能干，或许能提拔你呢！"

王福波摇摇头："老是这个样，就是提个主任、局长也没意思。我想办个停薪留职，下海去做生意，想听听老师的意见。"

听他如此一说，李传民面色庄重起来："我是干新闻的，了解国家政策和形势。战争年代，谁能打仗谁是英雄；极'左'年代搞社会主义'穷过渡'，谁穷谁光荣；现在改革开放，谁能创业致富谁是好样的！你要下海，我不认为是个瞎路。中央下发了关于发展社会主义市场经济的文件，鼓励创业，如果你真下了决心，我投赞成票！"

第二天，王福波向单位交上了"停薪留职"申请报告。领导闻讯都吃了一惊，惋惜地劝慰道："老王，单位上还想用你哩！"

"咱单位这么多人，不差我一个，就让我出去闯一闯吧！"

王福波去意已决，终于得到了批准。

他收拾了简单的办公用品，一一与同事们告别，义无反顾地推着自行车走出了机关大门。

王福波站在那里，一时间不知向何处去。《孙子兵法》讲"谋定而后动"，而他却是"先动后谋"，犯了兵家大忌。

"旱鸭子"下海

凭着一腔热情把后路断了，可还没找到前面的路，此时王福波的心情可用两个字来形容："彷徨"。

王福波不敢给家人说，每天早晨照常穿着一身西装，推着自行车，车把上挂着公文包出门。家属院的邻居见了，互相打着招呼："老王，上班去啊？"

"上班去。"

事实上，他已变成一个无业游民。

王福波骑着自行车满城转悠，寻找机会，看看干点什么好？自己虽然是当过军官、坐过机关，可是并没有经商实践。饭店、影楼、家政、房产中介、律师事务所、广告公司等，无法前去应聘；打家具、贴瓷砖、当泥瓦匠、疏通下水道等等，又没那个技术。早出晚归奔波了十多天，眼看快到月底了，一分钱也没进账。可家里还等着他的工资呢，如果交不出工资，辞职下海的事就露馅了。

当务之急，先要挣上一笔钱。

这天，他看见康庄路边一个老太太摆摊卖衣服，五颜六色，一件12块钱，生意不错，一会儿卖出十几件，便凑过去打听："大娘，你这衣服哪儿批的，多少钱一件啊？"

老太太警惕地看看他，一直不语，看来也懂得保守商业秘密。

王福波继续拉呱儿套近乎儿，最后竟攀上了八竿子打不着的"亲戚"，终于攻克了她的嘴巴："实话说吧，俺从康庄服装批发市场进的货，三块五一件……"

王福波听罢心里一动：咂，这生意不孬，一件赚好几块哩。马上谢了人家。一路上他想起了当展览讲解员的小姨，当年展览馆没活的时候，小姨批发来一些衣服，在展览馆门口设个摊，有时一天赚一二百元，那时一个月的工资才几十元。王福波信心顿增，骑上车子就奔了康庄。实地一考察，衣服大都是从南方批发来的，成捆成箱，花色样式都很吸引人，价格便宜。他心中大喜，回家取出包括转业费在内的所有"家底"300元，找到一家服装市场女老板，看货、打价："您别三块五一件了，我多要你的，3元行不？"

"要多少？要100件的话，我就给你3元。"女老板拿出一件女式上衣展示着。

王福波接过来一看，面料做工都行，一口答应："行，不看了，就要100件！"

清点好了数量，他把盛衣服的纸箱子放到自行车上，运到另一条街上就地摆摊卖起来。人家零售一件12元，他薄利多销，一件卖10元，果然吸引来不少顾客，半天时间就卖出了几十件。王福波兴奋地数着票子，心里乐开了花：哈，这回可要发财了！

"哎，你这人是个骗子！"一声断喝，打断了王福波的发财梦，"这衣服有毛病，俺要退货！"

啥？王福波懵了："有啥毛病？"

"你自己睁大眼睛看看吧！"顾客将花花绿绿的衣服扔了过来。

王福波拿起来一看，果然领边袖口上有瑕疵，只好把钱退给人家。过了一会儿，又来了几个退货的，这使他警惕起来，马上把箱子里的衣服检查了一遍。不看不知道，一看吓一跳：件件都有问题，有的脱线，有的掉色，还有的撕裂了口子。他太相信批发商了，根本没验货，这生意还咋做？

事不宜迟，他收拾收拾，风一般去找那个女老板，见面还尊称了一句："大姐，你这衣服是次品啊，俺退货！"

进货时满脸堆笑的女老板，一听此言凶相毕露："谁是你大姐？我卖的就是次品。"

"咦？！你咋不讲理呢，我刚才没看出来，早知道就不买了！"

"你没看出来怨谁？俺又没拦着你看，你没长眼？出了门就不退，染房里能倒白布吗？"

没想到商海险恶，其中多诈，王福波叫苦不迭。只好求情了："你帮个忙吧，要不然这衣服卖不出去咋办？"

没想到女老板轻蔑地一笑："咋办？好办，你出去往南边走，那里有个大坑，你往里边一扔不就解决了！"

衣服没退成，还让人家奚落了一顿。他又生气又无奈，只得将这些残次衣服便宜处理给别人，倒赔了100多块钱。初涉商海，如同一只不会水的"旱鸭子"，让深不可测的海水呛伤了。王福波十分郁闷、苦恼，怀疑自己选择的路是不是错了？

其实，他这不是第一次走麦城了。

当初转业时，部队专门派了一辆"解放"牌军车送王福波回家。当走到章丘时，看到路边到处摆满了刚刚上市的大葱。章丘大葱全国有名，北供北京、南销上海等大城市。碧绿的葱叶，干净的葱白，竖在那儿一人多高。他灵机一动，请司机停下来，一气儿买了半车的大葱，带回菏泽家乡。

他的大姐结婚后就住在城郊，姐夫还是村干部，家里有几间闲房。

王福波就把大葱存在大姐家，准备等到逢集卖个好价钱。不料，那几天天气特别热，等到王福波忙完了安家的事，回过头来看葱时，天哪，发现那些宝贝大葱都快烂成了泥，拉到集上几分钱一斤也没人要了。

那次是没有计算好节气，这回呢又是没计算好人，难道自己真的不是经商的料吗？

王福波继续骑着自行车满城转，那心情就像当年失去联络的地下党员在寻找组织一样。

时间不等人。离发工资的日子越来越近，他不但没赚到钱，还赔上了"家底"，从部队带回1000元转业费，安家后剩下300元，只此一单生意，又赔掉200元，家庭的"金融资产"仅剩100元。老婆孩子都伸着手等钱吃饭，到时候怎么交代？

这天，王福波转到了市郊，把自行车锁在路边上，背靠一棵大树坐下，掏出一盒劣质烟一支接一支地抽起来。这里紧挨菏鄄公路，路边有一条河，前不着村后不着店，偏僻安静，来来往往的行人比较少，他想好好地捋捋自己的处境：偌大的一个世界，凭着一身本事，咋还混不上饭吃？

命运把一个堂堂军官、机关干部变成了断线风筝。想到这里，他鼻子酸酸的。

懊悔、无助、落寞、失望、孤独、悲凉、沮丧、无奈……几乎人类所有的负面情绪全部集于他一身。

假如当初不坚持转业？

假如在机关不坚持下海？

假如……

人生没有"假如"。你说出的每一句话，作出的每一次抉择，都印刷成生命的历史，不可更改。不允许打底稿，不允许修改。你的脚印一次性留在前行路上，迈出的每一步都变成了现实，继而变成历史，时光不会让你退回昨天！

因此，英国的戏剧大师莎士比亚，让哈姆雷特在舞台上高声喊出："生存，还是毁灭？这是个问题。"

因此，中国历史上伟大的政治家、军事家、文学家曹操在他的《短歌行》中发出经典的悲叹：

绕树三匝，
何枝可依？

王福波脱掉鞋松快一下，一眼看到了班长嫂子给绣的鞋垫。鞋垫磨毛了，可是"战友情深，能当将军"八个字却清晰如初。

这位黄河之子更是悲从心来，眼含泪光，望着广袤辽阔的鲁西南大平原，道路纵横交错，却看不到自己的希望之路，如同无枝可依的雄鹰……

他深陷自我的"身份认证"的焦虑之中！

不知过了多久，突然有个声音传过来："老弟，借个火？"

王福波抬眼一看，见是一位收废品捡破烂的老人，满脸皱褶中刻着人生的沧桑。旁边停着一辆装满空酒瓶、废书报、废纸箱的地排车。王福波把烟头递给他。老人点着了烟，并没有马上离开，而是顺势坐下来聊天："年轻人，有啥烦心事吗？人这一辈子，都会碰上沟沟坎坎的，别想不开！"

原来，这位老人十分善良，上午从此路过时就看见这位年轻人坐在这儿，下午回来见他仍然呆坐在这里抽烟，愁眉不展，担心有难事想不开，投河寻了短见，便以借火的理由凑过来劝劝。

王福波正心乱如麻，应付道："没事、没事，你忙去吧……"

越这么说，老汉越不放心，干脆不说话了，坐在一边也抽起了闷烟。你不走我走，王福波转头看到那辆盛满废品的地排车，随口一问："这车是你的吧？捡这个一天能挣多少钱？"

"不多，也就是一二十块钱吧！"

"那得多少本钱呢？"

"没啥本钱，都是捡人家不要的。"

王福波心里一动：一天能挣十几块，一个月就是四五百块啊，当时机关干部月工资才一百来块钱，便脱口而出："这捡破烂比上班强多了。"

"嗨，这跟要饭差不多，被人看不起。虽说能挣点钱，可没有愿意干的。"

说者无意，听者有心。王福波紧紧盯着那辆"破烂车"，两眼放光，这表情引起了老汉的疑心，扔下烟头拉起车子："老弟，这里边都是些破烂，没有其他东西，俺走了。"

克劳塞维茨在《战争论》中说："面对战争中的不可预见性，优秀的指挥员必备两大要素：第一，即便在最黑暗的时刻，也具有能够发现一线微光的慧眼；第二，敢于跟随这一线微光前进。"

无枝可依的王福波把眼角的泪花抹掉。泪水和汗水的化学成分相同，而前者能换来同情，后者却会为人带来成功。这恐怕是"男儿有泪不轻弹"的哲理之所在吧……

"别别，老师傅，你先别走，我想拜你为师。"他恭恭敬敬地为老汉点燃一支烟，拉他坐下来，然后认真地询问、虚心请教收破烂如何找资源、如何分类、如何讲价。这一瞬间，王福波下定了决心：既然没什么挣钱门路，那就捡破烂、收废品吧！

从此，一个军校毕业的优秀军官、一个堂堂的菏泽市机关干部，身份陡然一转变成了一个走街串巷收破烂的人……

"破帽遮颜过闹市"

干什么吆喝什么。

无衔将军——优秀军转干部王福波的命运创新

　　王福波首先置办了一套拾荒的行头和工具：买了一杆秤、两个挎篓子，又买了一顶草帽，看看太新，扔在地上踹了两脚，卷了边破了洞，戴在头上，这才像个收破烂的。

　　鲁西南人很要面子，饿死也不干捡废品的活儿。他不能让家里人感到丢脸伤心。

　　在妻子、邻居和朋友眼里，王福波还是市工程处办公室的干部，每天早晨穿得板板正正的，推着挂着公文包的自行车上班去。出了大门，他一溜烟儿跑到城郊大姐家——大姐和大姐夫是唯一知道他辞职的，并理解、支持他。王福波把挎篓子放到车子后座两边，换上一身油渍麻花的旧衣服，戴上踩扁了的破草帽，还抓了一把土在白净的脸庞上抹了抹，一个十足的"破烂小贩"出炉了！不同的是他戴着一副廉价墨镜，在拾荒这一行显得有些另类。

　　真是煞费苦心。王福波就像当年敌占区我党的地下工作者似的，开始了秘密的自主创业生涯。

　　"收破烂嘞，有卖废品破烂的吗？酒瓶、罐头瓶、橘子汁瓶；破铺衬、烂棉套子、小孩戴不着的旧帽子……"

　　喊出这第一句时，他心里有些酸酸的。回忆当年当军务参谋，会操时喊出充满军威的洪亮的口令。一呼百应，何等威风。而今喊口令的解放军军官，喊出了"收废品"的沧桑之声。

　　但这毕竟是他人生的奋力一吼，并且他相信，这并不是他最后的吼声！

　　有亲戚的村庄他不去，有战友、朋友的地方他不去。每天走村串巷，几天下来，倒也收获颇多。卖到废品收购站，换了钱，第二天再做本钱——收破烂是不赊账的！

　　有一天，走到城北，王福波看到一片农田水沟里，扔着很多废弃的大棚塑料薄膜，他知道这些东西和塑料瓶同等价格，就放下自行车挽挽裤腿下到沟里，一下子捞起了不少，运到废品收购站，竟卖了100多元钱，发了一笔小财。这让他十分高兴，也坚定了信心。

废弃塑料薄膜成了他的主打拾荒目标，有时他装满一大地排车，一个人拉不动，就找来几个农民工帮忙拉到收购站。收破烂是个苦力活，王福波一次喝过七碗羊肉汤——第一碗收钱，后面加汤不收钱！

恍惚间，他好像又回到了小时候贩杏子挣钱买文具的快乐时光。

可是，越怕什么越来什么。有一次，他推着自行车正在收拾捡来的破铜烂铁，忽然看见前边走来了一个熟人，连忙拉下草帽遮住脸，蹲到一边避过去。

仓促间，还是让那人起了疑心，便找到他妻子："那天我去乡下，看见一个收破烂的，很像你家福波，他不是在工程处吗？下岗了？"

"不可能！"妻子觉得可笑，"俺家福波天天到单位上班，你肯定认错人了。"

俗话讲：要想人不知，除非己莫为。时间久了，没有不透风的墙。

这一天，王福波转到邻县一个村庄，看到村头一家农院里有一堆废纸箱子，便走进去，喊道："有人吗？这纸箱子卖不？"

堂屋门一响，出来一位大婶，盯着他看了一眼："哎，这不是三妮吗？"

"三妮"是王福波的乳名。

王福波也认出来了，这是一位多年不见的远房表姑，马上一拉草帽："你认错人了，我哪是什么三妮呀！你不卖俺不要了！"骑上自行车就跑。

看来这位侦察排长，没有经过"反侦察"训练，越跑越让人起疑心！

几天后，这位表姑专门去了一趟张河口村，找到福波的爹娘说："那天俺家来了个收破烂的，看着像咱三妮哩！"

"咋？不会，不会，俺福波是机关干部，在城里上班呢！"

"俺想也不是，又没有犯错误。可俺越叫他越跑，他跑个啥？"

福波爹沉默无语，满腹狐疑。与老伴忧心忡忡：难道真是咱家福波？这孩子从小就懂事能干有出息，是全家的骄傲！上学时是班干部，学习好，参军又考上军校，当了军官，咱在村里那是挺直了腰板走路。转业分到城里当干部，照样让人家敬三分。全村人一说起福波，都觉脸上有光。咋着收破烂去了？这是出啥事了？让公家开除了？

整整一宿，老两口就像躺在钉板上似的，翻来覆去地睡不着，床单滚成球。天还不明，一翻身起来，进城！

老两口要看看传言到底是真是假。父亲拉出地排车，上面铺床被子，让老伴坐上去，心急火燎地出了村。

一路无言，月光下，只听得车轮唰唰地转，伴随着老两口偶尔的叹气声。20多里路，平常要走两小时，这会儿竟不到一个钟头就来到了儿子门前。

"嘭、嘭、嘭！"老两口忙不迭地敲门。

忙碌了一天，疲惫不堪的福波和妻子被惊醒了。以为是急诊病人找来敲门。开门一看，见是爹娘，诧异地问："你们咋来了，生病了？快坐下。"

中国的伦理常规是"严父慈母"，而王福波从小感受到的却是严母慈父。父亲从小就对他疼爱有加，从来没动过他一指头。此时，父亲老泪在眼里翻滚，只是盯着儿子看，仿佛在端量儿子遇到了什么磨难？吃了多少苦？

福波爹终于张口开问："福波，你捡破烂了？"

福波娘也跟上说："小啊，你说实话，是不是犯啥事了？"

一时间，王福波身穿短衣愣在那里不知如何回答。这时，妻子在身后插言了："是啊，俺单位里也有人说看见一个捡破烂的，像福波，我还不信。到底是咋回事啊？"

完了，露馅儿了！其实王福波最怕的是妻子知道真相——岳父岳母会最伤心，女儿嫁了个捡破烂的！

王福波心里像打翻了五味瓶，咸酸苦辣，啥味都有了：卖衣服上当受骗还让人羞辱，满街捡破烂，还得化装躲人，提心吊胆地怕被发现，最后还是躲不过。

他面对世上最亲近的人，交代？不交代？两难选择！

王福波知道事情已发展到不交代不行的地步："爹、娘，你们别着急，听我说，那个捡破烂的就是我……"

"啊？真的？"福波爹脸色大变，挥起巴掌就要打。

福波娘慌忙拦住，心疼地哭了起来："你咋干这个啦，我的小啊！呜呜……你不是犯错误了吧？"

全家哭成一片。

"爹、娘，儿子不孝啊！"福波见爹娘如此生气，满腹委屈和辛酸全都涌上心头：鼻子一酸，扑通一声跪在地上："相信您儿没出事，也没犯错误。你们都坐下听我慢慢说……"

王福波起来扶着爹娘坐下，一五一十地讲清了来龙去脉，最后说："我没有按你们的愿望，在部队当个大官；转业进了机关，又没有当好这个干部光宗耀祖，我对不住你们了。不过，我没干让你们丢人的事，我是响应党的号召，主动停薪留职，下海创业！"

一席竹筒倒豆子，虽然解释清楚不是犯事被开除的，但得知他所遭受的曲折磨难和辛劳，让父母、妻子既难过又心疼，一家人泪眼相望，不知说什么好。

最后，福波爹叹了口气："干这个，和要饭差不多。福波啊，你从小没出过力，干这个太辛苦，下乡多带些馍，多喝水，别上火，能收多少是多少，别累坏了身子……"

严父的一席话，却使王福波忍不住放声大哭起来。那是一个成熟男人的哭声！让人揪心、让人心灵震撼！

王福波的妻子马上张罗做饭，让爹娘好好休息一下。

"不了，你们还要上班，不耽误了。"接受了这个残酷事实的爹娘喝了口热水，起身拉车回程。

王福波留不住二老，只好送到大街上。看到路边已有卖早点的，他赶紧买上二斤热乎乎的包子塞到母亲手中，站在那里挥手告别。在微露的晨光里，看着老父亲拉着地排车，上面坐着老母亲，一步三回头，逐渐远去的模糊背影，猛然间，一曲鲁西南沧桑的菏泽大平调，在他耳畔响起：

> 可怜我那爹和娘，
> 你们把儿生来把儿养，
> 土坷垃刨食起五更，
> 半夜里还把那线来纺，
> 唤我乳名叫我小，
> 把儿捧在手心上，
> 有口粮米给儿吃，
> 自己咽下苦菜糠，
> 盼儿长，盼儿壮，
> 能当椽子能当梁，
> 谁知恁儿不争气呀，
> 让您二老把心伤啊，把心伤……

王福波的热泪与晨曦一色……

从战争中学习战争

村里乡亲叹气："恁好的人，瞎了！"王福波成了一部台湾电影里那个落魄的"酒干倘卖无"的老兵。

鲁西南人虽然贫穷，但要面子。王福波不与朋友聚会，不上酒场——排在末座，无话可说，实在尴尬！

事情既然挑明了，王福波干脆扔掉了破草帽，从"地下"转到了"地上"，大张旗鼓地干起来。

人类的社会分工，本无贵贱。工作贵贱只是人们观念上的误区和身份歧视。

王福波首先理清自己的思绪：一个人，应活出自己。但，中国人太顾及他人的评价，活在别人脸上、别人嘴上。从带兵的角度讲，每一个士兵都有可能成为将军。好兵、孬兵只是相比较而言。有的是放错了位置而已！捡破烂亦是一种谋生的职业，与其他职业并无高尚和卑下之分。何况此行业有利于环保和节约资源，名为"废品"，其实所谓"废品"是未发掘其使用价值的物质。

只要干一行爱一行，任何一行都会做出经典。古往今来，这样的范例不胜枚举。神射手可以百步穿杨射掉对方帽缨，卖油郎能够手举油勺滴油穿过铜钱孔，卖肉的能一刀准、不差毫分，卖糖果的可以一把抓、一两不少等等，正所谓三百六十行，行行出状元。

军转干部"拾荒"，为什么不可以是自我命运的一种创新？

从战争中学习战争。一般拾荒人要么从垃圾堆里捡人家不要的废旧东西，要么走街串巷低成本收取废报纸、空酒瓶、破铜烂铁，再卖到废品收购站去。经过一段观察实践，王福波开始了拾荒创新。

一是收集信息：先找销售渠道，山东莱钢需要大量废钢铁。他了解散户手中积存了不少，一统计，竟有上千吨，他立时去莱钢签了合同，替散户把千吨废钢铁卖出去。开封造纸厂需要千吨废纸箱，亦如此办理。二是薄利多销：废品收购站收一只酒瓶给5分钱，他给6分钱，大家都愿让他收。三是分门别类：他发现同一种东西有不同的价格，于是就把铜铁、塑料、书报等物品按质分开，品相好的卖个高价钱。四是减少中间环节：他直接把众多拾荒者组织起来，由于买卖公平，一呼百应，成规模地送废品给他，然后他再联系有需要的客户，减少中间环节。

如此一来，王福波不再东奔西跑地收废品了，变"行商"为"坐贾"。

"脸面"已经撕破。他干脆在城郊的大姐家对面租了一块空地，用绳子和席棚圈起了场子，申请了一个"再生资源"收购站的牌照，自办起了废品收购站。自己忙不过来，动员姐夫、姐姐和外甥一起干，还雇用了几个工人。哪个钢厂需要多少废铁，马上打电话联系货源，签订协议，通过车皮成百成千吨地发送。哪个地方需要废书、报纸和箱子，他立即组织回收，雇货车送去。

王福波用军事化管理拉起一支捡破烂队伍，人们开始刮目相看，啧啧称赞：

"看人家老王，干啥都管！拾破烂也能干得这么体面，这么气派！"

"树挪死，人挪活。福波收废品比上班挣得还多哩！"

福波的战友也被吸引来跟着创业。

当年一起入伍的张留奎来了。他们新兵连就分在一个班，张留奎来自菏泽地区的曹县，父亲是公社的干部，母亲是村妇女主任，自己却十分朴实。当初在新兵连，让看见大队支书都打怵的王福波感到惊讶："哟，你是高干子弟嘞！"

"嘿嘿，你别开玩笑了。俺也是农村长大的……"

与吃不饱饭的王福波相比，张留奎家里生活上还是较好的。有时部队上吃粗粮饼子，他难以下咽，而福波却吃得津津有味。张留奎就省下让给福波吃。久而久之，两人成了无话不谈的老乡朋友。新兵连训练结束，要下连队了，张留奎分到无线电报务班，可他文化程度不高，培训考试经常不及格，找王福波哭鼻子诉苦："福波，我真干不了那个，一看数字脑袋就大了，咋办？"

已经成为侦察连副班长的王福波给他出点子："如果真不愿干报务了，你可以要求去炊事班，不需要什么文化，还能学一门厨师手艺。"

张留奎听从建议，去炊事班当了一名炊事员。物用所长，由于他能吃苦耐劳，扎实肯干，年终还评上了优秀士兵。"放对了地方"就是人才！王福波军校毕业提干之后，张留奎也当上了炊事班班长，每当连队改善生活时，就悄悄给他打电话："快来吧，今天中午吃包子。"

王福波最爱吃胶东大肉包。抓紧处理完机关上的工作，就跑到炊事班。张留奎早在后厨准备好一大盆热腾腾的肉包子，王福波往那儿一坐，放开肚皮吃起来。

二人相继转业、退伍回到家乡后，张留奎的工作也不理想，靠养鸡维持着生计。王福波干起"再生资源"，就主动找到张留奎说："你跟我干吧！"张留奎从部队上就佩服王福波，知道他干啥成啥。一句话，让张留奎成为王福波的得力帮手。直到今天，一直忠心耿耿地相伴在左右。

最让王福波感到欣慰的是，老父亲真正理解儿子了：这是一条为家庭也是为国家兴旺的创业路。他不顾年老体弱，也从老家赶过来，帮助福波看管门面、管理物品，成了王福波废品收购站的保安、仓库保管员和出纳会计。

王福波每次看到白发苍苍的老父亲弓着背，在一大片废品中间忙忙碌碌，不由心生感动。从某种角度上说：这是父亲对王福波创业的最大的支持，深藏着一种无声的、不可言喻的父爱！

不到两年，王福波在这一行里横空出世。公办的废品收购单位几十个人抱着铁饭碗，不如王福波一个人的经营业绩。当时的菏泽市公司支撑不下去了，找到王福波，请他承包市里的"再生资源"公司，任命他为总经理，安排了办公室，给了挂靠名分。

同为拾荒，思路不同，出路不同。

当时几百名拾荒者听令于王福波，有人说：王福波指挥着一支拾荒"兵团"，他就是兵团司令！

其间，王福波还总结此行业的经验心得，撰写有关论文，投到国家有关部门编辑出版的《中国再生资源》杂志上，连投连中，成为一位名副其实的"再生资源"理论专家。日后，这个习惯一直保存在他转战的各个战场上。不仅干一行、爱一行，还要专一行、精一行，干成这个行业的顶级专家。

当然，江湖险恶，风险无时不在。有一次，王福波得知某地的造纸厂需要十几吨废纸，立即组织了几辆汽车运去。不料，到了那家工厂一过秤，本来每车8吨的重量却只有6吨，怪了？王福波心生疑虑："不对啊，我们在家是称好的，怎么跑了一路少了这么多？"

"你自己看看货磅，明明是6吨，没坑你吧？"

王福波既精明又不怕事，围着货车转了一圈，再次检查着货磅，蓦然发现秤砣沉甸甸地有些异样，便伸手往下边一摸，竟摸到一块大磁铁粘在秤砣上，立刻抠出来，眼睛瞪着过磅人："这是啥？"

那人一看露了馅儿，满脸堆笑道："咦？这是哪个淘气孩子粘上的？好了，就给你算8吨吧！"

如果不是一位有智慧的拾荒者，这一趟运货就会大亏。

其实，不管哪个行业，都有很多窍门和方法，同军人打仗一样，既需要勇敢，也需要谋略、抓住战机。王福波干出名堂来了，各地的"破烂王"纷纷来联手合作、求取真经。其中南方一位"坐着飞机捡破烂"的主儿，一次喝多了酒之后，说出掏心窝子的话："老弟，干咱这一行的，只要用心，那是能淘到宝贝的啦。兄弟我就碰到过一次……"

原来，某地一家工厂有一个破仓库，从新中国成立时就扔着许多破铜烂铁，从没人清理过。如今要拆迁了，作价处理。这个"破烂王"去看了看，感觉里边可能有料，下决心赌了一把，出价10万元买下来。然后雇车把里边的东西全拉了回来，卸车时他发现有一些铁管子当当地响，叫人用气焊割开来，哇，里边藏着一根根的金条！

这一把赌赢了，他意外发了大财。再生资源，不仅能变废为宝，化腐朽为神奇，还真的能从废物里边淘出黄金来。

王福波记住了这个故事。果真，机遇给了有准备的人。一次他到

第二章 "将军"变成"破烂王"

某地回收废钢铁时,看见废品堆里竖着一个大铁柱,两米见方,足有几十吨重,十几个人都弄不动,一直闲扔在角落里……

王福波看了看,问道:"这个家伙还有用吗,卖吧?"

"嗨,不知道哪年放到这儿的,死沉死沉的,占着地方。老王,你弄得动就拉走吧。"

"多少钱?"

"咱老关系了,就是废铁价呗。"

王福波一拍大腿:奶奶的,咱也赌一把,要了!当即雇了吊车、拖拉机,吊起来过了秤,并付了钱,装上拖拉机拉回来了。

卸车时,他让两个小伙计敲敲打打,发现缝隙里露出根铜线头,立刻找来工具割开盖子,竟然是个圆罐,里边藏着两个铜柱,足足有一吨多铜。想想,废铁几分钱一斤,黄铜25块钱一斤,差距大着呢。这一下虽说比不上南方人的金条,但也让王福波发了一笔小财。

废品市场上有个规矩:卖出去的物品,不能找后账,不管发现了什么宝贝,都是人家的。诚然这种概率很小,偶尔一两次,会给从事这个行业的人打上一针兴奋剂,更加积极起劲地干起来。

王福波在这个领域越干越大、越干越精、越干越顺手,名气也越来越大。他的收购站成为鲁西南有名的废品集散地。最兴盛时期,不仅仅是菏泽市,就是周边河南、江苏、安徽等省市的废品,都往他这儿送。有些钢铁厂与他常年签订协议,负责供应废钢铁,一列列车皮,成百上千吨地往外拉。

王福波成了鲁西南的"破烂王",给"捡破烂"这个行业正了名,赢得了尊严,投入拾荒队伍的人越来越多。

"伙计,最近忙啥呢?"

"跟着王福波发破烂财呢!……"

"破烂王",一时间成了菏泽的热门话题。

第三章　人生能有几回搏

章首语

　　未来将属于两种人,思考的人和劳动的人。实际上这两种人是一种人,因为思想也是劳动。

——雨果

无衔将军——优秀军转干部王福波的命运创新

又一个轮回

"知道吗？咱工程处的老王发大财了，成了大老板了！"

"我早说了，那是个有能力的人，单位上不用人家不对……"

"能人就是能人，捡破烂也能捡成百万富翁！"

仅仅干了不到三年时间，王福波的大名传遍菏泽建委系统。特别是原市政工程处的老同事们，一起往工地送开水的老搭档们，时常到"再生资源公司"王福波的办公室转一转，喝杯茶，侃侃"大山"，回去就当新闻传播一番。如此这般，引起了一个人的注意。他就是新任市房管局长梁新龙。

说来也巧，这位梁局长也是一位转业军人。早在1963年，他就和800多名菏泽子弟乘一辆闷罐车到了东北，在沈阳军区某部一干就是23年，白山黑水，热血丹心，从战士一直干到团政委，1986年转业回到家乡——按当时规定营以上干部可安排职务，安置在菏泽市建委任工会主席。1991年春天，组织上知人善任，任命他为新组建的菏泽市房管局首任局长，允许在建委系统选人用人。他想到了王福波，知道此人书法不错，拿过硬笔书法一等奖，现在又听说下海经商十分成功，还保持着部队上的优良作风，是个能文能武的人才。

梁新龙把王福波找来谈话："福波，出去这几年干得不错，经受了历练。再回来上班吧！"

"回来我能干啥？"王福波有些疑虑。

"咱这个局有两个公司，一是装饰公司，二是建筑公司。你来当这个装饰公司的经理。不过现在一无资金、二无人员、三无办公场所，白手起家从零开始，你愿干吧？"

士为知己者死！自己本来就是希望有所作为才停薪留职的，如今单位需要创业人，责无旁贷！再说一个共产党员应该时刻听从召唤，为国家出力、为百姓谋福。他毫不犹豫地表了态:"梁局长,咱都是当兵的出身,干啥都要争第一、站排头。我出去干就是觉得在机关有劲儿使不上,现在只要组织上信得过,我一定干好!"

王福波将自己的再生资源公司盘点一下。在此期间,他还办了一个小饭店,门面不大,生意却十分红火,也是公司的"食堂"。他全部转让给姐夫等人经营,大声宣布:我回机关上班啦!

好似又一个轮回,他经过了商海的洗礼重新回到了"单位",义无反顾地扛起了装修装饰公司的大旗。

在20世纪90年代初的菏泽,装修还是个新生事物,社会上很少有装修的,那时都是各单位自己盖房子,石灰刷墙,水泥抹地,就入住了。现时有了商品住宅,人们对居住条件的改善也有了新的追求,装修装饰行业随之兴起。

俗话说:头三脚难踢。怎么干?如何干?何况接手的还是一个要啥没啥的"三无"单位!

梁局长说服了几位副局长,提供给王福波一间办公室和一万元钱的启动费,把有房屋维修经验的何树元调去当副经理。这个老何文化程度不太高,东北建设兵团出身,瓦工、木工、漆工、水电工都能来两下子,是个有实干精神的助手。几个复员兵、待业青年也分到了公司。其中的黄玉峰,冯尚党等人就此与王福波结下了创业之缘,在日后漫长的人生之旅上,他们几经坎坷,同舟共济。

老家在牡丹区黄口村的黄玉峰,高中毕业参军在济南军区某部当了一名坦克兵,三年复员回来,分到了新组建的房管局装饰公司,个不高体不壮,但机灵真诚。第一天上班,王福波看到同是当过兵的,自然三分亲,就说:"小黄,用咱部队上的话说,你就跟我当个通讯员吧!"

"中,王总你说干啥俺就干啥。"

黄玉峰在办公室里整理资料,打扫卫生,接待客户,等于兼上了王福波的"秘书"。装修装饰公司真是白手起家,没有什么办公用品,王福波就把家里的沙发、桌椅、摩托车都搬到公司里；缺乏运转资金，还拿出自己"捡破烂"的积累先垫上……

大小也算是个"国有企业"。打出了"菏泽市房屋装饰工程公司"的招牌。为了扩大影响，王福波与何树元商量：请当地有名的书法家写个"门头"。结果人家说："叫我写那个，浪费艺术。"好说歹说总算写了，就是不"落款"。能干的老何有办法，找到他在别处的署名模仿"落"上了，热热闹闹地挂起了牌子。

当时还不时兴家庭装修，大多是单位办公楼、招待所、营业商场等类型的，也就是"公装"。他们上济南、去青岛学习，招聘有技术的工人。其中，冯尚党、张斌等人就是这时领着几个人进来的。王福波组织集体培训，力求把"游击队"变成"正规军"，组建了装饰工程一队、二队。首先在建委系统装了间会议室，小试牛刀，而后通过关系和实力拿到了菏泽市邮电大楼装修工程。这是当时全市的地标建筑物，一共17层，标准高、工期短，与另一家装修公司对半承包，等于是打擂台一样。

开工前，王福波总经理特意穿上一身旧军装，把大伙儿召集到一起进行动员。他凛凛一躯站在那里，俨然是一个大战前的指挥官，不怒自威。他说："这是我们公司接下的第一个大工程，是创牌子的工程。咱们有一半是当过兵的，我就用当兵的话来说，这就像打一个大战役，只许成功，不许失败！大伙儿有信心没有？"

"有！"

"好！从今天起，大伙儿看我的，工地就是咱的家，每天的任务每天完，不干好不收工！"而后，他又幽默地讲道："咱出来都是想挣钱的，只有把公司做大了，个人才能有好处。如何才能强大呢，第一就是要讲诚信，做工程把质量放在重中之重。第二要有奉献精神，你多为公司着想，公司也会为你着想。要想挣钱多，你跟着我王福波，到年底我叫你们小布袋都鼓鼓的……"

第三章　人生能有几回搏

全场"哄"地笑了，紧接着，"哗哗哗……"掌声雷动，劲头一下子全鼓动起来了！王福波给大伙儿留下了深刻的印象：这个王总，中！

要想干好活儿，先要好材料。王福波立即张罗按图纸要求买材料，东拼西凑进货资金，还是不够。业务主任邵真是一位令人尊敬的老大姐，看到王福波十分作难，悄悄把自家的存折拿来了："王总，我这里有五万块，公司先用吧！不过可别让俺家里人知道。"

"好邵姐，咱缓过手来一定忘不了你！"王福波感动得眼圈都红了。

接着，他们租了一辆客货车赶往济南装修材料市场进货。那时没有高速公路，从菏泽跑到省城需要七八个小时。为了及早备料尽快开工，他们头一天赶过去，凌晨到了商场，舍不得花钱住旅店，就待在驾驶楼里坐等天亮商家开门上班。正是寒冬腊月，滴水成冰，三个人穿着厚厚的棉衣挤得紧紧的，仍然冻得缩成一团。

当天拉回来材料，为了省几个装卸费，人高马大的王总就像战场上的指挥员一样，喊了一声："跟我来！"率先扛起一张装饰板上了楼。公司里的人一看，二话没说，全都成了装卸工。而后，天天像打仗一样，从办公楼、机房到程控室，各个楼层全面开花，王福波没白天没黑夜地盯在工地上，一身灰土，根本分不出谁是总经理谁是装修工了。

两个多月过去了，他们公司明显地比另一家干得又快又好，胜利在望，大家累并快乐着。可就在即将完工时，出现问题了！按规定贴壁纸，三米远看不到接缝，开窗三个小时不开裂，就算检验合格。这天自检发现刚贴好的壁纸上，竟然每隔50公分有一个小坑。原来是印刷机器造成的，有人说还有十来天就要交工了，这不影响使用……

"不行！决不能将就！"王福波斩钉截铁地说，"全部重新揭掉，换新的！"

王福波想到二战时的一个故事：巴顿将军了解到盟军诺曼底登陆后，盟军战士有一半是跳伞时摔死的。巴顿将军十分恼火，马上赶到降落伞厂家，从生产线上抓起一个伞包让负责人带伞包现场从高空跳下。

无衔将军——优秀军转干部王福波的命运创新

巴顿将军说:"以后要不定期抽流水线上伞包让你跳。"从此,盟军战士再也没有因跳伞死亡!

这个故事告诉人们什么?用今天的话说,就是质量管理!

一声令下,全员上阵。几名管理人员干脆就不回家了,与工人一起吃住在工地上,夜以继日地连轴转,终于提前三天换了一个遍。省市质检部门前来检查,质量全优!

王福波和他的装饰公司在菏泽一炮打响了!

接下来,紧邻隔壁的菏泽市人民银行大楼建好了,也需要装修。大家知道银行有钱,都来争取这单业务。其实,银行虽有钱,却不傻。就在王福波率领大伙儿紧张施工的时候,银行不断地派人前来考察,看到这支队伍作风过硬,质量一丝不苟,不误工期,十分满意。那时还时兴议标,甲方业主看准谁的质量好、报价低,就让谁干!

王福波的公司一举夺标。他把每一个项目都当成战役来打,指挥调度有方,保质保量保工期地完成了任务。同时,也赢得了可观的利润。还上了市局垫付的开办费和大家凑起的流动资金,置办起了必要的装备工具,就业了40多个人。中秋节,王福波给每人发了月饼和红包,全公司士气大振。

更重要的是菏泽人也能干装修装饰业务了,梁新龙局长十分高兴:没有选错人!

商场如战场。打一仗要进一步,争取连战连捷。

总经理王福波及时召开总结大会,慷慨激昂地说:"虽然我们干了几个大工程,取得了业界的认可,但不能有丝毫的满足情绪,还要看得更高更远。我们要走出去学习、创新,把业务技能、技术力量、组织管理进一步提高,争取更大的胜利!"

立足菏泽,走出菏泽。王福波带领着几个技术骨干去济南、奔青岛,一是学习,二是拓展业务。时任山东省建设厅副厅长、房地产协会会长刘延谟,曾经当过菏泽地区的副专员,挂职青岛市副市长,王福波

第三章 人生能有几回搏

托他介绍与青岛房屋装饰工程公司接上了头。那边的总经理刘思臻与王福波一见如故，结成了忘年交。双方联营，竟在青岛一连接下几个装饰工程，全都干得漂漂亮亮的。

从不知道"装修装饰"咋回事，到成为业内的行家里手，王福波以军人的胆识和学习精神，很快便实现了他的诺言：要么不干，干就干最好！

著名作家冰心女士说过：成功的花儿，人们只惊羡它现时的美丽。当初它的芽儿浸透了奋斗的泪水，洒遍了牺牲的血雨……

军人出身的王福波不仅自己革命加拼命，创业加创新，还带出来一支敢打必胜的队伍，作风过硬，不仅男子汉们流汗流血不流泪，还感染影响了一批"娘子军"。

一天晚上11点多了，黄玉峰受命去济南办完某项手续，刚刚回来向在办公室的王总汇报。突然间，响起一阵急促的电话铃声，王福波拿起来听到一个颤抖的女声："哎……"就没声音了。

这是谁？王福波举着话筒"喂喂"了好几声，又传来一个苍老的男声："恁快来吧，恁的人被砍伤了，头上全是血！"

"啊？在哪儿？"

老人说了一个地址。王福波喊道："小黄，出事了，快走！"立即跳起来，急三火四地奔了出去。

原来，是公司一个名叫何哲的女业务员，谈业务回来晚了，被两个歹徒盯上，蒙面闯入她租住的出租屋抢劫，还企图非礼她。何哲急了眼，一下跳起来拿把菜刀拼命。三下两下，她砍中了歹徒，自己也受了重伤，吓得那两个家伙一溜烟跑了。

那时家里都没有电话，更不用说手机了，她捂着冒血的脑袋跑了700多米，到附近一个传达室打电话，刚说了一句就昏了过去。

当晚，120急救车把伤者送到了医院，王福波又去派出所报了案，抓捕犯罪分子。何哲被砍了七刀，缝了几十针，昏迷了整整三天才醒过来，看到王福波的第一句话竟然是："王总，我那份装修合同还没签字呢……"

王福波眼泪差点掉下来："别提合同了，你好好养伤吧！"

多好的员工！多好的姐妹！公司专门派了两个人日夜不离地看护她，后来又转到王福波家里，在王福波妻子的细心照护下，一个多月才慢慢康复。后来，何哲经人介绍与一位澳大利亚人结了婚，移居到了堪培拉，生活越来越好，每次回国见到王福波，想想当初的"不容易"，总要酣畅淋漓地痛哭一场。

还有一位女员工苏静，听朋友说某单位有一项装饰工程，立即想方设法前去联系。可是此时的装饰公司比较多了，大家都想拿下这个"单"，业主一时举棋不定。小苏就一趟一趟地去找有关领导，述说自己公司的强项，做过成功工程的例子，竭力争取。

前前后后跑了大约一个月，终于感动了"上帝"，对方同意与她签约。那天中午，小苏高兴地请客致谢。为了让客户满意，她一杯接一杯地喝着高度白酒，结果把自己喝得酩酊大醉。

回来时找不到自行车了，高跟鞋也丢了一只，她一溜儿歪斜地走回公司，在大门口碰上了王福波，不由地大哭起来，就像孟姜女哭长城："俺……拿下来了，你看，这是合同。呜呜……王总，我们容易吗？"

"哎呀，拿下来是好事，可你也别喝这么多啊！"王福波看着一把鼻涕一把泪的小苏，又是感动又是心疼："明天别上班了，快去休息一下吧！"

部队讲有什么样的带兵人就会有什么样的兵！员工身上描着总经理的模样。

就在王福波干得风生水起的时候，一些体制内的弊端如影随形般地跟了上来。有的人看着装饰公司挣钱了，便时不时想安排个亲友进来。

领导介绍但不能干事的，王福波一律拒绝。实在推脱不掉的，就安排个虚职，领份工资。因为企业要的是真打实干的人才。

再者，上边动不动就学习开会。王福波开了几回，听的大都是"务虚"的话。正为开展业务东奔西忙的他，哪有那么多闲工夫，后来就不愿去了，往往回一声："我忙啊，去不了！"

这又让很多人心中不快："你忙，领导不忙？"

此类事情多了，犯了"机关"的大忌。当王福波干装修公司经理10个月时，竟接到了让他去局办公室工作的通知。

朝夕相处、相濡以沫的公司员工得知后，非常震惊，人们纷纷围着收拾东西的王福波，心情沉重，万分不舍，像失去了主心骨。一位老职工紧紧抓住王福波的手，眼含热泪地说："王总，我们的事业刚刚闯开了头，你不能走啊！跟着你干，俺们心里踏实。"

"谢谢、谢谢……我也舍不得离开你们啊！"

也有的同事为他庆幸：调回局机关风吹不着雨不淋着，再也不用这么劳神费力，过个平安的日子吧！

可是，王福波不这么想。感觉像一个正在前线指挥冲锋陷阵的将军，胜利在望，突然被解除了兵权。心中十分郁闷，到办公室报了到，没上几天班，他就琢磨：既然领导不让干装饰公司经理了，坐办公室的日子又不习惯，干脆下海自己干得了！

主意已定，他找到局领导，要求再次下海创业去。说真的，局领导都很欣赏他，再三挽留，他去意已决。最后经局党组慎重研究，同意了他的请求。

"唉！你这个小王真是和别人想的不一样。"当过团政委的梁新龙局长不解地摇摇头，感叹地说，"你一走局里少了一个好干部苗子！"直到若干年后，梁局长还为没有把王福波培养成一名局长感到惋惜，可后来看到他的事业红红火火时，也十分欣慰，甚而退休后多年，年逾花甲还自愿为王福波当起了顾问，这是后话。

这一次离职相比上一次而言，更加彻底、更加果决，王福波干脆断了"皇粮"，身上连一根保险绳、一只救生圈也不带，割断了与体制的脐带，真正"下海"去闯荡风浪了。

10个月的经理生涯，他从零开始的装饰公司挣下了100多万元的家业，王福波自己还垫上几万元跑业务、请客送礼费没法报销，连同当初搬到公司去的自家的桌椅板凳，干脆都不要了。

置之死地而后生

置之死地而后生。此语源自我国古代军队的血性博弈。王福波在军校学习时就专门研究过中国战争史上的两个经典战例。

一是韩信的"背水一战"。公元前204年，汉军大将韩信仅带1.2万人马，在太行山井陉关迎击赵王的20万大军。面对十几倍之强敌，韩信不顾兵家大忌，在泜水河背水结阵，又密派两支铁骑潜伏于赵军之侧。交战时，赵军20万大军迎头杀来，一万汉军后无退路，个个以死相拼。此时潜伏的2000名汉军趁机攻进赵军大本营，赵军大败。

和"背水一战"同样进入成语的"破釜沉舟"，乃西楚霸王项羽的杰作。楚怀王派20万大军救赵，主帅宋义惧秦军有30万之众，又有名将王离、章邯、苏角坐镇，一直按兵不动。次将项羽夺宋义之首级发主帅之令：士兵每人带三天口粮，砸碎全部行军做饭的锅，对将士曰："我们轻装去章邯军营中取锅做饭吧！"大军渡过漳河，项羽又命士兵把渡船全部凿沉。项羽指挥没有退路的楚军包围了王、章的军队，以一当十，以十当百，杀声震天，九次激战，终于以少胜多，杀死了秦将苏角，俘虏了王离，章邯携残部逃走。

"背水一战"和"破釜沉舟"，绝不仅是两次诡异战争留下的普通成语。他们是国学经典中的神来之笔，两千多年来一直激励着华夏子孙不屈与奋进，居劣势而与命运抗争！

军人之血性岂止仅在战场？王福波面对困境，被两个战例激发出军人之勇。

王福波舍易求难、舍稳求险、舍成求变、舍已知求未知，岂不是真军人？真壮士？

王福波这一次的离职，虽然带有某种悲壮意味，但此次下海，国家政策层面有了巨大变化。

1993年，也就是邓小平南方谈话的第二年，大江南北掀起了深化改革开放的新热潮。机关干部离职下海、民营企业加快发展已经成为时代的潮流。"梅开二度"的王福波，远不是当年那个茫然试水的新手了。经过几年市场经济风浪的吹打，他看清了市场经济的模样、商海的浩瀚与吊诡，变得胸有成竹，如同羽翼渐丰的大鹏鸟，挣脱了鸟笼和绳线的束缚，渴望到万里蓝天上振翅翱翔。

军队作战指挥员必须先做"战略规划"，即《孙子兵法》中讲的"知己知彼，百战不殆"。

选择干什么项目，即是商战的首要战略目标。

好女就怕嫁错郎，老板就怕选错行。卖衣服，收捡废品，已成为王福波目中的"小儿科"。商场上有些机遇是"一闪而过"的，如收废品，由于王福波把此行业做到极致，效仿者云集，竞争激烈，已无大前途。王福波闭门思考了几天，决定选择"装修装饰"行业！虽说此行当干了不到一年，但已倾注了他的感情、熟悉了业务、有了患难与共的一帮兄弟。随着人们生活的提高，家装市场的前景广阔。

王福波注册了"菏泽地区丰泰艺术装饰公司"，挂靠在市文化局下面，算是有了一个"红帽子"，在计划经济和市场经济双轨制的阶段，人们还是认"红帽子"。王福波在青年路南头租了几间临街房，接工程兼营装饰材料，后院算做仓库堆场。由于资金大都"贡献"给原单位的公司了，他等于"净身出户"，没有钱"装饰"门面，就到康庄市场上淘了一些旧沙发桌椅，一切从俭开了张。

无衔将军——优秀军转干部王福波的命运创新

世界上的军队有一条铁律：士兵都愿意追随能打胜仗的统帅。当年横扫欧洲的拿破仑，被"欧洲联军"打败后，囚禁于地中海的厄尔巴岛上。在岛上，他通过亲信得知联军的各国头目在维也纳开会，争吵分裂，又得知法国人民对波旁王朝的统治不满，当即只身逃出厄尔巴岛，召集老部下，组成了一支小部队，向巴黎挺进。一路上，当年他的部下闻讯纷纷聚集过来，甚至连波旁王朝每一座守城的军队也欢呼倒戈，追随拿破仑。他竟然未发一枪一弹占领了巴黎，重新拥有了一支十几万忠诚将领和士兵的队伍，掌权三个月，被历史称为"百日之变"。

王福波一下海，跟他在房管局装饰公司干过的人，呼啦啦又主动找上门来。就像当年"拿破仑的复辟之旅"。老伙伴冯尚党是第一时间来追随的。

冯尚党的名字很有意思。中间的尚字下边再加两道，就是一个党字，让人以为他特别崇尚党组织，实则他还不是个党员。他与王福波是邻村的老乡，两家相隔一条河。只是初进房管局装修公司时，他还不知道和王福波是近邻。冯尚党会干木工，带着几个乡亲上城里打零工、包活儿干，自从认识了王福波之后，敬佩有加，心想：这样的好老板天下难找。下决心跟着他打拼。他走到哪就跟到哪。

最初听说王福波辞去公职自己干了，冯尚党弄不清什么原因：人往高处走，他咋着往低处走呢？这天，他打听着找到了青年南路"丰泰"门市部，一看都是旧桌椅，柜台上摆着些地板砖、玻璃、五金件什么的，小公司一副刚起步的样子。正好，王福波办事回来了，见到他热情地打着招呼："尚党，你咋过来了？忙不？"

"忙个毬！你走了，大伙儿心都散了。现在公司的活儿也少了，俺们常在家闲着，还想跟着你干哩！"冯尚党真诚地说。

"那好啊！咱共同干点事儿！我这边正缺工程队，啥时方便你就过来吧！"

第二天，冯尚党就把跟他干活儿的十几个工人招呼到一起，说：

第三章 人生能有几回搏

"我到别处去干了,你们要是愿意就一起去吧!"

众人疑虑地问:"到哪里去?"

"实话说吧,就是到咱王福波老总的公司去。干事就是这样,跟着啥人学啥人,跟着神婆学跳神。你跟对了人才能有饭吃有发展,跟错人就完了。咱不都说过:要想挣钱多,跟着王福波。咱跟着王总干,一定能吃饱饭!"

工人们用脚投票。不恋"公家"的招牌,纷纷跟着冯队长"转会"。冯尚党带着这批工人,有干木工的、刮腻子的、贴壁纸的、铺地砖的,工程队一家伙儿全拉到王福波这儿来了。

"好啊!你们过来,真是助了我一臂之力啊!"王福波十分高兴,任命冯尚党为工程部经理兼工程一队队长,领着工人就干了起来。

当时,"家装"刚刚兴起,相比"公装"而言利润不多,一般公司不大愿意接。王福波认为:公司初建,大小活儿都接,挣钱多少不要紧,有了工程就可以帮助代销材料,照样赚回来。

思路决定出路,小公司又红红火火地发展起来了。

此时的房管局装饰公司,却是"王小二过年——一年不如一年"。更为令人尴尬的是:王福波走后,员工心散了,工程队本来就是招聘来的散兵游勇,哪里挣钱哪里去,就连正式分配或调来的"事业编",也去意彷徨。强撑了一年多,局里只好就地解散了这个公司。

曾任王福波秘书兼通讯员的黄玉峰,通过关系调到市建委下属城乡建设服务公司去,当了一个小头目,管着七八个人干活儿,也是勉强维持。

这年过了春节不久,春寒料峭的一个晚上,天上下着雨,王福波穿着雨衣骑着摩托车"噔噔"地来到黄玉峰的家。那时还很少有私人汽车,在菏泽城里,王福波有辆金城100摩托车就不错了。

"是王总啊,你咋有空来呢?快进屋里坐。"黄玉峰惊喜地把他让进屋,向自己的父母做了介绍。

"大爷大娘，你们好啊！我来看看你们和玉峰。"王福波礼貌地打着招呼，而后与黄玉峰细细交谈起来，诚恳地说："我都听说了，你在那边不顺心。咱们在一起创过业，互相了解，还是跟着我干吧！"

如此寒冷泥泞的雨夜，老大哥一样的王福波上门邀请他一起干事儿，这是一种信任啊。黄玉峰感动不已。过后，他与父母商量：咋办？跟谁干？要是跟王福波，那就等于像他一样丢了公职；要是还在原单位，那就"不死不活"地混日子。这关系到一个家庭的命运和未来，整整商量了两个多小时，父亲帮着下了决心："小，我看这个王总面善，沉稳，不浮躁，能成大事。你跟他干吧！"

"爹啊！我也是这么想的，王经理有能力有水平，跟他干有前途！"

黄玉峰是坦克兵车长出身，亦是一个血性军人。果决地申请办理了停薪留职，把个人档案提出来放在建委人事劳资科，义无反顾地进了"丰泰装饰公司"，成为王福波的左膀右臂。不久，又来了一位名叫吕春生的助手。加上冯尚党等人的工程队，兵强马壮了。业务量也在不断扩大。

此时上级有了新政策，不允许挂靠机关办经济实体，市文化局要收回"丰泰装饰公司"的牌子，与王福波商量：要不你回局里上班，给你安排个科长或主任吧！

王福波摇摇头，决心不要那个"红帽子"，办一个真正属于自己的公司！

他带着他的团队，彻底割断了和旧体制的脐带。他任总经理，黄玉峰、吕春生为副经理。

名不正则言不顺；言不顺则事不成。公司起个什么名称呢？一定要响亮、易记，有意义。

三个人一连想了好几天，起了无数个名字，都感觉不太满意。最后还是王福波一锤定音："我们没有显赫的背景，不是官二代、不是富二代，也不是星二代，一帮平头百姓，只能靠自己拼搏来求生存。我的名字里有个波字，是搏斗的谐音，你们一个叫春生，玉峰小名叫秋生，都有个生字，我看咱就叫'搏生装饰公司'，意味着置己于死地，在搏斗中生存，在拼搏中胜利，咋样？"

"好。这个名，叫着顺口，听着有劲儿。就叫搏生了！"黄、吕二人一致同意。

人生能有几回搏，此时不搏待何时。古往今来，三百六十行，哪一个奋斗者不是依靠百折不挠、再接再厉地拼搏走上成功之路的？"宝剑锋从磨砺出，梅花香自苦寒来"，讲的就是这个道理。拼搏、搏斗、搏击、博弈乃是一个战士、一支部队的血性所在。战场要搏，商场亦须搏。拼搏，可以求生存，国家如此，个人亦如此。民族复兴，岂能不搏？商战求胜，岂能不搏？

从此，"搏生装饰工程有限公司"如同夜空中的一颗新星，在鲁西南的大地上冉冉升起。

毋庸讳言，20世纪90年代，从官场到商场，吹拂着一股浓浓的酒风，办企业更是离不开酒场。许多项目、计划乃至合同，都是在酒桌上谈成的。酒，代表着义气、豪爽、真诚，"感情深，一口闷；感情浅，舔一舔"，"要想事办成，你先来一瓶"，"李白斗酒诗百篇，商场斗酒可挣钱"……诸多民谣形容着酒的功能和魔力。酒，成为生意场上的一种介质。"搏生装饰公司"不能免俗。

虽说还是起步不久的小公司，门面不阔绰，但有军队经历的王福波要求严格，办公室干干净净，规范有序。不同的部门各负其责，材料分门别类摆放得整整齐齐，墙上贴着规章制度和各种图表……

一天，公司来了一位衣冠整洁、气度不凡的客人，里里外外观察了一遍，脸上露出满意的神色，向前台营业人员提出想见一见"老总"。王福波闻讯立即出来会面。

客人姓李，来自山东潍坊，现任香港一家陶瓷公司的老总。这家公司董事长正是香港的一位著名企业家，且名列香港十大富豪之一。为发展内地经济，振兴中国传统工艺，来到内地创办了数家陶瓷工厂。此次，他特派李总前来菏泽考察市场，选择合作伙伴。

两人一番交谈之后，转入正题。李总说："王总，我遵照我们李董事长的设想，来菏泽转了两天，想寻求合作伙伴。发现就是你的装修公司比较规范化，咱们可以长期合作，占领鲁西南市场！"

"好啊，老哥，咱'搏生'求之不得呢！只是我们本小力单，流动资金不足，怕是承担不起大任啊！"

"实在！不愧是当兵的出身，我也当过兵，有一说一，我就喜欢这样的性格。这样吧，我们回去给董事长汇报，找个合适的方式合作。"

这位李总也是一位转业军官，曾经在安丘市政府工作过，和王福波经历相似。两人很快找到了共同语言。他回去即向董事长作了汇报，大加赞赏王福波的为人和他的公司，说这是个有情有义、有诚信、有担当、有胆有识的企业家，是个理想的合作伙伴。

不久，一封签署着董事长名字的信件飞到王福波手中，盛情邀请他前去安丘地板砖厂考察洽谈。王福波欣然赴约，叫上王富生陪同，王富生是王福波的亲弟弟，比王福波小5岁，也是军人出身。部队复员后一直追随着王福波。哥俩一路顺风地赶到了潍坊。装修业大量使用地板砖，这个工厂的产品质高价廉很受欢迎，办得十分红火，拉货的汽车排成了长队。

首先是一顿接风酒。接待宾馆档次也很高。由于各方面的客人较多，时年不到40岁的港商李先生应酬不断，委托李总代表他请王福波一行吃饭。

不一会儿，董事长举着酒杯风度翩翩地转过来了，身后两位身穿旗袍的女服务员，托盘里各放一瓶五粮液。李董事长开口便问："哪一位是菏泽的王总啊？"

王福波礼貌地站起来："我是菏泽搏生公司的王福波。"

在李总的介绍下，众人落座。港商李董让服务员倒满了酒，操着南方普通话说："我们李总回来后总是夸你啦，说你长得帅又能干，今天一见名不虚传。我敬你一杯啦！"

"哪里，董事长过奖了。"

"梁山好汉啦，干一杯啦！"

恭敬不如从命！半斤一杯的五粮液，王福波一饮而尽。

"好，爽快！"李董事长也是有酒量的人，同时饮干。又亲自为他斟满了酒："好事成双，咱们再共同干一杯啦！"

王福波知道这也是一种考察，是不是真诚实在，都在这杯酒里了，心想就是喝趴下也不能认怂，端起酒杯："这一杯是我敬董事长的，祝愿贵公司兴旺发达，也希望咱们合作成功！"

王福波率先干杯亮底，滴酒不落，引来一阵喝彩声。

他一连干了三大杯，整整一斤多白酒下肚，感到头晕目眩，走路不稳。陪同来的王富生暗暗着急，可也无法代替。王福波毕竟军人出身，自控力极强，尽管酒喝大了，但在场面上毫不失态，言谈举止依然有规有矩。

酒过三巡，菜过五味，主人又邀请唱歌。多功能厅设备齐全，一会儿把麦克风拿上来，王福波强撑着接过来，唱什么呢，自然还是他所熟悉的军歌。一曲《血染的风采》和《十五的月亮》，引起大家强烈的共鸣。当兵是报国，干企业也是为民，九九归一，殊途同归。

晚宴即将结束，港商李董爽快地宣布："王总啊，看得出来，你是一个性情中人，也是有血性的汉子，值得合作。我听说你资金不足，没关系！那我就在你这里破破例！本来我这么多年的经商信条是一手交钱，一手交货，但对你菏泽的王总，可以先发货，卖完再给钱！"

这是一个大大的红包，包着信赖和尊重！

"谢谢董事长、谢谢贵集团！我们一定不辜负这份信任！"

当晚要赶回菏泽，出门一上车，王福波就昏睡过去，车到济南还没醒。

王福波哪里知道，两位服务员，一位端的是五粮液，一位端的是矿泉水。港商李董饮的都是矿泉水，事后港商李董赞叹：听说梁山一百单八将，七十二人在郓城，菏泽人豪爽、实在，真的没想到豪爽、实在到这程度啦！给他发货，不要他先付款啦！

几天后，在一分订金未付的情况下，该集团就发来了整整七车皮的陶瓷地板砖，价值数百万元，而且这些产品质量好、品种全，特别好销。"搏生人"赚了个盆满钵满。

事过很久了，王福波还微笑着回忆说："商场险恶，酒场也有风险！不过那场酒拼得值！"

一来二去，菏泽人都知道"搏生公司"卖的地板砖价廉质优，装修铺地板砖的客户纷纷涌来，生意十分兴隆。公司驻地百姓看着眼红了。当地有个约定俗成的"规矩"：不管你来什么货物，必须由驻地的老乡挣卸车费。搏生公司运地板砖的车来了，他们呼啦啦围上一群，大多是老头、老太太和小孩子（年轻人大都外出打工了），搬不动，就一箱一箱地往下滚，稀里哗啦摔碎了不少。

王福波、黄玉峰、冯尚党等人连忙制止："你们都别动手了，俺们自己干。"

"不让卸可以，但你得照付卸车费！不管多大年纪的，来的人每人有份。"

"为啥？俺自己卸还给你钱？"

"是你不让干的，不是俺不干。你在俺的地盘上，就得给。"

蛮不讲理！报警又咋着？一群村民百姓、老幼妇孺。唉，仓廪实才知礼节，这都是让一个"穷"字闹的。

公司正是创业时，再怎么强调拼搏精神，也不能跟这些人"搏"啊！为了不激化矛盾，他们只好照样付钱，一人10元。拄拐杖的白发老人，带兜肚的娃儿，都有份儿。不过长此以往真不行，企业不是慈善机构。何况越发钱聚的人越多！王福波想来想去，决定让运输车队晚上12点之后再运货来。这时当地人都睡觉了，无人干扰，公司再抓紧卸车。

有天夜里，一下来了四五辆货车，装满了成箱的地板砖。公司上下一齐上手，穿梭似的往后院里搬。王福波换上工作服，跟大伙儿一块干。别人都是一次抱一箱，他身大力不亏，一次抱两箱。每箱地板砖的重量是58公斤啊！大家看着总经理都这样干："老板亲自上了，咱没说的，加劲搬吧！"

天快亮了，周边村里人又来讨要"卸货费"，王福波风趣地谢绝道："各位大爷大娘，小朋友们，这回都歇歇吧，俺们没车卸了！"

再看地板砖，全都整整齐齐地码在后院大棚里了。

走向"大世界"

一年之后，搏生装饰公司的名声大振，成为菏泽业界一个响亮的品牌。连同周边县乡，都传开"要装修，找搏生"这句口号了。

王福波又有了新的谋略。1995年春天，他向黄玉峰、吕春生等人提出："这个地方小了，制约咱发展，应该换个大点儿的场地。"

"换哪儿？"

"林业局培训中心不是欠咱们装修费嘛，那楼他想让咱用。咱再加点钱租下来，办个装修市场，卖材料、卖摊位，也干工程。"

"你说的是康庄路上那栋楼吧，有四五层，咱能用得了？"

"目前全菏泽还没有一个建材大市场，人们装修在东城买地砖，西城买扣板，再跑到北城买油漆、南城买门窗，装好一套房子，几乎要跑遍全城。多麻烦？咱把它们都集中在一起，一站式购物，肯定受欢迎。"

"这个主意不孬。不知道那些商户愿不愿来，嫌租金贵咋办？"

"我想好了，咱招商不用先交租金，客户先来经营，卖了材料再交摊位钱。这叫卖场地。"经过几年市场经济的磨炼，王福波越来越精明了。

　　按照这个计划，他们租下了那座大楼，把搏生装饰公司搬了过去。招商广告一打出，不几天，场地摊位全租出去了。一楼是地砖、洁具等；二楼是细木工板、五合板、铝合金门窗、石膏板等等；三楼是五金件、各种涂料、灯具等等；四楼是电器配件、厨具配套等等。一下子集中了几十个系列，上千种产品，完全实现了王福波的设想：不怕不卖钱，就怕货不全。装修户来到这儿走一回，琳琅满目，目不暇接，什么都有了。

　　为此，他打出一个响亮的口号：装饰大世界，装修新境界！

　　这回不用去请书法家来题写了，王福波亲自挥笔，写了一条长长的大字横幅，挂在三楼门头上。这种大市场在菏泽是第一家，市工商局、建委、城管局都很支持，专门举行了隆重的开业仪式。诸多媒体赶来报道。一时间，"装饰大世界，装修新境界"，响彻整个菏泽城！

　　搏生公司也迎来了自己的辉煌时代。

　　他们把办公室设在楼的顶层，接待各方来的领导和客商，洽谈装修工程业务，楼下也有自己的材料摊位：细木工板、铝合金门窗、地板砖等等。用王福波的话说：咱就如同开医院，既看病又卖药。同时，他发挥当过兵的优势，健全公司架构，分别成立了办公室、工程部、材料部、财务部等，工程部下边又分设了四个装饰工程队。接下工程之后，由四个队分别施工，引进竞争机制，互相比着干。

　　营业部聘用了几名下岗工人，在商场里售卖装修材料。由于业务量大增，王福波干脆动员妻子也办了停薪留职，放下"银饭碗"，离开单位，进入公司专门负责管理门市摊位。如今的妻子早已对丈夫的追求与能力心服口服，同甘共苦地干起来。

　　此消彼长，曾经的房管局装修公司"黄"了，跟着王福波干过的张斌，在王福波离开后，自己拉起一支小建筑队，此时，也带了他的人马投奔过来，当了一个工程队的队长。"要想挣钱多，跟着王福波。"事实正是如此，以后他曾以为翅膀硬了，又自己出去单干，结果经营不善赔了个底朝天，直到让王福波再次收容到麾下才缓过劲儿来。自然，这是后话了。

而另一位队长张洪全，则是这个时期加盟的新成员。他原来在菏泽祥峰公司干过工程，掌握了一套熟练的铝合金材料加工技术。搏生公司接下了一个铝合金门窗安装工程，大约有12000多平方米，要求高、工期紧，一位副经理通过熟人找到他，承包下来了这个活儿。

张洪全立刻带着十几个工人来了，就在装饰大世界楼后边摆开了"阵地"。搏生公司提供材料，他们按照图纸尺寸加工成型，然后再负责安装就位。每天电锯电钻"哧哧"地响，铁棍木槌"当当"地敲，经常加班加点干到深夜。

王福波、黄玉峰他们就在楼上办公，有时上下班路过工棚还停下看看，但互相并未熟悉起来。张洪全知道那个高个魁伟的是王总，面容坚毅而和善，走路、说话都很沉稳，像个干大事的人。而几位公司领导呢，也发现这个张洪全认真细致，干活利索，材料、成品码放得整整齐齐，还尽量把握好尺寸，科学下料，主动为甲方节省材料，给人留下了极好的印象。

其间，张洪全干活儿时，不小心把近视眼镜碰坏了，裂了几条纹，工程正忙得不可开交，也没空去换新镜片，就那么一直戴着。一次，王福波上班时与他迎头碰上。张洪全打着招呼："王总，你好！"

"嗯，好好！"蓦地，他停下脚步叮嘱道："你抓紧换换镜片吧，别伤着眼睛。"

这让张洪全心里感到热乎乎的……

年底到了，工程也即将结束，搏生公司召开了一个会议，特意通知张洪全参加。他感到奇怪：自己不是搏生的员工，只是承包干活，怎么参加人家内部会议啊？怀着忐忑的心情，张洪全走进楼上的会议室。发现这是一个总结表彰会，黄玉峰副经理主持，王福波总经理讲话。

无衔将军——优秀军转干部王福波的命运创新

其中还宣布了几项人事安排。王总站起来庄严地宣读文件：兹任命×××同志为第一项目部经理；兹任命×××同志为第二项目部经理……那阵势完全像部队宣读干部任命书一样。张洪全大开眼界：别的公司都是干活拿钱，没有这么些讲究，也没有这么让人心情激动。

会后，王福波让张洪全留下聊天："你是哪里人？过去在哪里干过？"

"我是赵楼公社大张集人。高中毕业没考上大学，就跟着姐夫出来干活儿了，一直承包祥峰公司的项目。"

祥峰公司曾在菏泽装修界有点名气，王福波对他们都了解，这证明他的技术经验都是过关的："不错，我看你对铝合金很熟练，干这行多长时间了？"

当时建筑业的铝合金门窗还是新生事物，掌握这门技术的人不是很多，张洪全回答："干了三四年了，原来干过广告牌啦，商店门头啦，这两年门窗上才用得多了，关键是要掌握好尺寸，那个料挺贵的，成本高别瞎了。"

过了几天，他们又在院子里碰上了。王福波问道："洪全，这活儿干完了，下一步你想着做啥？"

"还没具体想法，再去找活儿呗！"

"那你到我公司干吧，咋样？"

张洪全一阵惊喜，早就感到这个公司不一样，打心眼里佩服，别的公司大都是纯粹雇用关系，干活，拿钱，走人。可这位王总是在干一番事业，干一股人气，跟着他干有奔头，便毫不犹豫地回答："只要王总信得过，我跟你干！"

"好，过了年你就来上班，给我管好型材销售、工程这一块。"

日后就是博生的正式员工了！张洪全心里乐开了花儿，赶紧跑回家告诉媳妇、家人，全家都很高兴，认为可以挣稳定的钱了！而张洪全想得更远：好好地跟着王总学习磨炼，以后也干出个"兹任命"来……

第三章 人生能有几回搏

此时，王福波的装饰大世界逐渐走向规范经营，但尚未被社会各界知晓。

一个偶然的机会让他认识了一个人。

当时，《曹州晚报》准备创办一个经济导刊，委任一位能写能编的记者陈奇总负责。他想在创刊号上放个"雷子"，也就是说采写一篇有分量的大稿子，一出现就闹个"动静"。这天，他去皮衣铺修补衣服，师傅说需要等一个多小时，让他出去转转再来取。

正是寒冬腊月天，上哪儿去等呢？蓦然看到对面就是装饰大世界，背阴朝阳，一位年轻的老板正坐在圈椅上，晒着太阳，喝着茶水，看着自家的铺面——前来购买材料的顾客络绎不绝，神态淡定而满足。

陈奇凑了过去搭讪着："哟，生意不错嘛！"

"是啊，现在装修的人家多着哩！你坐。"王福波见来客像个文化人，递过去一把椅子。

"我等着补衣服哎，你这儿暖和。"陈奇不客气地坐下来。

两人一边晒着太阳，一边闲聊起来。一个家是吴店的，一个家是高庄的，相隔不远，一个是在小留十中上学，一个是在高庄九中上学，校长教师也互相认识，越聊越近乎。当听到王福波是当过兵上过军校，转业回来分到市政上，自动辞职下海创业时，陈奇眼睛一亮。他是搞新闻的，立马感到这里边有"料"，记者天性使然，采访的兴趣顿起：

"你下海后，还算一帆风顺不？"

"哪里，可以说风雨坎坷，我是从捡破烂做起的……"

"啊？你捡过破烂？快说说为啥？"

这一问，王福波的话匣子打开了，从最初卖衣服怎么受骗，还让人家嘲笑，到拉下脸面收废品，被家人的不理解再回到单位干装修，和旧体制不相融，又二次辞职下海办起"搏生装饰公司"，一说就说了个昏天黑地。陈奇听得入神，没带采访本，就用脑子全记下来了。直聊到太阳落山，买建材的人都走了，对面皮衣铺也关门下班，他都忘了取衣服。

"光听我闲聊，耽误老哥你的事了，走走，咱去吃个便饭吧！"王福波不好意思地笑着说。

"没关系，我很愿意听。实话给你说吧，我是咱市报社的，正办《经济导刊》呢。你这就是典型的经济事迹啊！明天我再来，吃饭就不必了。"

"是记者啊？你要是愿意听，咱找个小饭店，边吃边拉吧！"

陈奇真是被他的创业故事打动了，顺口说："中！再听你拉会儿。"

两人就在路南斜对过，找了家小饭店，上了拍黄瓜、花生米、酱牛肉等几个小菜，要了一瓶酒，一斤水饺，边喝边吃边聊。这些年创业的酸甜苦辣一直都闷在心里，如今找到了倾听的对象，王福波一发而不可收，谈到辛酸处，眼泪不由自主地流下来。

陈奇联想到自己的成长经历，深表理解和同情。酒逢知己千杯少。不知不觉间，谈到了夜深人静，饭店老板要关门了，二人才起身告别。

回到家里，陈奇兴奋得睡不着觉，好像发现了新大陆，人世间还有这么感人的生活传奇和励志故事，抓紧写出来，上《经济导刊》创刊号，一定轰动。

他铺开稿纸，连夜挥笔疾书。文思犹如泉涌，写到动情处，自己感动得泪水涟涟，不得不停笔，站起来到院里转一转，回来再接着写。

一气呵成，等到曙光照亮了窗子，一篇万字的长篇通讯成稿了。陈奇的情绪还在高度亢奋中，一点儿也不困，立马带上稿子去找王福波。

王福波拿到这篇手稿，这是第一次看到别人写他的报道，那些难言的苦恼和快乐又奔涌而来，竟把自己给看哭了，泪水打湿了稿纸，只改了几个字就说："陈记者，这么长的文章，能发不？"

"能发。不光是宣传你，也是为咱菏泽树立个创业榜样啊！"

几天后——1999年1月18日，《曹州晚报》经济导刊创刊号出版了，在头版位置，赫然刊登了这一长篇人物通讯：《菏泽有个王福波》，转过来二版又发了一整版。其中刊登了王福波在办公室工作，以及"菏泽百货集团装饰大世界批发市场"大门照片。

一时间，轰动菏泽街头巷尾。王福波的名字，就这样走入了菏泽各政府机关和父老乡亲的视野之中。可以说，这为后来他成为优秀军转干部、"大众创业，万众创新"的先进典型，奠定了舆论和形象基础……

商场亦战场

王福波在实践中总结出：市场经济，也是人脉经济。是否被野蛮的"丛林法则"左右，关键在于企业的商业价值观是否正确。

做生意，先做人；谈交易，先交友。不管与哪方客户洽谈，能不能谈成一个项目，他都是客客气气地接待、认认真真地筹划、诚诚实实地交易。客户和商业合作伙伴就是人缘，真诚相待让人感到可信而温暖。"买卖不成情义在""义在利先""己所不欲，勿施于人"……古老而璀璨的中国儒商之道，在他的商道中体现得淋漓尽致。

两位经营广东佛山陶瓷产品的代理商，前来菏泽考察市场，王福波热情待客，请他们到公司里好烟好茶品着，慢慢洽谈。由于佛山地板砖属于高档品，价格比较高，王福波用商量的口吻说："我们货量大，流动资金少，能不能用赊账的办法进货，销一批结一批账？"

两位精明的客商笑而不应。

王福波没有强求，交个朋友，生意做不成没关系。可是，这两人也不马上走，而是说王总你忙你的，我们在这儿看看。王福波让人把他们领到楼下商场里，摆上两把椅子，沏上一壶"铁观音"，请其自便了。

初秋时节，正是家装市场的旺季，他们看到整个商场里人来人往，货进货出，尤其是搏生公司摊位前，车水马龙，门庭若市，装卸工都累得大汗淋漓，会计出纳忙个不停，但一切井然有序。第二天，两位又来了，还是那个"点"儿，还是那个"地"儿，还是享受着王福波的殷勤招待，边喝茶抽烟边细观察。呦，比昨天还红火！

两人对看了一眼，双手击掌，起身去找王福波了："王总啊，啥也不讲了，就按你说的办，你说要多少吧？"

两人回南方不久，成车皮的高档瓷砖发来了，先卖后结账，由于诚信，双方成了老客户。

元旦春节快到了，王福波总要带上一辆客货两用车，拉上满满一车曹州老窖、王光烧牛肉、牡丹花冠酒等当地土特产，前往河南、安徽、江苏等地，看望生意朋友、拜访客户，加深双方之间的感情。

那次刚到洛阳城，在路上遇到一位合作伙伴，看见王福波带着一车菏泽特产，十分纳闷，诧异地问："王总，你改行了？怎么推销起食品来了？"

"哪里呀！快过节了，我这是给你们带来的礼物，有你一份呢！"

一句话，让人倍感亲切。这样的人谁不愿意与其合作呢？商场亦战场，合作伙伴和客户，就是友邻部队，是同盟军，协同才能共赢！

不过，对付某些蛮横不讲道理的"社会混混""地痞流氓"，军人出身的王福波也是疾恶如仇、是非分明，毫不含糊地坚决斗争。

装饰大世界闻名遐迩，吸引来四面八方的商旅客，自然也引来了贪婪的目光。

其中有个当地年轻人，来到搏生公司摊位前，自称接下了一个装修项目，购买5万元钱的细木工板材。正在门市负责的张洪全以为迎来了大客户，热情地介绍产品，帮助挑选货物。谁知，他装满了一车，却说没有现钱，卖完了再结账。张洪全做不了主，赶紧打电话汇报请示："王总，咋办？"

"行！咱不是也常赊账吗，让他打个欠条，留下身份证复印件，办吧！"善良的王福波总把别人往好处想。

谁知，这个家伙拉走了那5万元的板材，说好一个月结账，结果再也不见他人影了。三个月过去了，张洪全沉不住气，打电话催他，停机！查他身份证，假的，碰上骗子了！

5万元，不是个小数目！全公司都十分恼火、沮丧，恨不得抓住这小子狠狠揍扁他。

半年后的一天，有个员工忽然发现那个年轻人又来了，骑着摩托车在商场西头谈生意，又想故技重演。只是搏生公司在东头，他不敢往这边来。张洪全立即过去找他。那年轻人看见了，顾不上骑车，穿过一个后门就跑。张洪全把他的摩托车推到公司里扣了下来。

等了一会儿，那年轻人壮着胆来要车了，一副"地头蛇"的赖皮相。张洪全自然不给车，让他还了货款再说。他竟破口大骂："你奶奶的，还找俺要钱，你在这里干，应该交保护费！"

王福波接到报告，立刻从楼上办公室下来，怒斥道："欠债还钱，天经地义。你想赖账啊？"

"你算老几？这是俺的地盘。"他理直气壮地大吼。

"你的地盘？这是共产党的地盘！我是给共产党守地盘的，听好了，这个地方的老大是我！不老实，看我治你！"

"嘿，你治我？"他凭着年轻力壮，挥起拳头就想打。

这个年轻人有些不自量力，他的对手不仅当过侦察排长，还从小拜名师学过武术。他的武术老师名叫陈良柱，本市双河集人。威震鲁西南的梅花拳传人，拿过全国武术比赛冠军。

此时对方凭年轻气盛，看样子也练过几招把式，朝着王福波乱挥拳头。王福波一退再退，对方以为王福波无力反击，气焰更加嚣张，把王福波逼到墙根，挥拳直捣王福波心窝。王福波出手了，右手把对方的胳膊往怀里一带，反手一拐，左手一伸，咣，打在他鼻梁上。年轻的攻击者顿时吱哇乱叫。王福波顺势把他撂倒在地上："你还挺来劲？小子，不服站起来再试试！这里都是正当经营的商户，你再来要流氓踩死你！"

无衔将军——优秀军转干部王福波的命运创新

这时，很多商户顾客都围过来看热闹："就是这小子，不知仗着谁的势力，骗吃骗喝的。就该教训教训他！"

"哎哟好啊！别看王总平常文质彬彬的，像个白面书生，动起拳脚来还怪厉害哩！大侠呀！"

王福波抬起脚来："回去拿钱还账，滚！"

那小子就像《水浒传》上的泼皮牛二一样，捂着鼻子灰溜溜地跑了。

第二天，派出所打电话找王福波来了。

原来那人到医院一检查，鼻梁被打断了，就打110报了案。

"你出手太重，致人受伤，要负责任的！"警官说。

王福波一听，立刻说明实情，强调："我是正当防卫。他赖账不还，先动手的是他，商户都能证明。这样吧，也不让你们为难，那5万元我不要了，给他治伤吧！"

警察经过调查，一切属实，天下事了犹未了，最后只得不了了之。

王福波用拳头和5万元的代价教给一个年轻人如何讲诚信做人。

兵者，诡道也。战场为生死之地，不胜则亡；商者，信道也。商场为利益之聚，不诚则失，不威亦失。

还是在"捡破烂"的时期，王福波同河南的一些企业单位联系较多，一次，他带着一汽车废品进入河南境界，遇到一个骑着自行车"碰瓷"的，王福波掏出10元钱："你去吧！碰瓷这活儿挺危险，家里还有老婆孩子，以后干点别的。"一番话，把"碰瓷"者说的羞愧难当，悄然溜去。

谁知当地一位工商局人员，上前来检查证件和手续，拿到手后说了句明天到西城工商所找我，转头就跑。当过侦察排长的王福波随后隐蔽追踪一直到他家门口。买了些烟酒走进去，对方很是惊讶："你怎么找到我家的？"

"你知道我是干什么的？"

"干什么的？"

"部队的特工。我可不是懦夫，《水浒传》一百单八将好汉里有我祖宗。格斗擒拿，你一个村的人都敌不过我。你可别得罪我，山东自古出响马！"

对方被王福波的气势镇住了，乖乖交回证件和手续。

还有一次，焦作一位客户要了王福波几车货，货装好后，正好赶上天色已晚，对方拿出一个存折，王福波一看，上面有10万元，正好。对方告诉他存折密码，让他自己明天去银行取钱。王福波去银行一打存折，上面只有一块钱，对方在存折上自己描了五个"0"。

王福波冷静一想：此刻去找，对方肯定躲了。在当地报案，也白搭。过了个把月，估计对方放松了警惕，王福波腰里掖着两把匕首，找到对方的老家，其妻在家，王福波学一口河南话，问她丈夫下落，得知在学校操场打球。王福波赶过去，对方一见，拔腿就跑，他哪里是王福波对手？

王福波上前扯住对方衣领，露出匕首，还是那句话："小子，老子当过侦察排长，百十号人打不过我。存折还给你，我要现金！你家我也知道了，你要耍滑头，咱同归于尽，连你老婆孩子一块！"

对方怂了："咱去银行吧……"

王福波紧挎他的胳膊，像一对好朋友，对方见了村里人连连点头："嘿嘿！山东来朋友啦"……

王福波第二次下海创办装饰公司时，曾在牡丹路上租了公路局一栋上千平方米的楼房做公司办公之地，兼带卖建材。招牌是"装饰材料大商场"。王福波把前期的创业积累和朋友的借款，全投入其中。进了几十万元的地板砖和装饰材料。

有一天王福波正在门市上值班，突然来了一个满脸横肉的彪形大汉，进来就一屁股坐在沙发上："谁让你在这儿干的？"

"呦，你是什么部门的？我做生意要你批准？"王福波以硬对硬。

对方毫不退让，干脆起身坐到王福波的办公桌上："知道这地盘是谁的吗？"

王福波火了，喝了一声："这是共产党的地盘！你给我下来！真没有教养。你到人家家里去，上来就坐桌子啊？"

那家伙儿愣了一下，叽叽歪歪不想动，王福波将他一把揪了下来。

"你你……在这里做生意，你得给我交保护费！"

"老子是侦察连长出身，用得着你保护吗？"

对方知道遇着硬茬了：用手指着王福波倒退着走出门："咱们骑驴看唱本，走着瞧！"

过了没几天，王福波正在家中午休，突然接到邻家商铺的电话："王总啊，你快来吧，你们公司货都被拉走了！"

王福波马上骑着摩托车回到公司，只见营业员连头带脸被捆绑，所有的建筑材料不翼而飞。一问才知道：刚才来了几辆大货车，十几个蒙面人进门，三下五除二把营业员打晕、捆绑起来，然后把仓库抢劫一空。

"光天化日之下明抢啊！这简直是土匪行为！"王福波一边送员工去医院看伤，一边到派出所报了案。但他心里明白是谁干的，只是没有证据。

在法律上，这是一宗刑事抢劫案。相关治安部门也极为重视，组成了一个人数不少的专案组，王福波出资在宾馆开了房间，提供食宿和汽车油费。每餐六菜一汤，有时加几瓶啤酒。进进出出，寻寻觅觅，三个月下来，没有查到任何"实据"。

士可杀，不可辱。何况血性军人乎？

王福波用他当侦察排长的方式，派出"侦察员"定点跟踪，很快有了发现。对方抢了公司的货不敢卖，存放在郊区一个农家大院里。

王福波以其人之道还治其人之身。深夜带上几辆大货车和几十名员工、战友，直奔藏货的农家院。以迅雷不及掩耳之势装上货就走，片砖不少。

第二天，那位彪形大汉来了，不敢进门，站在门外叫嚷"你抢劫"。

王福波说："你报案去吧，老子要告诉你一句话：当过兵的人，头可斩，血可流，人格尊严不可辱！"

多年后，王福波搬到某小区居住，发现当年那个上门要保护费的壮汉也住在同一小区。有一次他们对面相遇，王福波一眼就认出了他，只不过他已经变得老态龙钟，精神萎靡。对方也认出了王福波，低头躲过王福波的目光。王福波一笑置之，不再计较，让他独自去品味生活的真谛去吧。

人心都是向善的。日后，王福波和当初负责办此案的专案组人员也都成了朋友。

商场多年，此类事情颇多。王福波皆先礼后兵，一一摆平。每次把对方制服后，都不忘教训几句：要老实做人，诚信经商，懂吗？笔者边写边回味，王福波其人有谋略、有胆识且有趣……

商战法则是制敌于死地。瞬息万变之间决胜负。所谓"常胜将军"都经历过九死一生的苦战、血战，他们不断总结经验教训，而制造出脍炙人口的战争经典。王福波在商战30年的经历中，曾遇到过比上述更狡猾、更阴险、更毒辣、更无赖的对手，但他从不下狠招置对方于绝地，以自正、自律为原则，而使对手无懈可击，为此宁肯付出巨大的经济代价。

他感慨地对笔者说：我视这样的对手为"老师"，因为他教会我书本上没有的知识和商战的险恶。

商战中的"无衔将军"，身上留下无数战伤。每一块伤疤都是生活颁发的勋章！

第四章　业道酬精

章首语

　　世界使社会变得伟大的人，正是那些有勇气在生活中尝试和解决人生新问题的人！那些循规蹈矩的人不能使社会进步，仅能维持现状。

——泰戈尔

无衔将军——优秀军转干部王福波的命运创新

建筑物的"癌症"

2016年，有一部收视率很高的电视专题片，叫作《永远在路上》，讲的是中纪委在反腐倡廉、端正党风的征程中，不断改革创新廉政为民的事迹。借用这个标题来形容我们的"无衔将军"，也十分恰当。他是从来不满足现状，时刻发现新问题、新商机的人，永远行进在创业创新的路上……

困难往往是新的课题，新的商机，新的创新机会！

当他带领着公司员工做装饰、装修工程一片红火时，一个新问题出现了：一些半新不旧的房屋装修改造，往往会发现有的天花板黑了、烂了，有的吊顶塌了，有的墙皮脱落了，有的地板鼓了起来，经过装修之后，很快又出现类似问题。怎么回事？

经过仔细追究、试验，原来全是漏水造成的。堵漏价格不菲，还很难根治，水泥沙子不管用，防水漆也堵不住，表面上看着补得好好的，一下雨又漏了。

居家装修房子是为了美观、舒适，漏水问题解决不了，装饰再美观也是白搭，白白的墙体一片一片的发黑泛黄，石膏板吊顶容易塌陷下来。即使房子不在顶楼，可能从厕所、厨房的墙缝里渗水，滴滴答答，有的人家只好打着雨伞上厕所。这样的房子住着实在"窝火"。由此还引起邻里纠纷，上下埋怨，甚至大打出手。

他们就遇到过这样的事例：刚刚给户主装修好了房子，搬进新房没几天，一下雨漏得一塌糊涂，户主气哼哼地找来了："你咋装修的，看看漏得多厉害不？！"

"别急，咱看看去。"到了现场一检查，发现是原建筑商的问题，可人家早验收交房了，你搞装修的就得负责。没逮着偷牛的，逮着拔橛的，没办法。只好找人处理，几次下来，不但没挣到钱，还赔进了一大块。

防水堵漏是个"居家难题"，许多家庭都有此经历，但是又被社会所忽视。因为漏水，不存在生命安全问题，管理者容易忽略。加上漏水原因复杂，大企业不屑介入、小工程队不敢介入。王福波立即与管工程的张洪全、张留奎等人商量：能干这一行的不多，需求就是市场。我们可以试试，开辟一个新领域。

恰在此时，有个临沂名叫周士超的朋友做防水，开办了一个"三雄龙"防水材料厂，设立了驻菏泽办事处。他见王福波是个善于学习和接受新事物的人，力劝他做防水业务，并拉来一车防水材料："你用吧，保险行！"

越是富有挑战性的工作，越是别人不敢干的事情，越是能激起王福波的激情和智慧。他发誓成为菏泽这一行当的专家权威。

这天，王福波把张洪全、冯尚党找来说："抓紧准备准备，你俩跟我上烟台。"

"做啥？去几天？"

"学做防水业务。省里在烟台办了个防水学习班，我带你们学习去。"

冯尚党、张洪全还不明白防水业务的重要性，但他们相信王总的眼光和思路，毫不犹豫地说："中，我们听你的。"

三人一去就是20多天，学理论、学实践，跟着那些专家学习、探讨、交流防水的新技术、新材料，收获颇大。王福波还带着他俩深入到施工现场，看人家是怎么做防水堵漏工程，准备带回菏泽大干一场。

说到房屋渗漏，不管是豪华写字楼，还是普通小区，人们都很头痛。如今，随着经济社会的发展，建筑物渗水漏雨的现象，开始从卫生间、地下室、外墙等逐步蔓延到了包括地铁、高铁、桥梁、垃圾填埋、大坝等在内的许多工程领域，严重影响到了城市建设和人身安全。

有的工程还没有验收就出了毛病。防水的重要性不光影响建筑结构，也影响着建筑物的使用寿命。严格地讲，建筑防水对于建筑安全的重要程度，仅次于建筑结构。有统计表明，我国建筑工程渗漏率达60%以上，且多年来居高不下；70%以上的公用、民用建筑物事故来自屋面和外墙渗漏；特别是剧场、体育场馆等大型公共设施，80%以上都曾出现因混凝土开裂而导致的工程渗漏事故。

建筑工程渗漏，每年给消费者、社会造成了巨大经济损失和资源浪费的同时，还严重制约了建筑物的生命周期。更为重要的是，渗漏意味着地下混凝土结构可能存有缺陷，如酥松、孔洞、贯通裂缝等等。在渗水的侵蚀下，随着时间的累积，这些缺陷会逐渐扩大，导致钢筋锈蚀、混凝土劣化等一系列问题，损伤建筑结构，引发建筑形态改变和其寿命。

比如北京的地铁10号线，有20个车站，其中18个车站漏水。在北京市建设工程司法鉴定中心多年承接的案件当中，有关渗漏水的案件占到工程质量案件的35%，地下空间渗漏水的案件占了这35%里的绝大多数。为了治理地下空间渗漏水的通病，不仅消耗大量的人力、物力、财力，而且还会产生很多建筑垃圾，从而污染环境。

导致渗漏的原因很多，包括设计不合理，没有贯彻因地制宜、按需选材的原则，对变形缝、后浇带、施工缝、穿墙管等没有采取复合的防水措施，材料质量没有保证，结构不防水，施工质量差等等。中国防水协会会长朱冬青指出："大家一说建筑漏水了就是材料问题，其实这种认识是片面的。根据中国建筑防水协会调查，在所有防水问题中，材料问题占30%、施工占40%、防水设计占20%、工程管理占10%。要想治理好，必须有的放矢，对症下药……"

然而，许多漏水问题无法从根本上治理，一些施工人员大多是头痛医头，脚痛医脚，甚至是拆了东墙补西墙，这边堵了那边漏，今天补好明天漏。防不胜防。因而，人们形成了一个共识：渗漏，尤其是建筑地下防水工程的渗漏，被称作建筑业的"癌症"。

王福波选了一个硬碉堡，作为新的突破口，这正是一名敢打硬仗特质的将领。

孙子干成"爷爷辈"

防水堵漏，在房地产建筑领域一直不被重视。

当签订某项建筑物合同时，一般甲方是业主、乙方是施工单位、丙方是监理师，而丁方才是防水业者。有时连丁方也不是，而是附属在施工单位里边。用一句半开玩笑的话来形容：干防水的是"孙子辈"。

王福波投身进来了。

从烟台学习归来，搏生公司就拿到了防水施工证。王福波又分别带着冯尚党、张洪全去济南、跑青岛、上北京、下苏州走访取经，拜师学艺。

正值山东省委、省政府号召东西部结合，即东部沿海发达地市青岛、烟台、潍坊等地与西部欠发达地区各县区结对子，加快西部经济社会的发展步伐。当时，在全省十七地市中，菏泽经济属于排名最后一位。于是，省里提出一个口号：突破菏泽！并指明由副省级的青岛市对口帮扶。

早在王福波主持房管局装饰公司时，就与青岛房管系统结下了深厚友谊，此时正赶上青岛市房产建筑防水工程公司的总经理曲烈遵来菏泽。这位曲总在青岛乃至全国都是个响当当的人物，早年是青岛的篮坛名将，20世纪八九十年代，在青岛市云霄街上建造了海鲜小吃一条街，因中央电视台在此拍摄过"杀人街"故事而响遍全国。后来曲烈遵担任青岛市房管局下属的防水公司经理，率先在全国实行了防水质量保证期制度，给防水工程在上保险等等做法，都在全国防水业界广泛推广，被中国防水界尊称为"大哥"。

曲总第一次在菏泽见到王福波，一拍即合，双方合资成立了青岛房产建筑防水工程（菏泽）有限公司（简称"青菏防水"），引进了青岛公司的新材料、新工艺、新技术、新经验。菏泽大剧院、新华书店、菏泽粮库、菏泽卷烟厂等都留下了青菏防水的足迹和伟作。博生装饰公司的新业务就这样开展起来。

一边承接防水工程，一边制作新型材料。"青菏防水，滴水不漏"！在城区、乡镇各个街道墙壁上、报纸夹缝里、广播电视上，到处都是这句口号。只要提起防水工程来，连小孩子都会说："青菏防水，滴水不漏"！

滴水不漏，吹牛吧？

开始，一些住老旧楼房的居民来找他们。因为，过去那些平顶楼做防水没有什么好办法，大都是沥青油毡，有的两油三毡，有的三油四毡。北京人民大会堂做得比较好，也只是七油八毡，下功夫加厚罢了。

具体做法是：预制楼板上面洒一层沥青，铺一层油毡，一层层加上去。最后用水泥抹平，这就是防水层了。时间一长，特别是经过严寒冬天的冷冻，沥青油毡容易开裂，雨季来了造成漏水。传统的维修办法还是那样：挖开水泥油毡层，重新浇洒沥青、铺垫油毡，抹上水泥晾干。治标不治本，过了一段时间又会漏水。

创新！王福波他们用上了新材料、新工艺。

菏泽地区行署某家属院有两栋"专员楼"，住了一些副专员以上的老干部。因为盖了有些年头了，几乎家家存在着漏水问题。有的是卫生间漏水，有的是厨房漏水，还有的卧室也漏水。这些年市政府分管的行政部门多次找人维修，忙里忙外修了好几天，一下雨又漏起来。

有的人家上厕所打着雨伞，有的人家在天花板上吊瓶子，在地上放盆子，接满了水倒掉，再放回。老干部们不断地找地区领导反映情况，甚至大骂分管行政事务的工作人员，说他们要么是不尽力，胡乱应付；要么是没能力，想不出好办法。

行署办公室分管人员有口难辩。如今听说青菏防水公司专治渗漏，分管的科长如同抓住救命稻草，上门请王福波前去查看治理。

王福波带着张洪全来到了专员楼，里里外外检查了一遍，心中有了数，也有了根治方案，表面上却不动声色。那位科长急切地问："王总啊，你看也看了，量也量了，能治不？"

"年头太长了，下点功夫还能治。"

"那你说需要多少钱呢？"

"这个院有多少家？"

"100多家，都得治。"

"好，每家5000元。"

"啊？咋恁贵？原先来修的总共才几千元钱。"

"那你没治好呀！"

科长算了算，这样全修一遍，需60万元呢！面有难色："能让让吧？"

"不能！我们这次保证给你治好！"王福波毫不松口，第一次尝到了独家技术拥有附加值的甜头。

"好吧，你报个方案，上级批了就这么办。不过修好一定不能再漏了。"

"放心，再漏水，分文不取！"

双方签订了合同，王福波便亲自带着张洪全干起来了。他们一家一家地查看，一家一家地处理，完全采用新型的防水堵漏措施：根本不用扒开楼板，只在漏水区域打进一种类似胶水样的新材料，在里面弥漫开来。这就是防水中的注浆堵漏。王福波给它赋予了个形象的名字：楼体"打针"法。因为屋墙像人的皮肤一样，有很多毛细血管样的缝隙，先进的防水材料打进去自动灌注，凝固后就会将漏点一个个堵死。

果然，不漏水了。专员楼安静了，老干部们满意了，分管的领导松了一口气，青菏防水公司既赚到了钱又扬了名。皆大欢喜。

几千元到60万元，这就是创新和守旧的差价，追求也是科学技术与平庸的差价。

王福波真不愧是个优秀的炮兵指挥员,又是一炮打响!

上门找"青菏防水"的单位和家庭纷沓而至。因它属于稀缺业务、稀缺技术,物以稀为贵。

商机就是这样创造出来的。

他把防水这一行从"孙子辈"干成了"爷爷辈"。不仅经济效益好,还特别受人尊重,来的人都是"求爷告奶",每当治理好一个漏水项目,人家都是千恩万谢,甚至帮助他们化解了多年的邻里纠纷。

菏泽市某家属院,一座五层的住宅楼,二楼一家卫生间漏水,认为是三楼卫生间没处理好防水,上门去找,按传统做法需要扒开楼上住户的墙壁和地板查看。结果那一家说不是他家的事,不让破坏装修效果。三说两说,双方越来越不冷静,就吵了起来:

"你这人咋不啦理哎,看看把俺家漏成啥样了,还不让修?"

"有啥证据是俺家漏的?俺刚装修好了,再砸了,你赔不?"

"凭啥让俺赔?本来问题出在你家,就应该给治好了。要说赔钱,也是你给俺赔!"

"呸!想得美,不撒泡尿照照,你咋张开那个臭嘴来!"

"你敢骂人!你奶奶的!"当年水浒梁山好汉常出粗口,现今,一言不合,两家一边出粗口一边动起手来。单位领导听说了,赶紧出面说和调解。可是,公说公有理,婆说婆有理。病根子在漏水上,这个症结破解不了,邻里矛盾就无法根治。

本是一个单位的两个同事、连同家人互成仇敌,三天两头干仗,连累的整个家属楼都鸡飞狗跳,缺失了和谐。挂了几年的"文明单位"红牌子也被摘了。单位领导十分头疼,慕名找到王福波办公室。

"你是青菏防水的王总?快去给俺们看看吧,这个问题再不解决,要出人命了!"

王福波闻言吓了一跳:"恁严重,啥事哎?"

第四章 业道酬精

"唉,楼上楼下为了漏水,成天打仗。梁山好汉大比武哩!"

"别急慌,我们帮你治住,他两家就不打了。"

王福波马上带着张洪全前去处理。这时,诚实、勤快、爱钻研的张洪全喜欢上了防水业务,感到做这项事业有意义,已成为王福波的得力助手,出任青菏公司副经理。

他们来到家属院现场,两家人还在脸红脖子粗的僵持着。单位领导说明这是请来的防水专家,帮助处理问题来了。

双方进入暂时休战期。

王福波和张洪全分别进到两家屋内,仔仔细细反复查看,发现不是顶板渗漏,墙壁上黑乎乎、湿漉漉一大片,抹上新涂料转眼又湿了。敲敲墙壁,发出空洞的响声,判断不是厕所马桶漏水,而是其他过路水管出了问题。经过同意,他们挖开一个小洞检查,终于找到了根源——原来早年间,住户们都在楼顶安装了太阳能热水器,上下水管沿着各家的卫生间水管铺下来。天长日久,有的水管锈蚀出了孔洞,出水漏到墙体里,时间一长渗出外表,整个墙壁就遭殃了。过去维修只是铲去墙皮,抹上新白灰,治标不治本,过后还是越漏越厉害。

病源找到了。张洪全带领张留奎、孙梅等人具体施工。孙梅本是下岗女工,应聘装饰大世界售货员,聪明好学,常跟着防水队打打下手,日后也成了这方面的专家。他们从上到下重新换管子,还不忘了给闹矛盾的人家排解调和:"不关三楼的事,是上边管子坏了。他家也是受害者。"

"哎,那谁知道来,要是让咱进去看看,咱也不着急不是?"

"我说俺家没事,你就是不信。这回清楚了吧!"

"好了好了,甭说了。我们保证治好了,恁都别再吵闹了好不?"

果然,日后再也不漏水了,两家人握手言和、重归于好,小小的家属院又呈现出一派和谐景象。单位领导十分高兴,特意送来一面锦旗,上面写着:防水能手,治漏标兵!

锦旗渐渐挂满了墙，王福波办公室成了"先进连队"的荣誉室。

防水也称"王"

王福波干啥啥夺冠，干啥啥称王！几乎天天都有来青菏公司洽谈业务的，忙得王福波脚不沾地，一般的业务他就不亲自去现场了，如同医院里的值班大夫似的，坐在办公室里看病开药方。

一个客户来了坐下就忙不迭地说："俺那个卫生间下水道周边漏水。"

"好好，给你开个单子，你到楼下买什么什么材料，拿回去在那儿一抹就行了。"

他刚走，另一位客户一屁股坐在腾出的椅子上："请王总给解决解决，俺家客厅墙上，一下雨就湿乎乎。"

"别急，咱有法儿。"他又唰唰写了一张条子："你拿着去柜台买这个材料涂到哪上，再下雨保险不渗了……"

有时候，门口像医院专家诊室门外一样都排成了长队。

只是遇到特别重大的业务，王福波才拿出"特聘专家"的身份，前去"出诊"。

菏泽是牡丹之乡，每年4月，正是牡丹盛开的花季，姹紫嫣红，千姿百态，吸引了来自国内外众多的赏花游客。菏泽人看中了这个机遇，创办了牡丹花会，文化搭台，经贸唱戏，成为一年一度的盛事。酒店业随之日益火爆起来。

这年，菏泽的一家高档酒店（相当于北京的王府饭店），为了招揽顾客，豪华装修，力争评上星级酒店，特意做了一个圆形穹顶的钢结构大堂，十分气派漂亮。可惜美中不足的是，防水没有处理好，一下雨就漏水，甚至外边不下了，大堂里还滴滴答答漏个不停。酒店大堂成了个"花洒"。甭说评比星级了，就连接待客人都会受到影响。酒店经理急得不行，反复找来几拨施工队伍，一拨又一拨，根本处理不好，成了上上下下一大烦心事儿。

总经理从人们的口碑中，得知了青菏防水的王总是这方面的专家，派总务处刘处长急咧咧地找上门来。王福波一听这是个大客户，而且看的是"加急门诊"，便带上张洪全跟他去现场。

难者，不会也，会者，不难也。潜心研究防水堵漏专业、已是行家里手的王福波，登上大堂顶部，钻进钢架里边，拿着手电筒前后左右照看了一遍，等于中医的"望闻问切"，一目了然。下来后径直走到焦急等候的刘处长办公室面谈。

"咋样？你看了，能治不？"

"能！"王福波底气十足。

"能保证不漏？"

"保证。我不能砸了自己牌子！没有金刚钻，我是不敢揽你这个瓷器活儿的！"

刘处长松了一口气，赶忙让座，倒上一杯热茶："那你说得多少钱？"

王福波端起茶杯，轻轻吹了吹浮在上面的茶叶，抿了一口，说："20万元。"

"啥？"刘处长猛地跳起来，"您快散伙吧。俺弄了几回了，才几千块钱。你要20万元，打劫啊！"

"呵呵，那你弄不好哎。我们要弄，就一定彻底弄好。一级有一级的水平，便宜没好货，好货不便宜。你要是嫌贵，俺走了。"王福波站了起来。

想到马上就要评比星级了，这个问题解决不了，肯定一场空。刘处长连忙拦住："别走别走，坐下坐下，有话好商量嘛！王总，你真是个急性子。不过签合同俺只能先付一半，其余等验收了再说。如果还漏咋办？"

无衔将军——优秀军转干部王福波的命运创新

"你可以先付10万元，剩下的等到下雨再看，要是不漏了再付清。如果还漏，我双倍返还。"

一言为定，双方签了字，10万元打到青菏公司账上。

王福波回到办公室，交代给张洪全：我上去看了，它那个上边是个二次吊顶，你拿着咱那个密封胶钻进去，用手电筒照着，漏水点都有痕迹，把那些地方抹好就行了。

张洪全带上一个工人悄悄地钻进天花板的上面，一会儿功夫，回来报告：顺利完成任务！

大酒店的刘处长眼巴巴地在等候呢，一直没见人影，急了眼，打电话找王总催着干活。

"干完了！"

刘处长愣了："你别哄我了，人家都是开着车、拉着水泥油毡材料来的，你们的人、车我都没看见，咋干完了？"

"真干完了。咱是新技术，不用那么兴师动众的。"

刘处长将信将疑。"王总，不见人，不见料，没有这样忽悠人的！"

"再漏的话咱按合同包赔。你就等着下雨检验吧！"

说来也巧，第三天凌晨龙斑云就上来了，气象台也预报多云转阴，有中到大雨。刘处长又打来电话："兄弟啊，这雨可是真来了，你快让人来干吧！"

"真的已经做好了，你看着就行！如果漏了你拿我是问。"

正说着，电闪雷鸣，大雨骤降，刘处长放下电话就跑到大堂里查看。一时目瞪口呆！以往下这么大雨，大堂内全漏水，怎么今天就不漏了呢？不一会儿，王福波接到了刘处长的电话。

"嘿，兄弟，你真神啊，真的不漏了！"

"我说不漏它绝对不漏，咋样？你得把剩余的钱打给我了吧！"

"那还不能给，再看看……"

王福波一听这话儿，半开玩笑半认真地说："咱可不能赖账啊。你要是赖账，我念个咒能让它再漏，你信不？"

"你千万别！我是说一场雨还不行，看看彻底不漏了，再付清也不迟是不？"

过了几天，接二连三又下了几场雨，酒店大堂没有任何渗漏痕迹，酒店顺利评上了三星级。

刘处长彻底服气了，专门请王福波一行吃饭，一个劲儿打听到底用的啥法儿。

王福波笑而不答，心说这是商业秘密，你就是请我喝茅台、吃国宴也不能说。王福波还大方地返还了两万元结算款，"我在你们这里做了个大广告，这算广告费吧！"

看起来王福波要价狠了些，但这恰是一个有智慧的企业家掌控市场的明智之举。供给小于需求时，你劳动的价值或商品价值就会飙升，何况供给的还是有知识产权的高新技术。马克思提出关于资本家购买工人劳动时间的理论时，并未预见到附加了科学技术的劳动时间。

这时的王福波已经是鲁西南数一数二的建筑防水业内权威了。不仅有实践成功的例证，且精心撰写了数篇防水论文，发表在全国性的专业刊物上。他还组织成立了菏泽市建筑质量监督协会防水技术研究会并担任法人、秘书长，组织召开了三次全国性的防水研讨会，创办了专业杂志《菏泽防水动态》，盛极一时。

山东省建筑防水学会选王福波做了副主任委员，为7名副主任委员之一，有人置疑：菏泽属于欠发达地区，咋有他一席位置？王福波一句话顶了回去："菏泽经济欠发达，菏泽的防水技术可不欠发达。"久而久之，王福波的大名传到北京、传遍全国防水界。中国建筑防水委员会授予他为"中国防水专家"称号，专门颁发了证书和胸牌。

口碑就是效益，科学技术就是生产力。

一位建筑商在某写字楼上做了一个漂亮的楼顶，内平外凸，四边五彩琉璃瓦出檐。可惜的是，防水问题解决不好，他按传统办法在平顶上做了几层油毡，还是漏水。房子建好了，业主就是不付钱，还要索赔。

建设资金全压在项目上，银行不停地催促还贷，这位老兄愁得要跳楼。经人介绍，把王福波请去"会诊"。他胸前戴着"中国防水专家"的牌子，郑重其事地登上楼顶看了看，外行看热闹，内行看门道，立刻了然于心。

他问建筑商："你这上面做了几层防水？"

"4层了，快赶上北京、上海的大楼了，还是止不住漏。"

"你做8层也得漏！问题出在那个琉璃瓦上，雨水顺着那个瓦缝进去了，只有把那里治住才管用。"

他马上吩咐张洪全带着工人，沿着瓦边打一圈密封胶，果然再下雨一点儿也不漏了。建筑商千恩万谢……

要么不干，要干就干到极致。这是王福波常说的话。就像一位将军敢于说：要么不打仗，要打就要必胜！虽说他没上过各种专门技术学校，但每干一行，他都发奋学习，用心研究，从中寻找规律和窍门。用不了多长时间，他就可以与那些"科班"出身的专家媲美。

王福波撰写的论文、设计的方案，竟被菏泽建筑设计业系统视为经典教材，打印发放给他们的技术人员学习参考。许多专业设计师也与王福波成了好朋友，遇到难题，经常打电话向他咨询。王福波总结的刚柔局部复合法、给楼打针法、迎面堵漏法、引体疏导法等都在全国防水业得到广泛的应用。一时间业内人士都不叫王福波王总，而是"王工"了！

王福波归纳出：建筑物为什么漏水？无非具备三个条件，一是有水，二是有缝，三是有力。由于热胀冷缩的原理、地面沉降的因素等等，势必会产生缝隙，加之水流低处无孔不入，从而造成了渗漏。在治理上应该以排为主、防排结合、刚柔相济的基本原则，具体问题具体对待，就无往而不胜。这些都是王福波带领张洪全、冯尚党、张留奎、孙梅等人在实践中总结提炼出来的经验之谈。

一个人精心钻研一件事、成为一个行业的专家不难，但是，如果干一行精一行，迅速成为这个行业的领军人物，就不那么容易了。其间，要付出多少心血汗水啊！

"三更灯火五更鸡，正是男儿读书时。"

王福波自主创业一路走来，捡拾垃圾，捡成了"破烂大王"；进军装饰装修行业，干成了"装修大王"；如今，接手属于技术型的防水堵漏行业，又一跃成为"防水大王"。城头变幻大王旗，万变不离拼搏心。这不能不让人由衷地敬佩他的好学上进、胆识谋略和奋斗精神。

业道酬精！将军范儿！

民企姓"国"

曾经有一个时期，我国企业界、经济理论界产生了"国进民退"还是"国退民进"的争论。前者是指国有经济在某些产业领域市场份额应扩大，民营企业在该领域市场份额要缩小，甚至于退出。后者则正好相反。

这仅仅是狭义的解释，而广义上除了上述内容外，还表现为，政府对经济干预或者说宏观调控力度的加强。

从长期来看，"国进民退"与"国退民进"都不是一种好的选择。国有经济与民营经济之间完全可以建立起一种同舟共济、并肩前进的关系。当金融风暴袭来时，民营企业体质单薄，无力抵御，如果政府和国有经济不站出来，经济就可能崩溃，大家都将成为覆巢之卵；同样，若只有国有经济的公共投资，民间投资和民间消费按兵不动，待国有经济的"弹药"用完以后，脆弱的经济复苏还会夭折。

因此，关于"国进民退"和"国退民进"的争论，完全是一个伪命题，关键就在于它没有看到社会主义市场经济体制下"国"与"民"

的实质，把它们处理成了对立而非统一的关系，这样无论孰进孰退，总是难免进退失据。

自从党的十一届三中全会召开以来，举国上下拨乱反正，进入了以经济建设为中心的新时期，特别是1992年邓小平南方谈话之后，深化改革开放的春风更加强劲，民营企业如火如荼地发展起来，"拾遗补阙""船小调头快"，有效地补充甚而改变了国有企业的不足与弊端，相辅相成，携手并进，为民富国强作出了突出的贡献。回顾30年改革开放的历程，民企发展如雨后春笋，可以说支撑起国家经济的半壁江山。

从这个意义上说，真正的有担当有追求的民营企业家，绝不只是以个人或家族赚钱、发财为目的，奢侈挥霍无度，而是身在民企，胸怀实业报国之志。就像近代史上那些勤劳善良、胸有国家情怀的民族资本家一样。

我们的主人公王福波就是这样的企业家。人民军队绿色的基因，传递给他忠诚和担当。

历数改革开放后商界骄子：柳传志、任正非、任志强、王健林、王石、赵新先、邹远东、盛云龙、汪海、徐泽宪、李德海等等，他们无不是脱下军装，却带着军人的血性和对祖国、人民的忠诚，白手起家，拼搏担当，造就出一个又一个经济奇迹！他们是经济战场的"无衔将军"，且受之无愧！

尽管军人出身的民营资本，在起步阶段是那样的弱小、困难，忍受了难以言表的屈辱和艰辛，付出了不可想象的心血汗水，可一旦淘到第一桶金，公司有所起色和发展，他就会显示出一名曾经的军人的本色来，为民造福、为国分忧、为社会担当。

装饰大世界红遍全菏泽、响遍鲁西南，凡是想装修房屋的、购买材料的人们，几乎没有不去这家商场的。王福波和他的"搏生公司"也越来越为人们所熟知。他在想方设法继续前进的同时，尽其所能参加公益活动，做些慈善事业——

《菏泽日报》上曾刊登了一则消息，鄄城有个农村女孩父母有病，家庭十分清贫，可她矢志不移，一边尽力做好家务，照顾双亲，一边夜以继日地刻苦学习。高考时，一举考过了"一本"分数线，可惜交不起学费，她只好忍痛割爱，准备辍学去打工……

"好孩子，太可惜了！"王福波看到了这张报纸，触动了心弦。他不由得想起了自己求学的情景，十分理解这个女孩的处境与心情，他马上拿起电话，打通了公司财务："今天的报纸看了吗？那个孩子考上大学不容易，交不起学费，咱给她拿了吧！"

一次善举，改变了那个农村女孩一生的命运。

对于老家吴店镇张河口村的乡亲们来说，王福波更是记挂在心。由于父母二老还住在老家，他时常回去看望，遇到谁家有困难，立马相助一臂之力。每逢端午、中秋、春节等节日时，他更是驱车带着礼物回到张河口，专程登门看望那些无儿无女的五保户，以及年纪大的有病卧床的老人们，送上点心、牛奶和营养品，外加零花钱。

菏泽方言丰富多彩，其中在不同场合不同语境中有多种词汇表达"好"的意思。"福波，中！""管""从小就不孬！""办事妥妥的！""咦，那人些好哩！"从当军官，到机关干部，再到下海经商，他一直是家乡人的光荣与骄傲！

金秋九月，天高气爽。2016年9月22日上午，我们来到王福波的家乡张河口村，实地体验、专程采访他青少年时期的成长经历。当我们踩着一条坚实整洁的水泥马路走进村庄时，被村东头竖立的一块纪念碑吸引了，驻足观看，只见上面镌刻着几行大字：

张河口村村东头修路功德碑

我村位于菏泽西北约十公里，村道凹凸不平，给村民出行造成极大不便，影响了我村的经济发展。为改善村容村貌，在村两级领导的支持下，我村成立了修路小组……本着造福于民、利在后世的宗旨，日夜操劳，多方筹资，圆满完成了修路任务。为表彰对修路作出贡献的人员，特立此碑以示纪念。

捐款名单

四万元，王福波……

过去，张河口村这条连接村外的土路，坎坷不平，下雨便泥泞不堪，晴天则灰头土脸，村民们叫苦不迭，一直想修筑硬化它，只是无钱操办。生活渐渐好转了，村党支部和村委会决定筹资修路。

消息传到王福波耳朵里，这是他从小走过的村路，吃够了苦头，在这里摔过跤，也踩过泥，对它爱恨交加，最终沿着它走出了乡村，走向了成熟，如今要给它强筋壮骨、拓宽平整，立即表示："家乡修路，是好事，修路的钱村民能拿多少拿多少，不够的我兜底！"

他一个人贡献了一多半的资金。上了功德碑头一个名字，那时还正逢他创业之初，用收废品挣的钱作出的奉献！

此外，"博生装饰有限公司"聘用了许多下岗工人、农民工和复员转业军人，给他们创造了一个就业谋生、掌握谋生技能的机会。这不但解决了他们生活上的困难，还帮助他们找到了创业发展、实现人生价值的门路。

对于离开老板，自己去创业的人来说，许多世俗观点认为这其中或许包含有"背叛"的成分，我们在采访王福波时，王福波多次提到那些离开他自主创业成功的副手和属下，充满了骄傲之情，如数家珍，讲他们成功的不易和对社会就业、税收所作的贡献，把他们看成是一个战壕的战友，而不是竞争对手。他多年来培养了一批又一批装饰、装修、防水、建筑行业的人才和骨干。

几年下来，先后跟随王福波干过副经理的人，有30多位独立创办了自己的公司，有20多名施工队长成为全市装修装饰界的骨干力量。从某种角度上说，这也为维护城市稳定、建设和谐社会尽到了一份责任。

装饰大世界兴旺发达之际，勇于拼搏、与时俱进的王福波又有了新主意，与黄玉峰、吕春生、冯尚党、张斌等人商量："咱把全菏泽的同业人员组织在一起，成立一个装饰协会咋样？"

"同行是冤家，十人十个心眼，你咋想弄到一块，还不乱了套?!"

"不能这么想。俗话说：'独木难成林。'有个行业协会，可以互相交流学习，互相扶持，维护市场秩序，促进共同提高。政府也便于管理嘛！"

思想认识统一了，马上行动：联络各个装修公司、撰写章程材料、上交申请报告。由"搏生"出人出资，跑上跑下办理各种手续，把菏泽干装修的公司经理请到宾馆，召开了首届理事会。在政府有关部门大力支持下，成立了"菏泽地区装饰装修业协会"，搏生公司的总经理王福波被公推为首届会长，副总经理兼工程部经理冯尚党为秘书长，协会秘书处就设在搏生装饰公司。

菏泽装修业纳入了统一公约、有序管理、共谋发展的渠道，迎来了地方政府、装修客户和业内同行，共创多赢的大好局面。王福波理所当然地成为这一领域的领军人物，私下里，同行们称他为"大哥"，公开场合，那就是名正言顺的"王会长"。

从此事可以看出王福波的组织能力和全局意识，体现出善谋的为将之道。

毛泽东总结了中国革命和建设的经验教训，鲜明而深刻地指出："领导我们事业的核心力量是中国共产党，指导我们思想的理论基础是马克思列宁主义。"

无衔将军——优秀军转干部王福波的命运创新

早在秋收起义失利后，工农红军开赴井冈山的途中，进行了著名的"三湾改编"，确立了"支部建在连上"的根本原则，从而使红军凝成了一股铁打的力量，由小到大、由弱到强，建立了红色根据地，最终从大小五井的羊肠小道中走出来，屡败屡战，愈挫愈勇，最后建立了新中国。

经过八年人民解放军大熔炉锤炼的王福波，深知党的伟大与正确。自打在部队入了党后，他便牢记着共产党"全心全意为人民服务"的宗旨，时刻以一名共产党员的身份要求自己。

当装饰大世界和自己公司发展到一定规模时，王福波看到几十名员工、十几支工程队天天与各界各地人士打交道，一言一行代表着公司、商场乃至菏泽的形象。同时，他也想到企业大了，必须有一条红线把人心贯穿在一起，有一种精神和灵魂凝聚起人心，才能办得更强更好。

于是，他开始狠抓员工政治、思想、业务、服务等方面的教育与培训，全方位提高大家的综合素质，既有利于个人、公司的发展，也有利于整个行业市场的繁荣。这还不够，王福波看到公司里已经有十几名共产党员了，突发奇想：按照党章规定，三人就可以建党支部，我能不能成立一个"中国共产党搏生公司支部委员会"啊？

如此一来，企业有了核心，有了政治方向，员工有了主心骨，我也可以就近过组织生活、缴党费了。这个想法让他激动得睡不着觉。可是，民营企业能否建立党组织呢？有没有这样的政策呢？他心里没数，决心试一试！

王福波立即写了申请报告，上报到菏泽市工商局党组和市委组织部，当时果然还没有这样相关的文件和规定，大家都拿不准，可又不能轻易驳回。有关领导一级级报到菏泽地委组织部、山东省委组织部。在改革开放的年代里，一个小小的民营公司、一个年轻经理的动议，竟搅动了各级党组织的神经。

"王福波的想法，很有代表性，也很有意义。"

"中央没有制定有关政策，全国也没有先例，这是一个崭新的开创性的课题，值得研究啊！"

风乍起，吹皱一池春水……

经过认真的调查研究，中共山东省委组织部有关领导表态了："这是改革年代出现的新生事物，有利于发展和繁荣民营经济，应该给予肯定和支持！"文件层层批转到菏泽地委组织部、菏泽市委组织部、东城办事处党委，并下文同意成立中国共产党菏泽地区博生装饰工程有限公司党支部，任命王福波同志为党支部书记。

时值 1995 年，省委组织部编号为"001"的文件下发了。这是菏泽地区、山东省，甚而是全国第一个私营企业建立的党支部，具有里程碑、划时代的深远意义！它标志着"支部建在连上"的原则，延伸到民营经济、个体企业中去了。"博生装饰有限公司"变成了有娘的孩子！

有些人不理解王福波的做法，私下里议论："王福波想做啥？咱干民营的，不违法不犯错，挣钱就是了，出啥风头？"

这话传到了王福波耳朵里，他一笑置之，不予理睬，燕雀安知鸿鹄之志？此后，王福波办公室门口牌子上赫然写着：总经理、支部书记。而会议室的牌子上也加上了一个：党员活动室。在搞好企业经营管理的同时，他大力抓好党的建设，选出了组织、宣传等委员，建立健全各项学习和组织生活制度，定期举办党日活动，培养党员发展对象，正式发展了数名新党员。

民企姓"国"，也在中国共产党的领导下，迎来大发展、大繁荣，作出大贡献。王福波计划随着公司规模的扩大，人员日益增多，将来还要成立党总支、党委呢！

他的设想后来都变成了现实。政治文化为王福波的民营企业奠定了坚实的企业文化核心。企业发展有了正确的价值观念引领。

19世纪美国曾经有一位总统说过：国家即企业。强调了企业在国计民生中的支柱作用。

王福波深知，办民营企业不光是为了自己和家族挣钱。民企同样也要为国担当，为国分忧。所以，他从当"破烂王"始，就照章纳税，不像有些企业管理者，变着法子打擦边球，偷税漏税。一个捡破烂起家的民营企业，30年来，累计向国家纳税上亿元。

这是一个军转干部对国家真诚地奉献！神舟飞船上有他贡献的螺丝钉，三农补贴里有他捧出的一份深情，国家重大工程里有他付出的一份力量，南海岛礁上有他填上的一锹疆土……

第五章　夺下达摩克利斯之剑

章首语

　　人不敬我，是我无才，我不敬人，是我无德，人不容我，是我无能，我不容人，是我无量，人不助我，是我无为，我不助人，是我无善。

——孔子

转向新战场

2001年1月1日早晨6点10分，一向安静的浙江省温岭市石塘镇海滨上，蓦然之间涌来了春潮般的人流，有的拿着高倍数的望远镜，有的举着广角镜头的照相机，摩肩接踵、人头攒动，一个个尽量站在高处遥望着东方。

原来，按照国际惯例经纬度的计算方法，这里是中国大陆迎接新世纪"第一缕曙光"的地方。四面八方的游客朝圣般地前来，希望沐浴着初升的太阳，去掀开人类史上崭新的一页。

一个新世纪降临了，一个新千年到来了。

回首过去，酸甜苦辣，风雨兼程；展望未来，愿景辉煌，光明在前。各行各业的人们无不欢欣鼓舞，豪情满怀。鲁西南菏泽的王福波和他的公司同仁也充满了对21世纪的期待。

热闹的元旦、春节过去了，空气中还弥漫着喜庆鞭炮的火药味，假期结束上班第一天，王福波总经理召集全体员工开会："大家过年好啊！现在过完年了，都穿上新衣裳了，吃好饭也都吃胖了，该收收心，开始新的工作了！"

人们笑逐颜开："王总，该咋着干，你就说吧！"

实际上，王福波这些年没有星期天和节假日，永远都是"白加黑""五加二"地干。大年初一忙到腊月三十，只在初一上午各处拜拜年，又坐进办公室考虑谋划下一步发展宏图了。现在，他已经有了新的方案，如同一场大战前的将军，开始部署任务：21世纪来了，我们要扩大战场，争取走出菏泽，寻找新的利润增长点，为社会也为自己作出更大贡献。装饰大世界如何延续？九州商城的业务如何布置？青菏防水如何发展？……

在他的心里，还有一个更加重大的战略目标：进军旧城改造！

第五章 夺下达摩克利斯之剑

菏泽是个革命老区，从新中国成立后一直是经济欠发达地区。四区七县戴着八项国家级贫困县的帽子，是山东省最贫穷、经济最落后的地区。21世纪初，省委省政府作出决定，让省里其他地市分别对口帮扶，一市对一县，为菏泽输血。菏泽各县区城老房旧，城镇配套设施落后。近年来，党中央、国务院十分关心菏泽老区的发展，政策上对棚户区改造给予大力扶持和倾斜。

这些年来，王福波不管是经营装修材料，实施装饰装修工程，还是开展防水堵漏业务，都在不经意间与房地产业有了联系。尤其随着新世纪的到来，各地旧城区改造提上日程，当地政府也把这项工作视为民生工程。作为一个敏感睿智、善于捕捉商机的企业家，王福波不会无动于衷。

春节前，王福波当年在部队上的那位老排长、老大哥张剑，后来调回老家曹县武装部，又就地转业到县发改委任副主任，一趟趟地找他："福波，曹县搞旧城改造了，有个项目很好，找了几家开发商，都不靠谱。我看你来，咱一块做吧。"

"老排长，我从来没做过这种项目，容我想想。"

"这样吧，你抽个空先来看看，觉着行了，咱就签约干！"

"好吧，过了年去一趟。"

年后，王福波便约好几位朋友，一起前往曹县考察。

曹县，菏泽市下辖的一个县，位于山东省西南部，鲁豫两省八县交界处，曾获得"中国芦笋之乡""中国平原绿化先进县"、中国首批规模化克隆牛实验基地等荣誉。地域广阔，距离菏泽市不到50公里，为山东省第一人口大县。

王福波一行在张剑的陪同下，到现场把那块拟改造的地块仔细查看着，这原属于县武装部家属院用地，位于县城中心地段，周边大都是经商业者的摊位。交通便利，人来人往。王福波做过建材市场，又在商海里摔打了七八年，一眼就看中了这个地方。地段好，人气旺，如果开发成商城,一定受欢迎。

于是,双方开始洽谈。一位分管的副县长代表县政府作为甲方出面,王福波代表乙方。由于县里急于改造这片地方,所以希望王福波抓紧签约。

"这样吧,如果你看好了这块地,并且马上开工,县里还可以优惠,咋样?"

此时的王福波不太了解房地产业的深浅,只是觉得这个地方适合经商,他目光看着在场的随行人员,都会意地点点头。王福波心想这些朋友不能坑我,就说:"好,既然来了,咱就签吧。不过,拆迁这块县里得帮助做工作。"

"没问题。这是应该的,我们也希望早日建成。"副县长满口答应。合同早就拟好,拿过来看了看,双方痛快地签字盖章。等到出了门走在返回的路上,王福波问张剑:"你算算,干这个项目需要投多少钱?"

"大约一两千万吧!房地产利润大,投入也大。"

"啊,这么多?"王福波像棵树一样定在那里。在21世纪初,对于从事装饰行业起家的王福波来说,这可是天文数字啊!自己满打满算,才积累了一两百万元,仅够个零头,这可咋办?他有点犹豫:要不找个理由不干了?

可这不符合军人的性格,更不是他王福波的办事作风。回到菏泽,王福波开始多方筹措资金。他想起一位在银行工作过的朋友,找到他说:"兄弟,我在曹县拿下了一块地,想干旧城改造,可是本钱不够,不知怎么干?"

不料,这位朋友有"高见":"这行我干过,好操作。你到底能拿出多少钱来?"

"凑凑,能有个200万元。"

"好,你就拿这些,其余的我帮你运作。"

听了这话,王福波心里踏实些了,他把家里几个银行卡收集起来,

第五章　夺下达摩克利斯之剑

这个里边取完了，再取那个里边的。好在妻子已经十分信任他的经商能力，完全支持。家里积蓄远远不够，又向同学、战友、亲戚借了一些。

其中，那位当年在部队上同在军务科的冯德稳，后来当上副团长，转业回到菏泽分到信用社工作。一天晚上，他提着一个花布包袱来到王福波家，说："兄弟，我当兵20多年就这点家当，都给你吧！"

"这是多少？"

"有几万吧！你自己数去吧！"

"那得给你打个借条呀？"

"打什么借条呀！"

王福波心里一热，紧紧地握住他的手说："哥，兄弟忘不了！"

后来冯德稳退休了，被王福波盛情聘请到公司当了集团总经理。这是后话。

在众多朋友的协助支持下，王福波从事开发的第一个旧城改造项目启动了。他把其他业务分别交给几个副总，带着冯尚党、张洪全等几人，会合曹县的张剑等，全身心地投入进去。

边干边学，这是王福波的"知行合一"之道。很快，他就从这里边学到了房地产运作规律和窍门。说起来投资巨大，实际上可以四两拨千斤。他们率先交到县里部分买地钱，拿到土地证，就能去银行做抵押贷款；招标建筑商，要求他们垫资施工，等于又节省了成本；经过批准，获得了预售证，抓紧销售楼花，资金不断回笼，再付给施工钱、材料钱。通过资源整合，良性循环，这个项目就做起来了。

由于是县里的重点项目，有关部门十分重视，积极配合，加之合理的补贴政策，这块地皮的拆迁工作十分顺利，不到两个月便提供了平地。根据地段和需要，他们请专业设计院按商城设计，五层楼高，一二层为经商铺位，上面可居住和办公。王福波给它起了个响亮的名字：明珠商城。

广告一打出去，立即吸引了县城人的眼球。这可是经商的黄金地段，过去在马路边上摆摊，既不雅观又阻碍交通，还让城管赶来赶去。现在有了商城，图纸刚贴出去，购买期房的人就排成了队。

春种冬收，从这年年初到年底，仅仅 11 个月，大功告成。

这在王福波的房地产开发史上，是第一个项目，也是最为经典的项目。当年签约、当年拆迁、当年设计、当年施工、当年销售完毕。该项目成为多家高校的经典案例。

王福波挣钱了不忘国家，主动找到税务局交税。当王福波带着钱款来到县税务局时，受到局长的热情接待："好啊，你们当年就能上税了，干得好。如果有困难，不用那么急，可以缓一缓。"

王福波根本没去想缓交或少交，立刻表示："不不，我做企业有个原则，应该交的税一分也不少、一时也不拖。请你安排人算算该交多少，我们一次性交上。"

我们是优秀的人民炮兵，又是首发命中目标！

王福波为 21 世纪走向更为宽广的创业之路，举行了一个漂亮而隆重的奠基礼！

可是，第一次成功转战新产业，是因为占了天时、地利、人和的优势，有运气成分，如果他继续去"蹚"这潭深水，还能一帆风顺吗？

"天下第一难"

"听着！你们谁敢拆我的房子，我就点火炸了，咱们同归于尽……"

"别胡来，太危险了，快关掉煤气罐！有话好商量嘛！"

一户人家的房顶上，站着一个披头散发的中年妇女，一手扶着一只刺刺作响的煤气罐，一手举着一个火苗闪烁的打火机。千钧一发，惊心动魄，随时都可能发生爆炸伤人的不幸事件。

这是怎么回事？

原来，某区的旧城改造加速推进，可征地拆迁工作遇到了阻碍，不少住户对补贴办法和动迁条例不满，认为远远达不到自己的实际要求。尤其是这户居民认为补偿的钱和回迁房连预想的一半都不够，坚决不搬，成了"钉子户"。

规定的拆迁截至日期到来，拆迁办组织力量准备强行拆迁，一辆辆推土机开来了，一队队施工人员围上来了。"钉子户"来了个"强硬对强硬"，把煤气罐搬上了房顶，主妇让其他人闪开，自己打开煤气开关阀门，以此抗击拆迁。

"你先下来，有事好商量。"

"商量？不答应俺家的要求，就甭想动一块砖头！"

"补贴政策国家有规定，都是统一标准，能照顾的一定照顾，总不能提无理要求吧！"

有关人员无论怎样好言相劝，对方都无动于衷。众人担心造成不良后果，引发群体事件，谁也不敢贸然向前，一时间形成了对峙局面，拆迁工作进行不下去了。

在加快城市建设、旧村改造，以及实施重点工程——修路架桥、扩建工厂矿山和文化体育设施等等方面，上述镜头几乎在各地各处激烈地上演着。甚而不断地爆出一些因为强拆、偷拆、骗拆等等造成的悲剧性事件：有的自焚了，有的跳楼了，有的雇用"黑社会"一夜之间踏平了村民家园，甚至有的为了赶走住户，或放火烧死居民，或用推土机直接碾压……

其中有的开发商联手当地有关部门——甚至隐藏着权钱交易、行贿受贿腐败行为，粗暴野蛮霸占土地，不惜一切手段下"黑手"的；也有的动迁户漫天要价、私搭乱建、索要高额补偿，铁了心甘当最牛"钉子户"的。一个时期以来，媒体、网络上充斥着这样形形色色的报道和视频。

马克思说：土地是财富之母。土地如今也成了社会矛盾之母。

毋庸讳言，各地经济社会发展中都绕不开"土地"这两个字，有财富的地方必然会有征服与被征服，掠夺与被掠夺，捍卫与反捍卫……因而无论在城镇还是在乡村，对于各级政府来说，征地拆迁已经取代了原先的计划生育工作，成为新时期的"天下第一难"。

古希腊神话中的狄奥尼索斯统治着西西里最富庶的城市——叙拉古。狄奥尼索斯邀请他的朋友达摩克利斯来做客，因达摩克利斯十分羡慕国王的权力和生活，狄奥尼索斯就让达摩克利斯穿上王袍，坐在摆满佳肴的宴会桌边，他瞬间觉得自己是世界上最幸福的人，当他举起盛满葡萄酒的玻璃杯祝酒时，突然发现：天花板上用马鬃倒悬着一把寒光闪闪的利剑，剑尖直指自己的头颅，不由得胆战心惊。国王告诉他："风险永远与权力同在！"

这个世界著名的古希腊神话，告诉后人什么叫制约、什么叫危机、什么叫拥有和付出……

从某种角度上来说：我们的"天下第一难"——拆迁，就是一把悬在政府、开发商、拆迁户头顶的"达摩克利斯之剑"。

为什么这么难？综合现实中的各种矛盾、各方意见，我们认为无怪乎这样几种原因：

马克思曾经一针见血地说过："正像资本和资本家——他事实上不外是人格化的资本，其产品成为生产者面前的独立权利一样。在土地所有者身上，土地也人格化了，也会用后腿站立起来，并且用独立的权力，要求在它帮助生产出来的产品中占有自己的一份。"

房地产的要素不外乎土地和资本。

一、凡是涉及征地的地方都有增值空间。资本的本性是追求利润最大化。旧城区改造变成新商圈、新住宅，或者近郊区并进城市，眼睛一眨，土鸡变凤凰，有很大的发展前景。老住户都想抓住这个机会得到更多补偿，让自己的利益最大化。

二、全国没有也不可能制定统一的补偿标准。因为各地经济发展情况不一样，土地补偿标准也不一样。加之有的官商之间有某种勾连，房屋补偿价在四五千元一平方米，而给附近农民却只有几百元一平方米。安置房按实际房产证面积计算，私自建筑物不予承认或半价补偿。这让很多住户不满意，认为不公平，应一视同仁。

三、土地出让后增值太大，原居民心里不平衡。比如农民土地补偿的经费很低，一旦拍卖给开发商，价格陡然上升，住户认为政府用他们的土地去赚了很多钱，可自己得到的补偿太少，心里不平衡。

四、国家明令禁止强制拆迁——当然国家在重大公共项目建设、军事需要、救灾等特殊情况下可以另行规定。住户以国家政策为盾牌，认为我不搬，能把我怎么样？征迁中，往往最顽固的"钉子户"获益最多，也就是说"会哭的孩子有奶吃"。有的工作人员为了进度通过各种方法，比如测算时把面积增大、工程量增加等变相给予不听话的对象额外补偿。而事后又瞒不住，形成了不好的风气，导致都不愿意最先拆迁。

五、工作不公开。每户的补偿都是保密的，理由是每家的情况不一样，但居民认为谁家情况都是清楚的，可以比较，认为工作人员全都在搞暗箱操作，产生强烈的不信任感。当然，也确实有只图当时做通工作，忽悠老百姓，最后人一走，无法兑现的情况发生。

除此之外，还有许多具体因素，林林总总，铸成了这个"天下第一难"！有些通过耐心细致的工作，可以破解；而有些，则如同悬顶之剑，随时落下，酿成悲剧。

作为开发商的王福波来了。

他是如何对待这把悬着的达摩克利斯之剑的？

"锦绣中华"小区，是王福波在菏泽城内接手的第一个旧城改造项目。这个项目，已转手了四任开发商，始终开发不下去。问题就"卡壳"在征地拆迁实施不了。一个独立院落，38家住户，早已壁垒森严，更加众志成城；任凭风吹浪打，我自岿然不动。

这块地皮位于市中心黄金地段，是原菏泽地区经济协作办公室

(以下简称"经协办")的办公区和家属院，一共有 20 多亩地。从单位的名称就可以看出是过去计划经济向市场经济转型时"双轨制"的产物。他们用本地特产去换取急需物资，平价进来市场价出去，曾经辉煌一时。有了可观的效益，盖起了当时在菏泽数一数二的"高级小区"，有的还是二层复式，当时在菏泽号称"别墅院"。后来，价格改革，市场放开，这个单位业务渐淡，也就"日薄西山"了。

不过，他们占用的这块地实属"风水宝地"，引无数开发商"竞折腰"。尤其是此小区地处市中心，两边都建起了高楼、商城，中间这一片老房子显得十分扎眼，市里决心尽快改造。有关部门通过"招、拍、挂"手续，最早进驻鲁西南的南方开发商获得了开发权。人家也按照规定交纳了费用，可是迟迟提供不了土地，无法施工。

小区居民们"故土难离"，并有一种优越感，"老窝"挺好。加之不满补偿条件，一个也不想走。那时的拆迁工作还是政府房管部门出面，开发商直接与住户谈判。可是，调进经协办及公司的大都是"能人"、有背景的人，仅副县级干部就有六七人，能说会道，满腹经纶。

一次市主管部门的一位副局长带着工作人员，来到家属院里动员，还没说上几句，就被赶了出来："走！就这条件没什么好说的。俺住得好好的，不稀罕你那仨瓜俩枣的！"

开发商耗不起，大笔资金沉淀在这里，无法产生效益；从银行贷款，每天都要付不少利息。最后赔本把这个"瓷器活"舍了。转手另一个冒险家来接盘。周而复始，一晃几年过去了，转到第三任"接盘侠"手中，这是一位来自福建的老板，财大气粗，说话硬气。

那天恰逢腊月二十三，过小年。经协办满院子人正在洒扫庭院。一辆黑色的奔驰轿车驶进大门，吱地停下，下来一个挺胸凸肚的人。50多岁，个头不高，八字浓眉，脖子上挂着手指粗的金链子，背着手边走边看边点点画画。另外两三人围着他，有副手，有保镖，有助理，毕恭毕敬，唯唯诺诺。

第五章　夺下达摩克利斯之剑

他们一口闽南话，叽里呱啦，以为菏泽的"土老帽"听不懂，毫无顾忌。走到院子中间，老板模样的人，底气十足地指点着几排房子，说了一句："一切要快啦，过了年，就让他们全滚蛋啦！"

没想到，正在院子挥着大扫帚扫地的一位中年妇女，曾经与南方人一起工作过，完全听明白了话意：噢，这些人是新接手的开发商，又想来拆房，而且还出言不逊。奶奶的，她立时火冒三丈："你个龟孙！让谁滚蛋？俺让你滚蛋！"

不由分说，她扬起大扫帚就朝他们打过来。吓得那几个人抱着脑袋，没命地往外跑："哎，你怎么不讲理啦？怎么还打人啦？"

"打的就是你们这些没人味的东西，让你再算计俺房子！"

闽南人没见识过鲁西南女人的厉害，只知道《水浒传》里描写过一个卖人肉包子的孙二娘。天哪，该不是惹上孙二娘的后代啦？猝不及防，慌不择路，几个人怕被截下包了"人肉包子"，连汽车都没来得及上，气喘吁吁地跑掉了。

"女汉子"绰号真的叫"孙二娘"。她一直追出200多米，挥着扫帚打到了大门外，才停住脚步，对着传达室的门卫说："看准了这些人，不能让他们再进这个门！再来就打断他们的腿！"

院里的人们看到这一出戏，一个个乐得竖起了大拇指："二娘，好样的！就是要把他们打出去！"

这位妇女就是本院的住户之一，名叫孙丽红，生得人高马大，为人豪爽讲义气，颇有侠风，性格如《水浒传》中的巾帼英豪"母夜叉"一样。自从本院遭遇拆迁之后，她敢说敢做的泼辣性格受到大家拥护，成为业主委员会负责人之一。

从此，全院38户人家更加团结一致，认定所有的开发商都是"黑心肠"，看中这个院落是块肥肉，给咱多少钱也不搬。业主委员会其他几个成员王福元、谢培达、马西关等人，带领大家达成共识，谁也不能单独跟开发商谈，不能私自妥协，共同保卫自己的家园。

福建开发商虽然想挣大钱，但他们知道"强龙难压地头蛇"，还是保命要紧，匆匆离开了这"不祥之地"——他们是被女人用扫帚赶出来的，意味着"扫帚星"挡路，南方商人讲风水、讲兆头，遇上霉气，知难而退。福建老板被打得上不了门，后来接手的开发商，也是驴子拉磨打圈转，一了解到这里住户的背景，都谈虎色变！

在这种背景下，该项目几经转手，王福波成为第五任开发商。

军校的培养，部队的锻炼，清华、北大、复旦、港大一次次MBA的深造和近30年的商战实践，王福波是如何挑战拆迁这"天下第一难"的呢？巨大的考验摆在这位硬汉的面前。

"天敌"变朋友

王福波一跃成了菏泽旧城改造的"开发商"，揽下的又是一块难啃的骨头。他应该站在哪个角度思考这个"天下第一难"？

拆迁的是房子，但房子不会思考！

天道酬勤，地道酬善，人道酬仁，商道酬信。

这是中国传统文化的精髓。拆迁难，难的是拆解拆迁户的心结。难的是开发商的立足点和拆迁户不在同一个频道上。

构建和谐社会，最根本的是利益的和谐！

征地拆迁难，千难万难，归根结底就难在"利益"二字上。

开发商是商人，房地产公司是企业，追求利益最大化是天经地义。所以多数开发商，总想投入最小的成本，换取最大的利润；而拆迁户呢，住房是他们最贵重的家产，也是最后的老本和获得财富的机会，总想争取最高的补偿资金抑或置换最多的新房面积。如此看来，这是一对难以调和的"天敌"！

所以，其核心在于能不能做到公平、正义，利益共享、共赢！

王福波看准了这对矛盾，也就有了解决的办法，那就是旧城改造，开发商不能把追求利益最大化放在第一位，要在符合政策的前提下，懂得让利于民！

如何找到凝聚双方的黏合剂？王福波打定主意，业主委员会的几个负责人，是38户居民的"利益大使"，只有摸清他们的底牌，做通他们的工作，才能化寒冰为春水。

人物一：王福元

王福元是业主委员会的委员之一。王福元的名字与王福波只差一个字，像是同宗兄弟一样，其实他们素昧平生。并且，自从听说换了一个叫王福波的开发商，业主们还提醒他：不能因为你们都姓王，就心软了！所以，当王福波打电话联系时，他一听王福波三个字就挂断了……

大戏还没开场就碰了软钉子。

王福元也是菏泽本地人，也曾经当过兵。1975年退伍回来被安排到毛纺厂工作，干了10年，调到了地区经协办，担任过驻上海办事处的主任，见过世面，精明强干。社会车轮滚滚前行时，会产生摩擦、产生颠簸。当市场经济发育成熟后，一些旧体制留下的零件必然脱落，吃香一时的经协办既不能"协"也不能"办"了，王福元先知先觉，自己出来办了个春秋旅行社，十分红火。这次为了对付开发商，他经常召集业主委员们到自己公司里来开会，商量办法。

王福波下决心首先攻下这道关口。

既然电话不接，去人不见，那就想个别的办法。这一天，王福波单枪匹马来到春秋旅行社："找你们王总谈生意。"

前台接待员笑容可掬："谈啥生意，给俺说行不？俺王总很忙哩。"

"不行，大生意你做不了主。"

"好吧，咋着介绍你哩？"

"你就说装饰大世界想组织100多名员工旅游，要跟老板面谈。"

当时王福元正在办公室接待一个朋友，感到这单生意不错，连忙把王福波请到楼上洽谈。一见面，双方一寒暄，来人就讲了："我是王福波！"

王福元站在那儿一愣："啊，你是那个开发商？咋找这儿来了？"

"是啊，你看我叫王福波，你叫王福元，咱俩五百年前是一家哩。咋？还不让坐一下？"

"那……坐坐。"王福元反应过来了，镇定了一下，"你来有啥事吗？"

"也没啥大事，就是想跟你汇报汇报，我糊里糊涂地接了一个项目，钱付给人家了，不干也不行。咱说起来都是兄弟，我第一个来找你，是想请你帮忙……"

"这个……"王福元有点为难，"俺们都有约定，谁也不许单独跟开发商见面，更不能谈这个事！"

"我知道，我知道……"王福波表示充分理解。接着，他说："其实咱这里的居民还是不错的，只是前面谈的补偿办法不合适，让人认为没有诚意。这回不一样了，业主有什么要求有什么想法都可以谈。这个地方在市中心，早晚得拆，如果现在不拆，拆迁政策一变，还不一定能得到现在的补偿标准呢？要说挣钱谁不想呀？但我不是以挣钱为目的，我希望大家共赢，都能挣到钱，分享改革红利。让政府也搞好了城市建设。另外，还想通过这个项目交一帮朋友。"

这些话，王福元听进去了："嗯，你这个想法挺好，跟他们不一样。"

时间到了中午12点。王福元直看表，实际上是在下逐客令。因为王福元楼下还有客人等着他喝酒呢！

王福波真诚地说："到饭点了，你也不说吃饭，咱弟兄们别说有事找你了，没事来了咱这亲爷们你也得管饭啊。俺今天不走了，就是喝碗羊肉汤，也得赖着你吃这顿饭了。"

听他这一讲，王福元不好意思了，说："今天有两个战友来了，你不认识。再说我那个地方小，怕坐不下。"

"嗨，我也当过兵，都算战友哩！菏泽恁小，你介绍一下不就认识了。"

"那好吧，走走，一块吧。"

说着，他们就一起来到楼下，加上前台接待员一共五个人。王福波一看确实地方太小，挤不开，就说："这样吧，我请大家去乾隆海参馆。那个地方大。"

"那不行，那里饭贵，让你破费？"

"一家子兄弟，不说见外话。走吧！"

那天，他们来到人民路上的那家饭店，推杯换盏，一口气儿喝了三四斤白酒，当然也就达到推心置腹的效果了。其间聊到王福元有个弟弟叫王福生。

"太巧了！"王福波笑了，"我的亲弟弟也叫王福生，一字不差，你说这不是缘分？咋着你得帮帮我，再说我绝不能让住户吃亏。"

从此，王福元认定了王福波这个人"中"，成为王福波很好的朋友和兄弟。这好比盟军撬开了诺曼底的第一道防线。

人物二：谢培达

谢培达也是业主委员会委员之一，曾任地区经协办秘书科长，长期在政府部门里工作，为人清高不凡，擅长舞文弄墨，素有部门"一支笔"的称号。他是"军师级"人物，他这一关攻不破，项目还是会卡住无法进行下去。

开始，他同样拒绝与开发商面谈，不管是谁介绍、谁打电话找上门，一律不见。反正经过前几次与"无良"开发商进行的失败沟通，他们都商量好了，凡是打咱房子主意的房地产公司，免开尊口。

然而，一味本着"不谈、不见、不动"的三原则，那是永远无法找到共同点的。

"用兵之道，攻心为上。"喜爱国学、熟读《孙子兵法》的王福波，没有交不上的朋友。

那天在与王福元觥筹交错、酒意正酣之时，他得知谢培达一家近日去青岛了——他们的儿子在青岛工作，正在筹办婚礼。立时来了主意：这时去谈房子有点不合时宜，但可以联络感情啊，王福波马上打电话找到青岛的战友曲立友，如此这般地布置一番。

谢家公子婚期到了，婚礼设在青岛一家著名的大酒店里，富丽堂皇，张灯结彩，礼仪公司全套承办，各方宾客如云。高大艳丽的拱形门上龙凤呈祥，写着祝福贺词的大红条幅随风摇曳，一片喜气洋洋。

新郎新娘穿着漂亮的结婚礼服，在婚礼司仪的主持与引导下，款款走向幸福的殿堂。全体来宾见证了这珍贵而喜庆的时刻，给予了响亮的掌声祝福。然而，毕竟是在女方的家乡成婚，男方亲友大多难以来到现场，作为父亲的谢培达感到美中不足。

就在此时，突然走进来一位西装革履、整洁庄重的先生，手捧着99朵玫瑰花，大步走上前台，自我介绍："我是新郎父亲谢培达先生的朋友，今天特意前来祝贺侄儿新婚大喜！祝贺新娘新郎幸福美满、白头偕老！这是99朵玫瑰花，象征着你们的爱情真诚纯洁，预示着你们未来的生活红红火火！"

随后他把玫瑰花交给新娘，两位新人喜极而泣，高举玫瑰花向全场示意，红光四射，掌声雷动。主持人随之安排播放了那首喜庆的乐曲：

"你是我的玫瑰，你是我的花，你是我的爱人，是我的牵挂……"

全场来宾情不自禁地拍着手，伴唱起来。婚礼掀起了一个高潮！大家把敬佩的目光投向谢培达，没想到他在青岛还有这样的朋友，看来人缘确实不错。

此时的谢培达感动不已，兴奋有加：俺老谢在异地他乡、在亲家面前太有面子了！可当他认真端详那位献花人时，却素不相识，这是怎么回事啊？等到那位老兄走下来之后，老谢马上把他请到主桌，向他敬酒，满腹狐疑地悄悄问道："兄弟，我代表全家谢谢你了！不过，咋看着面生呢？"

来人笑了，端起酒杯一饮而尽："祝贺是真的，但咱俩还真不熟悉，我是代表一个人来的，他有事赶不过来，这些玫瑰花都是他的贺礼！"

"你快说是谁啊？那我可得好好谢谢他！"

"你们菏泽老乡，也是我的老排长，他叫王福波！"

此人就是王福波的战友曲立友，受其委托上演了刚才精彩的一幕。

谢培达心中五味杂陈，感慨万千，这个王福波咋这么通人情呢！从心里佩服这个人有情义、有智慧，是个可交的朋友。

回到菏泽之后，谢培达主动打电话找到了王福波，而且不叫王总，直接称呼："福波老弟啊！谢谢你了，这回可让我脸上有光了！"

"哪里，你别客气，咱侄儿大婚，我应该祝贺嘛！等孩子回来，我还要讨杯喜酒喝呢！"

"一定一定……"

话说到了这个分儿上，还有什么事不能好好谈呢？

在兵法上，这叫"不战而屈人之兵"吧！

人物三：孙丽红

孙丽红用扫帚打跑了南方开发商，在小区名声大振。她是能冲能打的"火炮筒子"，保卫"家园"的急先锋。

王福波心里琢磨，如果想要达到开发的目的，战术上必须攻克这一关。

不过，别看这位"孙二娘"表面上大大咧咧、敢作敢当，实则粗中有细，心地善良，并且有文化，重感情。她老家在淄博临淄区，大专毕业后投奔到菏泽亲戚家，应聘到棉纺织厂工作，嫁给了当地人。用她的话说：俺是齐国女儿成了鲁国媳妇。丈夫从部队转业回来分配到了银行，老实本分，不爱多说话，有事都是孙丽红出头，反而激发了她敢于担当、疾恶如仇、"路见不平一声吼"的脾气。

市场经济大潮下，孙丽红拿着工厂最后结算的 5 万元钱下岗了，赌着一口气投向了商海，应聘到恒盛公司，成为菏泽第一批从事房地产营销的人员，积累了丰富的经验和教训，堪称内行里手。她自己住的是一座二层小楼，地段又好，知道其中的价值，所以也就特别反感那些光想自己赚钱的商人。前四任被赶走，她的"大扫帚"起到了重要作用。经过反复联系，王福元和谢培达介绍，她同意与新任开发商见个面。

第一次交谈，双方刚刚寒暄坐下，王福波就说："你有什么要求，都讲出来，我们能满足的尽量满足……"咦？这与那些唯利是图，出言不逊的商人不一样，孙丽红心里感到一阵暖意。

接着，王福波谈起了人生、事业和友情，看得出来，他认真了解了孙丽红的身世，深深理解这位不容易的女人。而且，他们还有相同的爱好：国学知识和文学写作，曾经都是文学青年、性情中人，为朋友可以两肋插刀。这立刻拉近了双方之间的距离，特别是谈到个人的成长史，感慨万千，产生了强烈的共鸣。

"丽红，你上过天堂吗？"

孙丽红不知何意，惊讶地回答："没有。"

"哥去过！"

王福波接着问："你去过地狱吗？"

"没有。"

"哥去过！"

望着孙丽红不解的神情，王福波继续讲下去："你想想，我当年在部队，年轻有为，前程似锦。如果不走，起码也得干个师长旅长的。就是回来，我一直在机关里干，也能当个局长什么的。那不跟天堂一样？我不愿意整天喝茶、看报纸，想自己下海创业，结果水性不好，我成了捡破烂的，让家人都看不起，这不是到了地狱吗？可是，我不后悔，努力拼搏，这不又有了今天的成绩！丽红，我知道你也是艰难走过来的，一个人在世上不能光想着吃好的喝好的，还是要有点精神追求的……"

一番话说得孙丽红眼眶湿润，顿生敬佩之情。

不久发生的一件事，更让她心悦诚服地认准了这位"福波哥"。她在银行工作的丈夫曾为人担保，贷了一笔款项，结果迟迟还不上来。银行做出一项规定：明天下班前如果还不上，经手人承担连带责任，马上解聘下岗。

连本带利一共 160 万元，一时间，熟悉的亲戚朋友都找了，东拼西凑，还是没有凑齐，更是急坏了这位急性子的"孙二娘"。后来，有人出主意说，找找王福波怎么样？那怎么好意思呢，我和他只是一面之交，人家能借钱给我吗？最后，孙丽红在实在没辙的情况下，还是硬着头皮找到了王福波："王总，俺遇到难处了！呜呜……"

"别哭别哭，慢慢说，啥事？"

孙丽红一五一十地讲清原委，最后说："明天要是还不上，老公就给开除了，俺家也就塌天了！"

王福波听完，马上拿出身上的一个银行卡："丽红，我这个卡上有个 200 多万元，这是密码和身份证，你自己拿着去银行取吧，用多少取多少……"

"啊？"孙丽红几乎不敢相信自己的耳朵，原本指望借个几十万，不料一下子就给她解决了，有点将信将疑：不会是空卡哄我吧？

王福波看出她的疑虑，微笑着补充了一句："快去吧，昨天刚存上的钱。"孙丽红醒过来了，忙说："那我打个借条吧！""打啥借条啊，我还不相信你吗？快去，赶紧办吧，有啥事以后再说，去晚了银行要下班了。"

孙丽红抓起银行卡，一溜小跑去了银行，一查询，卡上真的有 200 多万元。孙丽红一时蒙了：世上真有如此慷慨豪爽的人！我孙丽红凭什么让他这么信任？这笔钱成了"及时雨"，及时保住了丈夫的工作。

孙丽红两口子后来慢慢还上了王总的钱。可王福波这种急人所难、行侠仗义的做人风格，让孙丽红死心塌地地成了王福波的"粉丝"，成为小区开发积极的支持者。甚至应聘到王福波的公司，当上了销售部总经理……

人心换人心！信任换信任！

人物四：马西关

相比前几位业主委员会委员来说，马西关更是个关键人物。他是回族人，原在经协办任副经理兼财务科长，平常不大爱说话，但为人处世有心计，是个"不见兔子不撒鹰"的主儿。开发这个院落，如果他就是不同意，谁也办不成。

起初，王福波连同几个人去找马西关谈，根本连门也进不去。找到王福元、孙丽红介绍，不但没有答应，还把他们训了一顿："咱不是说好了，不跟开发商见面，你们咋见了？"

得知马西关是回民，而在菏泽的回民多数是亲戚连亲戚，王福波的司机恰巧是回民，还与他沾亲带故的，便安排他去做工作。这位司机不辱使命，兴冲冲地上门去了。不料，开始叙旧还行，一旦谈到房子的事，他立刻板起脸来，下了逐客令。之后王福波一连找了几个号称与马西关有关系的人去说情，都像司机一样被顶了"橡胶墙"。

油盐不进，软硬不吃，王福波犯愁了：时间一天天过去，不破"西关"业不成！干脆亲自上阵。

王福波通过各种途径了解到，其实马西关家庭生活很艰辛，"经协办"黄了之后，他跟人合伙做生意，结果赔了个精光，还欠下30万元的饥荒。弟弟马西涛身体有病，有些事情全靠他当哥的跑前跑后。为了生活，马西关只好与妻子干起了包水饺的生意。买些牛羊肉剁成馅儿，在家里包好水饺，骑着三轮车送到各个饭店里去……

这天，侦察兵出身的王福波拿出了当年的本领，预先"侦察"好

第五章　夺下达摩克利斯之剑

了地点、把握好了时间，早早"埋伏"在北关医院一家小饭店门旁蹲守。等到马西关送完水饺出来时，王福波一下站起来："请问，你是西关老哥不？"

对方一愣，接着应道："我是马西关，你谁啊？"

"我是开发公司的王福波，找你多次了没见上。"

"噢，是你啊！"马西关的眼帘耷拉下来，"俺就是不搬了，没什么好谈的。"

"光躲着不是法儿。你看恁大年纪了，还东跑西颠地卖水饺，多不容易啊！谈好了，拿到补偿，就不这么辛苦了。"

大概看到这位开发商比较真诚，马西关不那么强势了："可是俺们都有约定，不能单独见开发商的。"

"这个好说，你们大伙约到一块，咱集体谈行不？"

"好吧，等俺约约。"

实际上，马西关让前几任开发商弄寒了心，还是不大相信王福波的话，迟迟没动。此时，王福波把原市规划局的房地产专家王广才请来帮忙，他也多次去找马西关，动之以情晓之以理，仍然没有松口。直到发生了一件特殊的事情，才让马西关真正信服了——

一天，马西关的弟弟突然犯了脑溢血，昏迷不醒，送到菏泽惠慈医院，医生一检查：必须马上做开颅手术，不然有生命危险，让他们抓紧去交手术费。10万元！天哪，对于一个下岗职工，以包水饺为生的家庭来说，这就是个天文数字啊！

可是医院里有硬性规定：交齐费用才能进手术室。

这可咋办哟！兄弟情深，马西关转着圈想法筹钱。数目太大了，几家亲戚加起来也才刚刚凑了一半。时间紧急呀！不能再等了，有人告诉马西关："找开发商王福波借吧，听说这人不错！"他想来想去，给王福波打了个电话："王总啊，俺家西涛弟住院了，急等着钱动手术，不然人就不行了，可这时候都没那些钱，你能不能先借5万块？"

"老哥,甭说了,我这就让会计取钱,给你送去,别耽误了手术。"王福波一口应下。

"那就太感谢了!我给你打个条……"

"打啥条啊,救人要紧!你在医院等着,司机马上就到了!"

十万火急,不一会儿,王福波的司机拉着公司会计,抱着5万元现金赶到了医院。晚上银行不营业,这5万元,是会计跑了几个银行的自助取款机凑齐的。交上钱,当即将病人推进了手术室,马西关的弟弟从死神手中捡回了一条命。

事后,马西关一家千恩万谢,把王福波视为救命恩人!没有别的礼物,他就让家人精心包了许多羊肉水饺,送到了王福波的办公室。

面对这样的企业家、开发商,铁石心肠的人也会动心的。一个个似乎不可调和的"天敌",就这样化解成了可以掏心掏肺的朋友……

锦绣中华情

业主委员会的几个代表人物转变了态度,其他人就好办了。

经过各方努力,"锦绣中华"项目业主大会召开了,20多位住户代表与开发公司坐在一起。王福波代表开发商讲话,一下子就把大家的心紧紧抓住了。他说:

"大家都很热爱也很关心自己的家园,舍不得搬迁。可是你看看,周边都在改造,高楼大厦起来了,就咱这一块在中间,破破烂烂的,影响城市形象是不?政府也不能老让咱这么守着不动,早晚得改造。再说了,20多年前的平房,又小又旧。有些二层楼说是别墅,那是啥别墅啊,设施都不配套,早落后了。咱改建都是带电梯的高层住宅,新世纪式样,你知道多漂亮吧!拆迁户百分之百地回迁,花园洋房,现代化小区,那比别墅还风光哩!"

住户们听得入迷,但最关心补偿政策,一个个只是点头,没有回应。

　　王福波深谙拆迁户心理，接着说："一般开发商总是考虑他的利润，算算开一个楼盘赚多少钱，动迁成本越低越好。我们不是这样，我们首先想到的是拆迁户的利益，拆迁户得不到好处，我们是不干的！要说挣钱，谁不想多挣点啊，君子爱财，取之有道。我们除了交给政府的土地出让金、开发的税收以外，再就是保证被拆迁人家有大的改善和得利。我们公司留碗饭吃就成，归根到底一句话，咱们大家齐心协力把这个项目做起来，改变这一片的面貌和各位的居住条件。这也是政府和社会的期盼！"

　　"说得好！"

　　王福波话音刚落，人们就议论开了："哎，这个开发商不孬，考虑咱的利益。"

　　谢培达激动得一下子站起来，大声说："大伙听听，王总就是不一样。比那些黑心的开发商强多了！我看可以让他办……"

　　王福元、孙丽红、马西关等人也纷纷表示同意。为抵抗拆迁建立的"业主委员会"，成为促进开发的带头人，一切问题迎刃而解！

　　趁热打铁。

　　开发公司立即安排人进入住户家中测量。过去，这个家属院的居民不论开发商姓啥，进门就赶，而这回却家家摆上烟茶，欢迎前去测算。这让有关部门大为惊叹："王总，你给他们吃的什么药呀！让人家心甘情愿地拆迁了？"

　　"啥药？就是换位思考，站在拆迁户角度想问题就行了。"

　　简单一句话，却蕴含着深刻的哲理。

　　"知己知彼，百战不殆"，王福波活用"兵圣"兵法！

　　民心是最大的政治。暴力拆迁、不合理的拆迁，是在拆我们的执政之基！

　　此时王福波公司聘请来许多能人，有原来他的老领导、市房管局的梁新龙局长，有曾是地区规划局的老专家王广才先生，还有原曹县检察院的孙中华检察长等等，一些老同志退下来之后，来到"锦绣中华"项目上安排副总、顾问等职位，帮助做好各种手续、测量评估、拆迁补偿等监督法规工作。

虽说大伙儿同意开发了，但具体到每家每户的拆迁补偿，还是非常烦琐和细致的。既要符合国家政策，又要照顾到拆迁户的利益，还得计算开发成本和利润。而王福波与其他开发商最大的不同，就是将被拆迁户的利益放在企业利益之上。

当时按有关方面的政策原则是，补偿面积按1∶1的标准计算。即现有旧房实际面积一平方米，不管是回迁还是货币，均按一平方米补偿。而在实际执行中，会遇到许多不同情况。比如有的自建房如何计算？有的院落空地怎么对待？

按照政府要求：没有房产证的房屋一律不算正式面积，只能按300元一平方米象征性补偿，空地基本上是忽略不计。不过这样一来，许多居民认为吃亏了，迟迟不签字不搬家，这就形成了"钉子户"。王福波注意到了这种情况，就给负责测量的人员说："一切从宽，让住户满意。"

于是，整个院子38户人家，他们每家每户都走了五六遍，反复测量，多方商讨。最后在不违背政策的情况下，把能算上的尽量算上，能多算的尽量多算，甚至院落以内的空地也算成住房面积。住户是很满意了，可开发商需要为此多付出几千万的补偿资金。

有的老顾问劝王福波："这样子搞不行，没什么利润了。"

"我是这么想的，咱搞旧城改造不能让群众吃亏，心里不高兴是不？企业只要有微利，能运转就行了！"王福波坚持自己的观点和做法。

政府有关部门听到风声，也来劝阻："你们可不能这个弄法，大家都要这么算，市场就乱了。按政策来，就是1∶1。"

"好好，放心，我们不会违背政策的。"王福波满口答应，但还是嘱咐工作人员尽快办理。

时隔不久，市政府就出台了《房屋征收补偿条例》。房屋院落的空地按 0.9 的容积率计算。王福波只是当了一次先行者。

至于挑选回迁房，他们也是把设计好的楼盘模型摆出来，把房型图纸贴上墙，让这些拆迁户按自己喜欢的楼层、朝向、格局优先挑选。甚至个别的特殊困难住户，王福波都是尽可能地给予特别照顾。

曾有一位 70 多岁的正县级干部，他唯一的儿子患了严重的精神分裂症。任凭外边嚷翻天，他仍瘫坐在沙发上抽闷烟。这天他又听到门外几个妇女吵吵着："怕什么，这里有个最大的官呢，他不动，咱也不动，能咋的！"老人抽烟的手抖了几下，两行泪扑簌簌流了下来。

门轻轻推开了，王福波轻轻进来："老领导，我来看看您老人家！"

老先生没有动，少顷有气无力地指指旁门。王福波进去一看，是一个三四十岁的中年人躺在床上，脸色铁青，嘴角积着发臭的黏沫。王福波搬个小凳子和老领导对面坐下，一时不知该怎么开口。

老先生像是对王福波说话，又像是自言自语："我，完了；孩子，完了；单位，也完了，就剩下这一个破家。你想拆，就把我们爷俩一起送走吧！"

王福波心里一下子打翻了五味瓶，眼泪差点落下来："看在您这么大年纪分上，我叫您一声大叔吧，大叔，你家还有什么难处，尽管说吧！"

听了这话，老先生起了两起，没起来，王福波过来扶他坐好，蹲在老人家身边，怕他过于激动出个意外："家家有本难念的经，你老人家干革命半辈子，晚年又遇上这么大的不幸，搁谁身上都难迈过这个坎儿……"

老先生用布满青筋的干涩的手背擦着泪水："听你这句话，你还是个有良心的人，就当我一个废人，关照一下吧。我知道拆迁户都是临时租房，等待回迁。根据我家的情况，能不能在外边给买个现房？我知道这是个不合理的要求，近乎耍赖，让你为难，也怕别人跟着学，可这群人我了解，谁会往伤口上撒盐呢？"

此刻，门外吵嚷声骤停，不用说，门里门外都在等着这位掌握"生杀大权"的王总一句表态的话。

王福波脑子里迅速翻腾着，最后落脚在：假如面前这位是自己的老人，该怎么办呢？王福波大声说："您这个情况，谁也不能攀比。这样吧，大叔，我答应您老的要求，马上在外边给您买一套现房！"

老先生颤抖着从沙发上站起来，原来他由于长时间的闷坐已经驼背了，说话也变得有些结巴："那好，我这就搬家！"他抓住王福波伸来的双手："你叫我大叔，我愧对这两个字啊！我也当了半辈子领导干部了，早该带这个头，剩下的你还有什么难处，都说出来，我老头子头拱地也要帮你一把！"

一个额外的关照，解决了双方的"难处"！

另外，王福波还了解到这个经协办及其公司黄了之后，有些人失去了工作，除了出租几间办公室以外，没有其他经济来源。王福波召集一班人研究之后，决定尽力给有劳动能力的人安排工作，其他人给予资金补偿，并且给全体人员补交上几年来欠下的养老保险金。

这些举措令这个院子的所有人都十分满意，感到远远超出了他们的诉求，连自己没有提出的想法，人家王福波的公司都想到了、解决了。

接下来的工作，自然进行得十分顺利。前面四任开发商，接连四五年没有办成的动迁，他们仅仅三个月就全部拆平，挖掘机轰轰隆隆进来了。

与此同时，锦绣中华小区营销部成立了。王福波特意聘请曾经有过营销经验，也是拆迁户的孙丽红担任经理。

"丽红，你对这个小区有感情，来帮我负责营销吧！"

"中，哥，我来做！一定给你做成精品，卖个好价钱！"

第五章　夺下达摩克利斯之剑

"我相信你。但也不要定恁高，差不多就行。"

孙丽红自信地说："这个地方我熟悉，你又在设计上、建筑上下了恁大的功夫，应该物有所值。"

想想真是有意思，这位反对开发商最厉害的"孙二娘"，被王福波感动得五体投地，竟成为销售总经理，尽心尽力地帮助他来销售这个楼盘。

孙丽红不仅性情爽朗，而且干事业也是风风火火。她接受聘请后，立刻招聘人员，培训队伍，设计广告词语。其中，特别强调：中华路的尽头火车站是龙头，"锦绣中华"就是镶嵌在龙冠上的明珠！享菏泽核心繁华，品智慧小区文化。

菏泽的经济版图，本以中华路为主脉东西展开，这既是历史，亦是现状，更是未来发展的主轴。东至菏泽车站经济区，中到国贸、银座CBD商业核心，西达牡丹万象城城市综合体，无不昭示了这条经济脉络的无限商机和潜力。所以，作为鲁西南欠发达地区的地级市，周围楼盘一般定在每平方米3000元左右，可这个楼盘均价就在4600元左右，依然受到市民的追捧。

值得一提的是，预定开盘那天，恰逢天阴下雨，一些人心中忐忑不安，担心这样的恶劣天气会影响人们前来购房。可孙丽红不这样想，她站在售楼大厅对业务员们说："都挺起胸来，准备迎接顾客。下雨是什么，是水，水是什么，是财啊！这是龙王爷来给我们祝贺呢！大家有信心吗？"

"有！"

"好，开门！"

果然如此，开门不久，尽管雨水一直没停，可来看房、选房、洽谈的人们络绎不绝。锦绣中华小区一路畅销，很快就销售一空。孙丽红也带出了一支高水平的营销队伍。

过了一阵子，王福波还把自己的儿子王子冰交给她："丽红，把孩子交给你带带吧。"

孙丽红像带自己孩子一样，认真负责，从如何与客户交谈，签协议，办按揭，与银行对接等等，仅仅一年，王子冰就掌握了相关程序和技能，独当一面了。

最为令人感叹的是，其他的开发商将楼盘卖完之后，一般就不敢再回去了，担心回迁户们因不满意补偿标准，对他不敬、提要求，甚而扔砖头、打黑拳的报复。而王福波开发的锦绣中华小区，却创造了一个奇迹：全部38户居民都选择了回迁，都对王总十分感激，成为好朋友。只要他有空回到这个小区，家家都会邀请他去做客。

这是什么？这是信任，这是亲情，这是和谐！

这也是王福波作为房地产开发商的信条：开发一片改造地块，建设一座精品楼盘，交上一批真诚朋友，造福一方居民百姓。如果政府和开发商这样进行征地拆迁，还会有"天下第一难"吗？

王福波既是做蛋糕的人，也是分蛋糕的人。

天道、地道、人道、商道，王福波把中国优秀的传统文化诠释到了唯美境界！

第六章　财富藏在舍得中

章 首 语

  我绝对深信，世界上的财富，并不能帮助人类进步，即使它是掌握在那些对这些事业最热诚人的手里也如此。只有伟大而纯洁的人物榜样，才能引导我们具有崇高的思想和行为。金钱只能唤起自私自利之心，并且不可抗拒地会招致种种弊端。

——爱因斯坦

无衔将军——优秀军转干部王福波的命运创新

承接苦难的人

阳春三月，万物复苏，鸟语花香，原本是一个生机勃勃、欣欣向荣的季节。可是在浙江省湖州市的一个大家庭里，却遭遇到一场巨大灾难。

这一天是2011年3月28日，浙江省湖州市一座高大的楼房顶上，有一个中年男人沿着天台来回踱步。他时而走到楼房边沿向下俯瞰，时而又返回楼梯口。看得出来，他遇到了难以排解的难关、无法摆脱的梦魇，正在经历着激烈的心灵炼狱。

清晨5时许，天还没有大亮，大街上的行人不多，很少有人注意到他的行迹。楼房天台上的人像是拿定了主意，加快脚步站到了围栏护墙的边际。下面有人终于发现了，指着楼顶大叫："快看，那个人想干什么？"

"苍天不公，来世再见吧！"只听楼上传来一声大吼，那人张开双臂，纵身一跃，离开楼顶被地心引力吸引，转眼之间扎向地面。

"呜——呜——"110的出警车、120的急救车伴着鸣响尖厉的警笛声飞速驶来。一切都晚了。家人撞开围观的人群，惊号地扑过来："我的天啊……你怎么走这条道啊，让我们可怎么活啊！"撕心裂肺的哭喊声响彻事发现场，让人心碎……

跳楼人是谁？他到底遇到什么过不去的坎儿，走上了这条不归路？

原来，他是当地的一名企业家，精明强干，改革开放后，带领整个家族投资做生意，成为当地著名富户。几年前，经过考察，发现山东菏泽市的房地产业刚刚兴起。抢占先机，带上资本进入菏泽。其中有一块地被他一眼看中——如果把老城区比作一枚铜钱，那么它就是"钱眼"位置，周边房价不高，十分好销，可以有数倍的利润。只是拆迁不

第六章　财富藏在舍得中

太顺利，前面开发商几经易人。他经过考察后，认为该地块是一个好项目。立即下定决心，各方筹措资金，并向银行贷款，以数千万元的价格接了过来，准备大干一场。

梦想很美好，现实很残酷。

前边老板遇到的棘手问题仍然存在：居住在这里的住户明白地段的优越性，十分顽强地捍卫着自己的权益，补偿标准达不到心理要求，坚决不拆迁。即使政府有关部门已经收取了土地出让金，按规定明确了标准，贴出了盖着大红印章的动迁公告，仍然没有人听。

浙江这位开发商急得团团转，该项目投了不少钱，每天仅付银行利息就要几万元，耽搁一天都会带来资本的损失。区拆迁办的工作人员与拆迁户谈判，由于双方诉求差距太大，均无效果。

按说，各项程序都符合规定，再漫天要价就是"无理取闹"。区拆迁办决心开会协调各方，力推拆迁。然而还是大大低估了动迁户们的能量。这天，局长和主任们正在会议室开会，商讨行动方案时，突然大门被撞开，一群居民蜂拥而至，举着"黑心开发商草菅人命"的横幅，胡乱骂道："你奶奶的，光想算计俺们老百姓。"

"哎，咋着不讲理？这是机关，你们不能这样胡闹！"

"就是不讲理了，告诉你们，不达到俺们要求，谁也甭想动俺们的房子！"

说着，有人抓住面前的材料乱撕乱扔，有人端起桌上茶杯乱泼乱洒。真是秀才遇到兵，有理说不清。一个协调会生生给搅黄了，满屋子人民公仆束手无策。

这还有没有王法了？有关领导怒气冲天：走法律程序。一纸法院公告贴到了墙上：按照国家有关规定，已经测算并安排了补偿，限期拆迁。

精心筹备之后，这天，法院执行庭、城管执法大队、房管拆迁办，还有相关部门代表都戴上安全帽，齐聚现场，准备强行拆迁。推土机、挖掘机、民工队伍均整装待命，一声令下便会烟尘四起。

千钧一发，一个声音高叫着："哪个敢拆，俺就点火爆炸，跟你们拼了！"

人们定睛一看，房顶上站着一个中年妇女，一手扶着煤气罐，一手举着冒火的打火机。这就是本书前面写到的一幕。眼看要出人命了！谁也负不起这个责任，有关部门、有关领导都泄了气，只好摆摆手撤回了拆迁队伍。

这一来，可苦了开发商，资金全压在上面，干，干不下去；抽，抽不回来，债主天天上门，家族怨声载道。这位开发商是位要面子的人。他并不是项目的法人代表，当时在老家政府有职务，参与家族企业的策划运营在当地也属正常，但他在工作中受到了屈辱，再加上众多项目投资人的怨气增加了他的烦恼，他失眠了、抑郁了、崩溃了！

在那个"黑色"的阳春三月里，他走上了高楼天台，仿照日本电影《追捕》中的情节：跳吧，跳下去，你就会融化在蓝天里！再也没有苦恼没有烦忧了……

一个鲜活的生命，就这样被葬送了。

死亡，对于死者是解脱；而对于生者则是无尽的痛苦。

死者一了百了走了，家属陷入了灭顶之灾！妻子哭得死去活来，痛不欲生。同样投入资金参与"成盛·新都汇"项目的其姐姐、外甥，以及其他亲人既悲痛万分，又六神无主。老人和孩子还要生活，外债和贷款还要偿还，下一步怎么办？

经过家族集体商讨，只有一个办法：尽快把菏泽项目转手，亏本也要转。可是，这个盘因投资商跳楼人亡，没有人愿意接这个不吉利的"烂尾盘"。

"谁想挣钱多，去找王福波。"现在变成"谁要砸了锅，去找王福波"。浙江开发商的合伙人找到了王福波，心怀忐忑，不知他会给个何种脸色。

第六章　财富藏在舍得中

王福波听完了情况介绍，详细研究了这个项目的来龙去脉。他认为，固然，这是个难啃的骨头。但是这个地段确实埋藏着巨大的商机，商机往往就藏在危险的身后。但如果久拖下去，既影响城市改造进程，又不利于群众的切身利益和政府的公众形象。从商业角度来讲，付出的成本也会越来越高。更重要的是，作为一个菏泽人，对于外地同行的如此遭遇，深表同情。

他仔细分析了此项目失败的原因，心中了然。马克思在《资本论》中阐述：工人把自己的劳动时间出卖给资本家，来换取最基本的生活资料。肯定了劳动时间即生产力。那么，"资本时间"是否也是生产力？以前的开发商都忽略了"资本时间"。他们宁肯每天付出几万元的贷款利息，也要睚眦必报，锱铢必较。在时间的拖延中，资本也在悄然风化，直至损失惨重，落败而归。

王福波当着对方合伙人表态：我来接这个项目！

接，怎么接？这可是几个亿的烂尾盘，说接就能接了？

一句承诺，重于泰山！

王福波不是一个莽撞的人，但如果仅仅以一个"义"字来解释，未免有些"拔高"。这一句承诺饱含了他诸多复杂的心理。"投资商跳楼了！"每当听到这类的传言，他就会一阵阵惊惶不安，仿佛那险境说不定哪一刻就会向自己逼来。同行的悲剧是一面镜子，时刻提醒和检验着自己的承受能力，但同时也在深深刺激着自己那一颗朴实善良的心。人，不到万念俱灰，不会走那条绝路，而这场悲剧的直接后果就是导致一个甚至若干个家庭从天堂坠入地狱，就像一群赶海戏水的人，突然被滔天大浪卷到大海深处，一去不复返！

王福波用最短的时间作了一番调查研究，他从惨痛的教训中领悟到了一个真理：投资商不懂得资本运作中与人的关系，缺少一个博大的胸怀和承接苦难的能力，这就是一场场跳楼悲剧的原因所在！

不幸的开发商是湖州人，湖州是一个好地方。湖光山色，风景秀丽，鱼米之乡，人间天堂，此刻一个家族却正遭受一场灭顶之灾，白发人送黑发人，悲痛欲绝，老少服丧，呜咽断肠……

王福波毅然决然，三千里奔赴湖州。

赶到湖州，事情远不像在菏泽想象的那样简单。整个村子被巨大的悲剧气氛包围着。讨债要账的人群把所有路口都堵了个水泄不通，辱骂声、抱怨声、哭诉声将村庄变成了一座灵堂！

王福波挤过讨债的人群，走到罹难者家中。一家人，素服裹身，饮泣伏地，发现人来，更不敢抬头。

家中的白发老人万万没有想到，来人伸出的却是一双温暖的大手。

"大伯，您起来吧，这样会哭坏了身子！"

老人抬头看着来人：高大，魁梧，像个将军；和善，亲切，一片混沌中，这是个天外来客啊！

一家人的哭声缓缓停歇下来。

王福波开门见山，自报家门："我叫王福波，是菏泽的开发商，与您家死去的家人同行。现在他走了，您老要节哀顺变，剩下的事，别管多难，能帮的大家都帮一把。您老要相信，天塌不下来！"

80多岁的老爷爷老泪纵横，颤抖着从里屋拿出一块糖塞进王福波手里。原来这是当地一种古老的风俗，表达的是不幸人家对危难之际出手相助人的深深谢意。

王福波明白过来，口里含着的糖此时变得那样苦涩不堪。他捏捏兜里，硬硬的一张银行卡，掏出来递到随行人员的手中："卡里还有1600万元，快去取出来先为他们还债吧。剩下的事以后再谈。"

大义之人，大义之举！一家老小几乎同时围着王福波叩首，感激涕零。

王福波的随行人员看出王总此时入情太深，合作还未细谈，怎好一掷千金？

一家人看着雪中送炭的王福波，久久发愣，仿佛从十八层地狱一

第六章 财富藏在舍得中

下升入了天堂："恩人哪，一切托付给你了！"

王福波说："你们家在菏泽的那个项目，赔本我也接过来，但我不会让你们家吃亏。现在有两条路可走：要么撤资转手，连本带息我一手交清；要么咱们合资经营，我来操办，你们只需坐收分成。如果还有别的想法，也只管提出来，咱们好商量。"

"不，不，没有，有王总你在，这回天塌不下来啦！"

戴着重孝的妻子让姐姐抱来厚厚的一个账本，那上面是全部的投资目录，捧给王福波。王福波的随行人员看过之后心情很沉重，王福波却重重地将账本一合："不要多想了，我认！我这边占大股，负责后续项目的投资和运营。"

王福波从湖州回来，以军人的果敢作风，召集各部门开会，搭建工作班子，制订开发计划。打响了拆迁攻坚战。

他把从部队学到的"全心全意为人民服务"的宗旨带入了经济建设领域，带入了资本运作。王福波说："搞旧城改造，让百姓脸上有笑容比啥都强。"

王福波深入到被拆迁户中访问、摸底、征求意见。

前面提到的那位点燃煤气罐抗拆的妇女，就是"成盛·新都汇"一位被拆迁户的妻子，性格要强，脾气急躁。两口子在八一路上开了个饭店，楼下经营，楼上居住，门面不太大，一说要拆迁了，一家人赖以生存的营生没了，拆是给拆了，让我们向哪里迁呀！补偿也不合理，我们宁死也不走。

王福波换位思考：虽说对方想法确实有点过头，可仔细琢磨也有可以理解之处。这块土地上住户多是收入较低者，而且没有什么稳定工作，给人看个车子，当个保安，或者在马路边上卖个手套袜子啥的，生活十分艰难。老一辈留下的这点房子，是一家人最大的资产，是生活的依靠，所以趁拆迁尽量想多得一些财富。如果纯粹按原则办事，肯定越弄越僵。

他又找到最有代表性也最有影响力的苏海军夫妇促膝长谈:"你家情况我了解了一下,确实不容易。你想着咋办?"

"王总,你这样说话俺听着就亲。那些家伙,一动就拿出这规定那文件,要不就是法院公告,说俺不讲理。那我只有拼了,俺这个饭店不光一层经营,楼上也有。俺就想着把楼上也算个门面面积,你看行不?"

王福波想了一下说:"政府有政府的规定,每户也有每户的实际情况,都往中间想想就好办了。你上边的也别不算,也别全算,我让让,你也让让,咱按测算的面积尽量照顾好吧!"

"好!听你王总的。"

王福波与拆迁指挥部综合考虑之后,决定补偿他三套门市房、三套住宅房。

这大大出乎苏海军夫妇的意料。

王福波上门再访时,苏海军的妻子口气变得亲切委婉:"王总啊,这可是真的?"

"是真的。"

"你……会给俺补偿那么高?"

"会!你得的是补偿,我得的是快开发。深圳人讲时间就是金钱……"

苏家两口子打心里知足满意,不仅爽快地签了协议,还积极帮助做其他拆迁户的工作。

过去几年软硬不吃、久攻不下的地块,在王福波顾大局、顾民生的开发理念指导下,上下齐心,辛勤努力,仅仅用了一个半月时间,风卷残云般地全都拆平了,创造了菏泽市旧城改造拆迁工作的奇迹,赢得了市民群众和政府部门的好评和高度赞扬!

最为心悦诚服的,是上一任为这个项目吃尽苦头操碎心的湖州开发商家人。祸从天降,束手无策,王福波毅然出手接盘,从某种角度上来说,是挽救了那个破碎的家庭和整个家族危难,也给重义气的山东菏泽人打出了品牌。

不仅如此，王福波还把决定继续合作的前投资商的妻姐请来，担任财务主管，负责全公司的资金调度安排，给予了充分的信任。这使得她和家人十分感动。他儿子与王福波通过长时间交往还结下了深厚的师生情谊。

财富藏在舍得里。

项目如期建成，迅速销售一空，获得了可观的利润。前开发商的妻姐按说在菏泽完成了使命，可以打道回府，安度晚年，可他们舍不得走，合作的日子里，他们和王福波结下了深厚的友谊和信任。危难之间人家王总义无反顾帮了咱，王总今后的事业，咱也要帮一把，也算是报恩了。于是他们决定利润一分不取走，再次投资到王福波公司里，支持新的旧城改造事业。

巴尔扎克说过："黄金的枷锁是最重的。"

财富如果没有道德的引领，必然走向贪婪、邪恶。著名学者涂可国有一段关于财富精辟的论述：

> 伴随着社会财富的迅速增长，中国人追求财富的意识不断增强，平民百姓普遍企盼发财致富，财富欲望、财富梦想、财富力量和财富崇拜交织成带有神话般的巨大财富幻象。一部分人致力于合法合理致富，而有些人则把奢侈和浪费视为荣耀，信奉唯利是图、金钱万能，形成异化的、病态的、扭曲的财富观。如何建立科学而合理的财富观是每一个人所面临的人生大课题。

王福波知道，财富观，是人们对于财富的态度，以及为了获得财富而采取的途径和方法的思想。现代化和社会财富的增殖过程深受财富观念影响。马克斯·韦伯在《新教伦理与资本主义精神》中就论证了财富理念与理想成为引发社会经济变迁独立而自发的动力。后来，经过马克斯·韦伯的发掘和修正，西方的财富活动提供了道德依据和正当理由，并且成了主流财富观。

拥有财富的人，能为弱者付出才是文明的社会。

儒家财富观强调对财富进行权衡，提出了富而有道、财自道生、有财有用、和气生财、富而后教、富而好礼、调均贫富、贾而儒行等思想观点，儒家的财富之道为我们提供了一种从思想层面如何理解、看待和运用财富的智慧。

2017年清明节前夕，王福波驱车千里赶到浙江省湖州市，去看望一个不在同一时空的合作伙伴——跳楼殒命的前任投资商。那天一大早，在其亲属的陪同下，王福波来到逝者墓前，摆上鲜花和水果，双膝跪地，低声告慰：安息吧，好兄弟，你的心愿已经完成，希望你在另一个世界"极乐百顺"。王福波按菏泽规矩连叩六首，意含"活着的人六六大顺"。

王福波对笔者说：其实"清明"是个"励志纪念日"。春秋战国时代，晋国公子重耳为躲避国家内乱而逃亡。颠沛流离，生活极为艰苦，每天不仅见不到荤腥，且常处于饥饿状态。有一次，重耳饿得头昏眼花，实在走不动了。随从介之推救主心切，就从自己的腿上割下一块肉，炒了盘香喷喷的菜，让重耳吃了充饥，渡过了鬼门关，最后找到了落脚之地。十几年后，重耳时来运转，返回晋国，当上了国君，也就是晋文公。

登上国君宝座后，重耳重赏跟随过他的有功之臣。不知什么原因，唯独忘了介之推。介之推并没有去找重耳邀功请赏，而是带着老母亲去绵山隐居起来。

晋文公得知真相，羞愧莫及，亲自带着人去请介之推。介之推拒受封赏，不肯出山。山高林密，难以找到他的影子。重耳无计可施，却忽然想起介之推是一个孝子，便下令放火烧山。心想，山上起了大火，你一定会带着老母亲跑出来的。却不想这把大火不但没把介之推逼出来，反而把他母子二人都烧死了。

悲壮之举并没因此结束。传说介之推面临熊熊大火想了很多，他把自己的食指咬破，用血写下一首遗诗：

> 割肉奉君尽丹心，
> 但愿主公常清明。
> 柳下做鬼终不见，
> 强似伴君做谏臣。
> 倘若主公心有我，
> 忆我之时常自省。
> 臣在九泉心无愧，
> 勤政清明复清明！

打这以后，晋文公就立"清明节"纪念介之推，后来逐渐在华夏大地普及。

从故事源头不难看出，对忠贞傲骨的推崇，对清明政治的期盼，才是清明节的本意。

所以，为政要"清明"，经商要"清明"，做人要"清明"。

这亦是王福波的"国学"之课程！

资本的向导

1849年夏末，在大英帝国首都伦敦安德森大街4号，居住着一户从德国迁来的人家。由于拖欠几个月的房租，房东叫来了警察，收走了他们的全部家当，甚至连婴儿的摇篮、孩子的玩具也没有留下。

这户人家的男主人，名字叫卡尔·马克思。这位身无分文、家徒四壁、没有任何资本的穷人，当时却正在研究着商品的剩余价值和资本的属性，写作着一部后来影响了人类命运和世界的巨著——《资本论》。

他在《资本论》中说："资本来到世间，从头到脚每个毛孔都滴着血和肮脏的东西。"阐述了资本原始积累的野蛮性和残酷性。并指出："如果有20%的利润，资本就会蠢蠢欲动；如果有50%的利润，资本就会冒险；如果有100%的利润，资本就敢于冒绞首的危险；如果有300%的利润，资本就敢于践踏人间一切的法律……"

虽然这是马克思对资本在原始积累时期的本质的深刻揭示，可是资本作为推动人类社会经济发展又不可或缺。

英国学者伯克说过一句极端的话："一切财富都是权力，因此权力必定会用种种手段将财富确定无疑地据为己有。"

伯克的话为资本主义的盘剥找到了理由。

财富有价值，但财富并不等于价值。有价格的叫商品，而有价值的是精神！

王福波不仅仅对拆迁户有仁爱之心，对各方面的合作伙伴——诸如股份不一的股东、合作开发者、施工建筑队、材料供应商，甚而每一位素不相识的购房者，以及本公司的普通员工，都是将心比心，以心换心，赢得了广泛的尊敬和拥戴。

一路走来，不止一个人感叹而敬佩地说：没有见过这样的企业家……

当年他们从曹县明珠商城项目上归来，准备乘胜进军菏泽房地产市场，注册了一个菏泽万佳置业有限公司，在岳程办事处买了30亩地，打造自己的岳程基地，有汽配市场、写字楼，还有餐饮、酒店等等。摩拳擦掌，大兴土木，几座商用楼接连建成。

要说建筑行业也真不容易，僧多粥少，施工队只要能够揽到工程就算"烧高香"了，一般都是垫资开工。按照工程进度，一期一期地检验，合格后再由业主付给承包费。比如框架起来一半，付一部分钱，主

第六章　财富藏在舍得中

楼封顶了，付一部分钱，完工验收后，付清尾款。项目承包人，也就是包工头，再分批付给工人。

这对于开发商是有利的，他不用一次性拿出太多的开发资金，而是采取贷款、融资、分期付工程款等办法一笔笔筹措。但也时常发生开发商拖欠农民工工资之事，人们只好使出各种办法——甚至是极端方式讨薪。这往往因为开发商筹资不畅，或有意拖延赖账。

有一年，快到年底了，王福波公司也遇到了类似的问题。由于铺的摊子大了些，投入的资金多了，一时间捉襟见肘。承包岳程基地的是一个姓申的江苏人，带领上百号人干完这期工程了，工资还没有结算。他找到王总说："民工们都着急了，问过年回家能不能拿到钱？"

"没问题！"王福波风趣地说，"你没听说过，'要想挣钱多，跟着王福波'？这几天就筹完了，年前一定让大伙儿带着钱回去。"

可是，这年经济不太景气，集资筹款难以如愿。进了腊月二十，工资款还没付给工程队。尽管承包人深知王福波的为人，可民工们不管那一套，天天围着包工头讨要，生怕他跑路。

包工头沉不住气了，他知道许多开发商都是用这种方法推脱，最后便逃债，工人紧追他，他便紧追王福波。

"我正在抓紧办这个事。我保证腊月二十八那天发给大家，就是卖房子卖地，也要把工资发下去。"

"王总，俺们信你！你这些活儿俺们都好好干，到时候可别哄俺们啊！"

那几天，王福波把手头工作交给别人，自己一门心思地跑银行筹款。不料，恰逢紧缩银根，各大银行不仅不放款了，还要抓紧清贷呢。一连跑了多家，都说"爱莫能助"打了回票。

难道今年要在民工面前"食言"？

那不是王福波的做派。他拿出自家几套房的房产证来到了工商银行，一下子全摆到了行长办公桌上：请帮助尽快办理抵押贷款，我要给民工发工资过年。

此举让行长久久端详着王福波。多少老板在年底跑路逃避工人逼债，这个王福波，把自己的房产都押出来了！行长立即指示工作人员一路绿灯。等到走完全部手续，把200万元的贷款额度批件拿下来，已经是腊月二十九了，再过一天就过年，银行资金冻结，取不出现金来了。可民工们急着回家，怎么办？

王福波与承包人老申商量，马上给每个工人办理一个存折，把应得的工资打上去，就在银行里发存折。既比带现金安全，又让他们亲眼证实拿到钱了，随时取用。

于是，神奇而感人的一幕出现了：腊月二十九，大街小巷已是浓浓的春节气氛了，商家门前挂着红红的灯笼，调皮的男孩子们举着火香噼里啪啦地放着鞭炮。民工们接到通知：速到某银行领取工资存折。一传十，十传百，这家银行门前很快就排起了长长的民工队伍，一个个兴高采烈地议论着：

"这个王总，说话真算数哩！"

"是啊，下回还跟着他干！"

有的背着大大小小的旅行包、蛇皮袋，有的穿着新换上的整洁衣服，从银行里走出来，揣着存折、揣着美好的梦，直奔火车站、汽车站了……

送走最后一位民工，老申长长地舒了一口气，转而又苦笑着说："哎，王总啊，忙活了这些天，明天就是腊月三十了，我可是连回家的票都买不上了。"

王福波笑着说："早给你安排好了。你快去准备准备，我派车送你回去。"

老申闻言一愣神，几百里地啊，原以为今年无法回家过年团聚了，没想到开发商如此细心周到，心里一热，反而不知说什么好了，只是连声道谢。

第六章　财富藏在舍得中

直到今天，十几年了，老申和他的工程队还在跟着王福波干。

他们追随着诚信！

市场经济有一个法则：经商办企业，拿地搞开发，最关键的是要有"本钱"，也就是资本。资本这个幽灵已经无处不在，尤其在旧城改造这个领域，必须要保障资金链畅通无阻。有了好项目，又有了好规划，只要有人愿意给你投钱，就能做好做大做成功。可是，谁又会心甘情愿给你投钱呢？

我们的主人公王福波，就遇到了这样一件奇事——

几年前的一天，新疆库尔勒一位原籍山东济宁的企业家王总，被家乡招商引资回来考察，由于种种原因——特别是其祖父曾受极左路线迫害，使他想起来就伤心，没有达成任何协议。在返程的路上，顺便来到菏泽看望已经退休的一位老领导。王福波应邀前去陪客。

老友相见，分外亲切。席间，这位年近花甲的王总多喝了几杯，悲从中来，说起自己爷爷就是被关押到菏泽监狱服刑的，而他少时曾陪同父亲前去探监，当年爷爷那饱受冤屈的模样深深印在脑海里，挥之不去："后来，我爷爷病死在监狱里，可家人连吊唁祭奠的权利都没有……"说到这儿，他声音哽咽，眼泪汪汪，充满了无限的痛惜和怀念之情。

"唉，那个极'左'思潮横行的年代，不堪回首啊！"主人为了不使客人过于伤感，连忙转移话题，"现在好了，那一幕一去不复返了。喝酒、喝酒！"

酒桌上常常是海阔天空，哪说哪了，犹如"雨过地皮湿"。但说者无意，听者有心。陪客末座的王福波深深地被这位前辈的孝心打动了，趁大家推杯换盏之际，悄悄走到包间外面打了几个电话，做了一番安排。

宴席即散，宾主双方互相握别之际，王福波向前邀请说："王总回来一趟不容易，我陪同你在菏泽城转一转，看看这些年菏泽城的新变化好吧?!"

"很好，还是福波想得周到。"那位菏泽的老领导赞许地说，"老王，王福波是菏泽有名的企业家，你们有共同语言。我下午还有会，就让他陪你转转吧。"

客人高兴地答应了，乘上王福波安排的商务车，沿着老城新区参观起来。

一路上，王福波细心地介绍着：这是当年的老街巷，已经改造过了；这是新建的商场、大剧院；这是牡丹园，全国闻名，每年四月国际牡丹花会就在这里举行。客人边听边点头：今非昔比啊，真是换了人间！

转了一大圈之后，汽车驶进了青年湖畔一处空地上停下了，几名年轻人摆好了桌案，依次放置着香烛、纸钱、烟酒和点心等祭祀供品。

王福波请客人下车，虔诚而深情地说："这个地方就是当年菏泽监狱所在地，后来改为女子监狱，女监迁走后，这片旧房交给武警部队"，王福波顺手指了指旧房子的门口一个军装严整在站岗的士兵！"王总，在事业上你是我的前辈，在乡情上你是我的老哥，中午吃饭时听你说祖父就病逝在菏泽，就是这个地方，你当年来过的监狱。可一直未有机会吊唁，想必是个终生遗憾。今天，我陪你一起补上这迟来的祭奠吧……"

"啊?!"未等王福波说完，这位远道而来的花甲老人已经泪流满面了，扑通一声跪倒在地，号啕大哭："爷爷啊，爷爷……你那不孝的孙子来菏泽看你来了……"

王福波立即吩咐点上香烛、燃起纸钱，安排大家一起默哀肃立，陪同客人祈祷祭奠。袅袅香火，片片飞灰，随着微风飘摇直上天际，那可是老人在天之灵有所感应，有所欣慰？昨日的阴霾早已散去，你的冤案已经平反，如今的家乡大地一片风和日丽，你的灵魂可以安息了……

面对如此情景，客人如在梦中，这是他菏泽之行始料未及的。祖父一生命运多舛，客死他乡，压抑了几十年思念亲人的痛苦与愧疚，如同打开的情感闸门，一下子倾泻而出。他心灵上得到了慰藉，精神上获得了满足，这是任何金银财宝都无法买来的！

在回去的路上，客人看着窗外焕然一新的市容，再看看身边年富力强、真诚干练的王福波，陷入了深思：自己多年漂泊在外，经商致富，在新疆已是颇有实力的企业家，也想回到家乡投资办企业为民造福，可是一来没有合适的项目，二来找不到能干而又可信的合作伙伴。现在，他有些心动了。

果然，经过与王福波进一步沟通，他下决心在菏泽投资，与王福波公司合作！在还没有谈成具体做什么的情况下，王总返回新疆后，打过来一笔5000万元，并说："福波兄弟，你是值得信任的人，在菏泽的业务全交给你了，我放心。"

这在20世纪90年代，5000万元不啻一个天文数字，可以办成多少大事。如此信任，王福波十分感动，当即打电话表示：一定做成一个让各方满意的项目，绝不辜负王总的期望！

宝贵而稀缺的资本！按马克思所说，资本的每一个毛孔里都沾着血，那么，道德情操就是防止它变成吃人猛兽的监护者！

尽管，后来在实施过程中，新疆王总的公司资金周转遇到了困难。王福波得知后，二话没说，想方设法凑齐了5000多万元，连同利息给他还了回去……

这种胸怀让人敬佩不已。

前面提到的锦绣中华小区，在开发中也遇到了类似问题。当时，临沂一位姓魏的老板来菏泽与王福波合作，共同投资开发这个项目。他是外地来的开发商，担心本地人欺生，要求掌控51%的股权，并担任了法人代表和董事长，具有主导项目的话语权。王福波十分理解，自己占49%股权，属于配合地位，但一切手续和拆迁工作都需他来办理。

合作就是利益共同体。这是王福波一贯的经商理念，带领大家全力投入了征地拆迁、规划施工中。

跑断了腿，磨破了嘴，本着换位思考让利于民的信条，好不容易将几年的拆迁"拦路虎"全都搬开，施工队伍进场加紧干活了，合作方却出现了问题。魏总公司所在城市领导要求，本地开发商要集中力量，优先完成家乡的旧城改造任务。这位魏总前来与王福波商量：准备全部撤回所投资金！

这是合作开发的大忌：正当所有资金都投上去了，项目尚未建成，还没有开盘见到效益，一方要抽掉资金不干了，这是釜底抽薪啊！下边的"仗"怎么再打下去呢？大家听到这个消息，都十分惊讶，也很伤心，纷纷对王福波说：

"王总，现在公司资金这么紧张，魏总撤资我们能撑下去吗？他是法人、董事长，怎么想不干就不干了？！这怎么可以呢！"

"他实在想撤也行，但钱不能马上拿走。前期都砸在工地上了，等到建成卖了房子再来拿吧！"

就连介绍他来合作开发的朋友，也感到很不合适，找到魏总说："老魏，你再想想，中途撤资，让王总可做难了。"

魏总连连摇头："是啊是啊，按说不能这么办。可我这边当地领导说必须得回来，要不然后果自负。你想，我能不听'父母官'的吗？"

"如果一定要撤，也不能一下子撤走，王总的全部家当都押上了，还没见到效益呢！"

"我知道，我知道，"魏总愧疚地表示，"这给王总添乱了，能给多少先结多少吧。"

说真的，起初王福波有些茫然，一度不知咋办好，就像正在冲锋向前的一支部队，付出了巨大牺牲准备发起总攻之时，主力师团突然说我不打了，不供弹药了，你们往上冲吧。

面临资金危局，等待他们的很可能是前功尽弃、丢盔卸甲。可是，强扭的瓜不甜，人家合作方没有积极性了，勉强为之，后果同样不会乐观。按照协议办理抑或走法律程序，自己这一方完全占在理上。

公司领导层反复讨论后认为：魏总撤资可以，但需分期付款。

经过与魏总一方沟通，他们也有了思想准备，认可这个方案。

然而，资本在不同的人手里，有不同的使用方式。王福波思来想去，做出了一个重大决定：将临沂公司魏总的总投资1500万元，加上两年的利息全部还清。自己独资接盘，继续干下去。

老局长梁新龙替他心疼而又担心，劝道："福波啊，你咋这样处理呀？人家魏总不是同意了分批撤资吗？"

"不错，他是同意了。可我想，他那边一定有大困难，不然不会这样办的。咱合作一场，买卖不成情义在，就让他一次拿走吧！"

"你这压力太大了，所有的风险都扛在你身上了。再说，项目还得干，你哪来恁些流动资金呢？"

王福波笑笑说："这些我考虑了：我不是还有个祥记房产吗？抵押贷款，再找朋友伙计们筹措一下，咬咬牙，能渡过难关的！"

宁可把困难留给自己，也要把方便让给别人。这也是一种舍得！

魏总听到王福波的决定后，连竖大拇指：真是个可交的好哥们！今后缓过手来，一定再次合作。

从另一个角度讲，得道多助，许多企业家、朋友们听说了此事，更加赞赏、信赖王福波，纷纷把闲散资金投到他的项目上，银行也放心大胆地给予贷款。锦绣中华小区项目不但没有受到任何影响，反而愈加放射出灿烂的光彩！

列宁曾经讲过：利益是最好的向导。

而资本在共产党人王福波手中，因信仰和诚信不再淌血！

丹柯之心

一个人真正的魅力，不是你给对方留下了美好的第一印象，而是通过岁月的酿造，对方认识你多年，仍然喜欢和你在一起；不是你瞬间吸引了对方的目光，而是对方和你相处久远，依然欣赏你；更不是初次见面就有相见恨晚的感觉，而是历尽沧桑能够由衷地说：认识你真好！

这是一段有关做人和友情的人生格言，也是人们表达对于自己敬佩与爱戴人物的心声。用此来形容王福波的人格魅力，以及大家对他的印象和评价，真是再恰当不过了。

前面提到过的李跃武，是王福波在部队上的老班长，比他大几岁，是从黄河入海处的利津县入伍的，一直像个老大哥一样关照着王福波，两人结下了深厚的战友情。当李跃武服役期满退伍时，王福波专门送他到火车站，痛哭失声，依依不舍……

一晃数度春秋过去了，王福波已经是搏生装饰公司的董事长、总经理了，生活安定下来，也有了一定的经济实力，就特别想念当年的老班长，经常在梦里相遇而哭醒。这天，他特意叫上当年的同班战友、青岛籍的曲立友，开着客货两用车带上礼品，前去李跃武的家乡看望。

20世纪90年代中期，手机还是十分昂贵的通信工具，对于偏远农村来说，就更是天方夜谭了。王福波凭着早年通信的记忆，开着客货两用车上路了。

一大早出发，整整奔波了七八个小时，太阳快落山了，他们终于在一望无际的黄河口平原上找到了那个叫王洼村的地方——李跃武居住的村庄。全村大都是土坯平房，看得出来，整个村子还属于贫困状态。

在村民的引领下，找到了老班长的家，两口子在地里干活没有回来。那是孤零零的几间房子，连院墙都没有，堂屋也没上锁，王福波推门一看，地上摆着一张小饭桌，上边还放着几个干馍，苍蝇围着乱飞。

看到老班长家的生活状况，王福波心里十分难受，当场眼泪就流了下来。在部队那些美好的回忆，变成了眼前如此残酷的现实！

邻居们飞快地去地里告诉李家来客人了，李跃武夫妇急急忙忙赶了回来，毕竟十几年没见面了，倒是去过部队探亲的老嫂子先叫了出来:"王福波!"

"对啊,我是王福波。老班长,嫂子,你们好啊!"

老班长长满厚茧的大手紧紧握住王福波的手:"兄弟,你咋找来了,也没提前打个信?"

王福波忍住眼泪说:"哎,转业后就穷忙,现在有点空了,想你们了,来看看你们。咋样,过得好吧?"

"还行吧,饿不着冻不着,能过得去。"李跃武有些黑瘦,腰杆挺直。一个普通农民身上同样有着贫贱不能移、威武不能屈的圣者风范,李跃武叫妻子张罗做饭:"快,我的战友兄弟来了,把鸡杀了,再把过年的那瓶酒拿出来。"

"别别,班长,在家里怪麻烦的。咱出去找个饭店点俩菜,我请你。"王福波用哽咽的嗓音阻止。

"不怕你笑话,咱这片没个饭店,要到县城就太远了。再说,到家了哪能让你请,大鱼大肉没有,管顿饭还是管得起的。"

说来真是穷啊,都到20世纪90年代了,整个村子还没有一个冰箱。老嫂子忙活了一通,杀了下蛋的鸡,又出去找邻居借了两根火腿肠,加上炒鸡蛋、炸花生米,倾其所有预备了几个菜,盛情招待远道而来的多年未见的战友。王福波一边吃着老班长夹到碗里的菜,一边回想起嫂子在部队喝他的剩稀饭、送给他绣着歪歪扭扭八个字"兄弟情深、能当将军"的一双精美鞋垫,王福波一直用了十几年,直到鞋垫的脚后跟磨透了,还是不舍得扔掉的这些情景,借着酒劲,王福波止不住眼泪顺着脸颊流了下来。

当晚,李跃武夫妇让刚结婚的侄子把新房腾出来,又找出舍不得盖的新被子,安排王福波、曲立友和司机住了一夜。躺在床上,王福波怎么也睡不着:不能让老班长再过这样的日子,一定要想法帮助他改变。

第二天吃完早饭,王福波深情而郑重地说:"班长啊,你跟我去吧!

今天咱就走。"

"上哪儿?"李跃武惊讶地问。

"上菏泽。兄弟我办了个装饰大世界,效益还行。你到我公司里,挣些钱,改善改善家里的生活。"

"我去了能干什么?又不懂经营,就别给你添麻烦了。"

"一点儿也不麻烦!我办公司就是让大家一起创业,一起致富,也用了不少复员兵,都干得很好。你跟两天,就啥都会干了。"

一开始,李跃武夫妇有些顾虑,担心路远地生,年纪大,手脚不利索,连累了别人。经过王福波再三劝解,终于点头了。

紧接着,李跃武安排好家中的事宜,告别妻子和家乡,乘上王福波开来的汽车,来到了菏泽,进入了搏生装饰公司。

此后一连两年,王福波特意安排他从保管、营销等做起,也熟悉一下施工方面的程序和步骤,不仅在经济上帮助了李跃武的家庭,更重要的是使他逐渐熟悉了市场经济中的某些知识,转变了以农为主的观念。

后来,李跃武老家村子里改选党支部,一心希望改变面貌的村民们把他请了回去,两个战友再次含泪惜别。王福波知道老班长身在城市,心却在黄土地上,不能强留,派车把他送回了村庄。李跃武回村后被选上了村里的党支部书记。他用这几年在搏生公司工作、在王福波身旁学到的本事,带领大家因地制宜多种经营,走上了共同致富的路子。

我们在采访期间,正逢炮8师的一部分复转老战友在菏泽搞了一次小型战友聚会。他们有的成了政府机关领导,安居大城市,有的创业成为企业家,日子过得殷实。我们特意借机采访了一次李跃武,他年届花甲,已从村支书位置上退了下来,一儿一女,皆已自立就业。他和老伴种着70亩地,他告诉我们:回去就该收棉花了。

黄河入海口的风霜,把李跃武打磨得像一尊历经沧桑的雕塑。他仍像军人一样,挺直腰杆,"坐如山",始终带着微笑和我们交谈,保持着属于军人的那份尊严。他平缓地叙述着往事：1978年入伍后，因为身材挺拔，被选为指挥连的"排头兵"。后又到师教导队参加培训，回连队当上副班长，后来成为"全团第一班"的班长。他说王福波是拖着一大包书来到班里的，李跃武帮他放东西时，看到这个新兵与众不同，带着数学、物理、化学、语文等书籍，就知道他有大志向。他把这个年龄最小的兵视如小弟。他赞扬王福波勤快、灵敏、刻苦。军事训练、整卫生、挖菜地样样不落后。熄灯后，他在被窝里打着手电筒读军事训练理论书籍——三角函数、抛物线、米位演算。副连长来查铺，劝他休息。副连长走后，他又继续学习。李跃武知道，当炮兵不学射击指挥，当不了团长，暗中支持他。李跃武说，王福波考上军校，比他自己考上还要高兴。退伍时在莱阳火车站相拥而泣，王福波说了一句："我成才了，你走了……"号啕不止。

　　李跃武说："干什么，就干到最好。我在部队当过连队标兵、团直标兵，在军旗前照过相（仅次于三等功荣誉）。入党时指导员曾说：'这个李跃武，我怎么看都看不出有什么缺点。'后来因军改和年龄原因与军官失之交臂。"

　　李跃武这个来自黄河口的大地之子安贫乐道。毫不眷恋城市的繁华生活，他说："钱对我不重要，人的品德和尊严高于金钱。"

　　我们感受到了。我们在心中向这位老班长致以崇高的敬意！

　　整个采访过程中，他没有流露出一丝对于命运的不公和抱怨，并且骄傲地说："我回村种地也是能手。小麦一亩地打1300斤，玉米一亩地打1800斤，籽棉能出500斤。我们村的农业收入全镇第一。多年来我没吃一片药，没有'三高'，这是上天的恩惠。我是一个平民百姓，福波一直想着我，可他捡破烂的经历却一直瞒着我……"

　　说到此处，他动了情。

　　生命之舟，从时光之河漂过。李跃武的讲述，昭示的仅仅是一种军中战友情愫吗？我们渐渐地摸到了王福波的心跳、灵魂。一个优秀的

无衔将军——优秀军转干部王福波的命运创新

灵魂，需要良好的土壤滋养它、哺育它，军营里的点点滴滴，老班长身上的点点滴滴，不正是这位"无衔将军"成长的雨露吗？

我们再回到锦绣中华小区，谈谈"孙二娘"孙丽红。

孙丽红曾经专门学过营销课程，也在某些公司里当过总经理，具有一套专业技能。她由"钉子户"被王福波任命为销售总监后，从内心感谢王总的信任，不负众望，带领销售部人员兢兢业业，勤勤恳恳，进展很快。

其中，有一位中年妇女已是癌症晚期，虽说动了手术，但心知来日不多，就想抓紧给孩子买一套结婚房。可她接连看了几个楼盘都不满意，辗转来到了锦绣中华小区售楼处。一进门，孙丽红就看到她气喘吁吁，面色不佳，马上让到里边坐下，送上一杯热茶："这位大姐走累了吧，先喝口水歇息一下。"

客户心里涌上一股暖意，接下来谈房子，她说出了自己的想法："就是想买个位置好质量高的，并且还要快。不瞒你说，我怕看不见了。"

孙丽红同情地说："大姐，我们这个小区很快就建好。你放心，咱项目董事长是王福波，军人出身，说话算话，一切为客户着想。别人卖的是房子，俺们卖的是家！"

"卖房子"和"卖家园"，含义完全不同。

一番有情有义的话，感动了这位客户。本来她还顾虑仅有四栋楼，算是个小楼盘，可能不太受重视，物业管理做不好。可听到孙丽红介绍说是自己的公司做物业，从出售到管理负责到底，便彻底放心了，留下电话联系，第二次来就交上了定金。

楼盘拔地而起，很快就让这位客户和她的孩子搬进了新居。她很感激，专门给孙丽红送来了鲜桃表示感谢，并成为了很好的朋友。孙丽红称赞她是"勇敢姐"，心怀坦荡，敢于与病魔做斗争。

然而终归是癌症晚期，一年后，这位"勇敢姐"病逝了。这使孙

第六章　财富藏在舍得中

丽红十分伤感，至今还一直保留着她的手机号码，可每次打过去，都是那句冰冷的回音：你拨打的电话无法接通……

人生苦短，仁者已逝！

值得欣慰的是，孙丽红在她生前为她完成了心中夙愿！

在这样的销售经理带动下，所有业务员都是以情感人，以心换心。这种优良的工作作风，首先来源于王福波董事长的身体力行，来源于他所倡导的企业文化。

对此，孙丽红也有着切身的感受。

那天，她正在售楼处忙活着，突然接到老家亲戚一个电话："快回来吧，你父亲病重，120来了，正在家里抢救呢！"啊？如同晴天霹雳，孙丽红蒙了，过了一会儿，才缓过神来，马上让人代向王董事长请假，自己提个小包匆匆赶往汽车站。

她的老家在淄博市临淄区，距离菏泽300多公里，赶到家时已是亮灯时分。还没迈进家门，就听见一阵哭声传来，孙丽红三步并作两步冲进去，父亲已经撒手人寰了。

"爹啊！你咋说走就走了呢，呜呜，不孝女来晚了……"她哭得呼天抢地，可再也唤不回慈爱的父亲了。

当天晚上，正在一家人悲痛地商量如何办后事之时，孙丽红的电话响了，是王福波董事长打来的："丽红啊，老人家病情怎样了？"

"哇……"孙丽红闻言泣不成声，"哥啊，老爹走了……"

"啊，咋恁严重？别哭别哭，多多节哀保重。我安排一下去吊唁。"

"不用不用，你太忙，路又太远，你打个电话就行了……"

第二天上午，正当孙家一片忙乱之时，送花圈的，写挽联的，接待各方人士前来吊唁的。王福波带领公司高层管理人员赶到了现场。一身重孝的孙丽红几乎不敢相信自己的眼睛：几百里地眨眼来到眼前，那是半夜就赶路了。感动得她如同见了最亲的亲人，一下子扑到王福波肩头号啕大哭："呜……哥啊！俺爹没了……"

王福波眼圈红了,轻轻拍打着她的肩膀:"别哭,有哥哩!有哥哩……"

接着,他让人把带来的吊唁祭品摆好,带领大家虔诚地向着老人家的遗像,深深地三鞠躬!同时嘱咐办公室人员陪同孙家尽力办好丧礼,这让孙丽红在家族面前很有面子,更加感激公司的人性化管理。

如此真情、如此善待,孙丽红和她的销售员,以及所有员工怎能不兢兢业业、勤勤恳恳地工作呢?

如今,孙丽红不仅早就出色地完成了锦绣中华小区的销售任务,还培养了一批爱岗敬业的业务员。而她自己则深受王福波创业精神的激励,出去办起了房地产营销公司。她学到了王福波的胸怀、沉稳和情义。临走,特意请王总题了一幅字,她郑重地装裱起来,走到哪儿都把它高挂在办公室里,这幅字是:天道厚吾。

曾经有一个开发商建好了楼盘,却由于种种原因,资金链出了问题,欠下了一屁股债。施工队、材料商纷纷前来讨债,甚至开来推土机把他的售楼处封了门,不还债就不让其运转。这位商人焦头烂额,只好称病跑到济宁精神病院躲了起来。此时,有人把孙丽红请来帮助解决难题。

她详细了解了情况后,找到建筑商等债主谈判,可还没等她张口,就被人家认为是开发商的"狗腿子",鼻子不是鼻子脸不是脸地臭骂了一顿。要是在过去,我们的"孙二娘"早蹦高了,可这会儿她一声不吭,等到他骂累了才心平气和地说:

"你们的心情我完全理解,可也别这个样。你们先把售楼处启封,让他卖了房子,才能有钱还债啊!这样都在那儿僵着,对谁也不好!"

"这么说话,还能商量。不过他要卖了房拿钱跑了咋办?"

"跑不了,上哪儿跑?你要不信,就先把房子抵押给你,还上钱你再解除,行不?"

入情入理,债主们感到这个办法可行:"好吧,俺信你孙经理

第六章　财富藏在舍得中

一回。"

售楼处门前的土堆清走了，焊死的门打开了，孙丽红帮助尽心尽力地销售，项目进入了良性循环，半年后楼盘全部封顶，楼花也卖了出去，债主们得到了赔偿，皆大欢喜。

王福波听说这件事后，夸奖道："丽红办得好，不愧是我妹妹！"

孙丽红干得更有劲儿了，成立了"菏泽宜居房地产营销策划公司"，出任总经理。她在自己的名片上专门印上了一只团凤（团拥一起的凤凰），请人用篆体写上四个字："丽泽鸿福"，镶嵌着她的名字中的两个字（谐音），代表了一种追求和祝福。

当年那个"孙二娘"的暴脾气没有了，但仍然保留着一种风风火火的精神，立志做王福波那样的企业家。她本来爱好文学，喜欢写诗自己朗诵。面对笔者的采访，她特意打开手机调出来，说：我一直想给王总写首诗。这是我写的一首小诗，不怕大家见笑，念给你们听听：

　　我的发小，我的兄弟
　　看见你就把儿时想起
　　那么天真，那么顽皮
　　当我们长大，漂泊各地
　　蓝天白云，我们只能相拥相泣
　　好好珍惜，为了明天，为了友谊
　　为了那个时常呼唤的名字
　　我的发小，我的兄弟……

我们读了这首小诗，不知为什么，眼睛湿湿的。

还有几位当年与王福波一起干装饰大世界的伙伴，在最初去曹县开发房地产时，出于种种考虑，没有继续跟着前去转型，而是选择自己创业，自称是王总的学生。这几年，他们兄弟们一起在商海里打拼，各

无衔将军——优秀军转干部王福波的命运创新

自都有了一定成就。

对此,王福波完全支持。他说咱们兄弟就是要发扬这种精神,为国家、为百姓也是为自己创出一番事业。你们如果遇到什么困难,尽管跟我说,要是还想回来干,随时欢迎!

在此背景下,黄玉峰、冯尚党、张斌、吕春生等人放了单飞。

然而,商海无情,人心不古,后来他们均在经营中沉沉浮浮,一会儿赚到了钱,一会儿赔了本,甚至把过去跟着王福波挣到的钱全都砸了进去,以至于债主上门、夫妻反目,连房子都没有了。还是王福波敞开宽大的胸怀,帮助他们走出困境,重新回归到正确的道路上。

张斌是具有代表性的一位——

他是菏泽十中毕业的学生,与王福波是前后脚的校友,放学后领着一个工程队干包工活儿。早在房管局装饰公司时,张斌就加入了王福波经理的队伍。头一次开会,看到这位高高大大的汉子,穿着一身没有领章帽徽的旧军装,英气逼人,就留下了很好的印象。特别是那句"要想挣钱多,跟着王福波",一下子就铭刻在心里。后来,王福波独立挑头办公司,成立了装饰大世界,黄玉峰、冯尚党还有张斌等人毫不犹豫地"转会"过来,并且真正兑现了王福波的诺言:挣钱多!

张斌觉得在王总这里学到了不少东西,也该独立闯荡一番了,干点什么呢,还是干自己熟悉的老本行——装饰装修。他组织了工程队,成了一个包工头,满城满世界地揽活去了。

随着人们生活水平的提高,装修市场火爆起来,随之竞争也更加激烈了。张斌干着干着,感觉又辛苦收入又不高,便想着利用积攒的本钱做生意。恰巧,一位电业局的朋友告诉他,煤炭生意利润大,只要能搞到车皮,从山西煤矿拉回菏泽电厂就能赚钱。只是火车皮需要统一计划,一般难办到手。

从此张斌便上了心,一次在河南出差,认识了一位山西运城人,自称在煤矿上有关系,又在铁路上有朋友,满口答应能搞到大宗煤炭和

第六章　财富藏在舍得中

车皮，这让张斌十分动心。当时菏泽电厂十分缺煤，只要有车皮拉来煤就能赚大钱。

张斌联手两个朋友，一起凑了150万元，算算，只要安全回来，一转手纯利60万元。他们来到了山西运城，找到那位能人。一见面，此人就说："钱别交给我。我介绍你去买煤，直接开票交给财务。"

张斌吃了定心丸。他们在那个人的引领下来到煤矿交了买煤的钱，开了数万吨的煤炭单据。而后，这位能人又领着他们来到铁路货运站，联系车皮，说："你把单据给我吧，我找熟人去办计划，没有单子人家怎么知道你有货呀？"

此话有理，张斌把买煤发票交给他，而后看他进了办公室。不一会儿，这位能人出来了，满脸喜气地说："成了，单子留下了，这两天就批计划，到时候让矿上往火车站送煤吧。"

张斌他们多了个心眼，一直住在宾馆里，天天分头去煤矿和车站催货。那个能人果然有能力，过了几天，他乐呵呵地来报告："车皮下来了，煤也开始运了。你们要是还不放心，都跟我去看看。"

真是喜出望外！

张斌他们立即跟着来到货运站，果不其然，轰轰隆隆的重型载货车轰鸣着，一车车的煤炭正在往站台上倒，旁边还插着大牌子：发往菏泽！"你们回去吧，三天之内让菏泽电厂接煤就行了。"

张斌一行放心地回了菏泽。结果三天后没等到煤车，一个星期过去了，还是没见煤车来。再打电话，听到的全是一个声调："对不起，你所拨打的电话已关机！"

张斌三人这下彻底慌了神，连夜搭车赶到运城，先去火车站上查看：俺的娘呀，空空如也，一块煤也没有了！他们又赶紧去煤矿上找，人家一伸手：查货？拿发票来！哪里还有？

一个精心设计的骗局！天衣无缝！赶快报案吧！从菏泽到运城的两地公安局倒是认真负责，立即立案，追查到那个人的家里，早已跑得不见影儿了。没办法，张斌等人垂头丧气地回了老家。

150万元就这样打了水漂！那可是辛辛苦苦干了多少年工程挣出来的啊，那可是王福波老总领着自己顺脖子流汗干出来的啊！回去怎样向老婆交代呢？怎么向王福波陈述呢？张斌躲在异地他乡的角落里，大哭了一场！

倒煤，真是倒大霉了！

张斌也是条汉子，他咬紧牙关，节衣缩食，又去揽工程搞装修了。

与此同时，独立经营的黄玉峰、冯尚党等人也不顺利，出去办公司、开饭店，开始也赚到了一些钱，可不久就接二连三地走下坡路了。

尤其是有一年大蒜供不应求，价格疯涨，以至于蒜贩子蹲到地头叫价，你10块一斤，我15块一斤，互相较着劲儿抬价，运到市场上更是翻番地上涨。可把蒜农乐坏了，也让倒蒜的商贩发了财。于是，与当时火爆的生姜市场一样，传出了一句俗话：将（姜）你军！算（蒜）你狠！

黄玉峰与冯尚党拿出这几年的家底，决心赌一把。大蒜还是青苗时，他们一下子用5元钱一斤订购了一大批货，打算等到两个月后出蒜时，拿出来卖个好价钱，甭多，每斤涨上一倍就能赚上一大笔。

天有不测风云。钱付出去了，到了6月出蒜时，价格却直线下降。不知是种蒜的多了，还是各地的大蒜都涌到鲁西南市场上来了，反正是跌到8毛钱一斤也没人要了！照这个价格卖，那不是赔个底儿掉？黄玉峰、冯尚党二人只好租了一排冷库冷藏起来，期盼等到价格回升时再出手，或许能少赔一点。

市场经济是一只无形的手，正因为前两年大蒜身价百倍，人们一窝蜂似的种植、囤积，结果供大于求，当年的市场贵族转眼成了臭遍大街的弃儿。他们左等右等，价格不升反而继续降，每天仅冷库租金就是不小的数字。黄玉峰、冯尚党两人终于扛不住了，有泪不敢当面流，只能往肚里咽。最后仅按几分钱一斤的价格处理了，算来算去，刚刚够冷

第六章 财富藏在舍得中

库的租金!

冯尚党赔了 150 万元,而黄玉峰赔进去 200 多万元,连房子都抵押出去了。

失败的人们开始反思:为什么人家王福波从来不吃恁大的亏呢?智者不惑!

此时的王福波也牵挂着每一位放飞的兄弟。得知几个人的境遇,深深地为老伙计们难过、担忧!此时,他已经连续开发了曹县明珠商城、岳程商城、锦绣中华、成盛·新都汇等几个楼盘,均大获成功,在旧城改造领域做得风生水起。王福波直接找到黄、冯二人,请他们吃饭,而后讲道:"你们别折腾了,还是回来跟我干吧。咱兄弟们有情义有缘分,知根知底,我吃肉绝不能看着你们喝汤!"

有的企业里,员工一旦辞离公司,会被老板用失败者的例子教育员工要敬业爱岗,更不会接受辞职的员工再回来。

而王福波一句话让两位历经磨难的兄弟既惭愧又感动,眼泪汪汪:"福波哥啊,俺知道你仁义,可是俺们不懂得房地产业务,担心连累你啊!"

"我原来也不懂,学着干呗!下一步国家大力开展棚户区改造,菏泽旧城改造这一块大有前途。还有多少饥荒,哥给你还上,你们都回来干,重打锣鼓另开张。"

兄弟两人一商量,重新回到王福波公司里上班。

他们很快就适应了王福波分配给的职责,陆续挑起了重任,每天忙得不亦乐乎。此时,他们又想到了还在外漂泊的张斌,纷纷向王福波建言:"福波哥,张斌过得也不咋样,不好意思跟你说哩,都是老弟兄,叫他也回来吧!"

"没问题!"王福波一口答应下来,"你们找他来,我跟他谈。"

见了面,张斌老是低着头、搓着手,满脸"无颜见江东父老"之愧。

王福波笑了，亲切地说："张斌，咱是校友呢，又是老伙计，别拘束。过去的事不说了，你回来还干老本行，发挥你的长处。咱公司是房地产哩，有附属工程，装修、修缮的活儿多的是，你就领着人干这个中不？"

"中！只要哥不嫌弃，干啥都中！"

张斌回家跟妻子一说，夫妇俩感激不尽：在最困难的时候还是王总拉了一把，再也不发愁让人家骗了，也不用担心干了活拿不到钱了。

曾经沧海难为水。几位旧部在商品经济大潮折腾了一番，又心悦诚服地归队，工作更加兢兢业业。不久，他们都分别挑起了重担。黄玉峰被任命为常务副总经理，主管工程、拆迁、运营等工作，冯尚党则当上了分管售楼善后、物业管理的副总经理。张斌呢，先是负责后勤一大摊事务，后又带人装修办公楼，干得漂漂亮亮。

2015年，王福波成立了福汉集团，又交给张斌一项重任，组建一个建筑装饰工程公司，要具备装修二级资质、建筑三级资质，任命他为副总经理。如此一来，他们怎能不甩开膀子，大干一场呢？

不仅要舍得给人以财富，还要舍得给人以机会。机会，有时比财富更重要！

也许有的读者会问，王福波是不是只对本公司的人这样关怀呢？

笔者在采访中了解到：凡是有机缘与王福波接触的人，哪怕本来是素昧平生抑或萍水相逢，都会感到：这位鲁西南大地之子身上有一种强烈的人格魅力。对于不同年龄、不同身份的人来说，他真是亦友亦师亦兄弟！

菏泽有一个南方春梅制衣店，经理兼设计师名叫龚春梅，老家在湖北仙桃，是一位典型的江南女子，秀外慧中，心灵手巧。她早年跟随父亲来到菏泽经商，喜欢上了这个"国色天香"的牡丹之都。在父亲鼓励下，春梅学到了一手精湛的服装裁剪手艺，尤其擅长设计制作女式服装，渐渐有了名气，就连市电视台气象主持人，都慕名在她这里定做衣服。

经过几年发展，春梅成了服装店的"小老板"，结婚成家了。丈夫王长兵就是当地人，开了一家玻璃厂，生意也不错，小日子过得十分滋润，也有了一定积蓄。这年，他们看到离自家店铺不远的旧城改造项目动工了、开盘了，周围正是商业街，便于经商租赁，打算买两个门面房投资置业。

这个项目就是王福波公司开发的成盛·新都汇。

正巧，有一天一位顾客来春梅制衣店定做衣服，说起来与王福波董事长熟悉。春梅灵机一动：请她介绍一下认识，会不会有所帮助呢？可又担心太唐突了。那位顾客很爽快，对她说：王总为人可好哩，你不要有顾虑，我跟他说说。这是他的电话号码，你可以直接联系。

话是这么说，可自己只是个普通的购房者，人家老总那么忙，能管这个事吗？思来想去，春梅鼓起勇气拨通了王福波的电话："王总你好！我是八一社区的春梅制衣店的春梅，是你的邻居啊！"

"噢，是春梅经理，我知道，那谁跟我说了。你有什么事吗？"

"王总，我想在你这儿买房子，就是那个成盛·新都汇的门面房。"

"好啊，你眼光不错，这是个好楼盘。"王福波热情地回答，"我正在出差，三天后回去，你想要什么样的，要几间，来面谈吧！"

几日后，春梅按照约定找到售楼处，王福波正在办公室等着她，业务员端上茶水，二人坐下攀谈。本来春梅想购房哪用老总接待呀，有些拘谨，可看到王总像个邻家大叔一样，也就自然起来，一股脑儿讲了自己的情况，如何从南方到北方创业，如何看到这个商业街有商机，如何下手有点晚了等等，而后讲：

"有了钱不能老是放着，还得创业不是？我就希望在成盛·新都汇项目买几个门面房，把生意扩大一些。不知道还有好点的位置没有？"

其间，王福波没有插话，只是微笑着倾听，等她停下了，便说："你这个春梅不简单，有创业精神！我支持你！你想要几间啊？"

"我想要两间就行，位置要好些。"

"中，不过位置是相对的，一般住宅需要安静、美观。如果打算经商置业，我劝你还要考虑人气、交通方便等条件。我帮你挑挑。"王总说着，引领她来到项目图前，"你是想着扩大经营，用不了就出租商铺是不？"

"对对！王总您是专家，我听您的。"

王福波指着地图，细致地分析，耐心地讲解："你看，这边是八一社区，这边是步行街，这个地方就是商城，人气旺啊！我建议你就在这排里选，现在还有余房。"

"嗯，这里是不错，可旁边有个小广场，是不是显得太空了？"

"这才好呢，现在大家都有车了，开车购物逛街都得停到这里，就先看见你的门面了，他不就得过来看看。你开店也好，租商铺也好，保准火！"

经此一说，春梅满意地直点头："行，我就在这儿买两个铺面。"

"两个面积都不太大，你可想好了，这一排可是抢手货，要多了优惠也多哩！"

接着，王福波把业务员喊来，办理具体相关手续。经计算，春梅看到确实每一间门面都有点小，再三考虑，她下了决心：要三间。果然，成盛·新都汇项目一建成，立即成了买卖两旺的商业旺铺。春梅夫妇的投资大见成效，十分敬佩王福波的专业眼光和商海智慧，感激他的一片热心。

从此，春梅和王长兵夫妇无论在经营上，还是在家族事务上，总想找王福波商量，请他帮助参谋一下，心里才踏实。而王福波呢，不管多么忙，对于有求上门的人，也总是耐心倾听，帮助答疑解难。

春梅的孩子本来在济南寄宿上学，三年初中下来，他不愿在那儿上了，非要回家来上高中。那时即将到了开学时间，想着去个好学校，办理转学手续太难了！春梅只好又找到王福波，看能不能帮助联系一下。

"我想想办法,孩子学习的事不能耽误。"王福波放下电话,调出电话号码来寻觅着。好在他多年耕耘商海,广交朋友,有着广博的人脉资源。很快就联系成了,把孩子转到教育质量较好的菏泽二中上学。

春梅和王长兵夫妇感激不尽。

四年前,春梅的老父亲积劳成疾不幸病逝了。她考虑到王总太忙了,就没有告诉他。可正在举办丧礼的时候,王福波带着几位朋友登门来吊唁了,这让她感动得热泪盈眶。原来他是从一位朋友那里听说了此事,立即放下手头的事情,前来送老人最后一程。

"王总……我……"春梅哽咽着说不出话来。

王福波一手握住她的手,一手拍打着她的肩膀,安慰着说:"咱不哭,节哀顺变,以后有啥难事就找我……"

日后,春梅夫妇感觉王总就如同父亲一样,特别亲切。在父亲三周年祭日时,春梅拉着王福波的手,充满感激地说:"我有三年没有叫过爸爸了,以后这个父爱就寄托在你身上了。"说罢,春梅和她的丈夫王长兵双双给王福波磕头行跪拜礼,认王福波为师父。

一个普通的购房户,在一片热心肠的王福波的感召下,他们成了无话不谈的朋友、信赖有加的师生。春梅夫妇不但从这里买到称心如意的房子,还学到了许多做人做事的道理,受到了巨大的鼓舞,结下了深厚的情谊。

这才叫和谐社会啊!

2016年,春梅的丈夫王长兵独立开办了玻璃厂,上了一些高精尖设备,改造更新了厂房,同时打开了市场,产销两旺。他说:"我要向师父好好学习,干一番事业,不仅对家庭好,也对社会是个贡献!"

当然,这里面离不开春梅的积极支持。当她看到丈夫新搬的办公室里空荡荡的,想到应该挂上一幅励志的书法作品。师父的字就很不错,她立即找到王福波公司里,请他写一幅字。

"好啊，祝贺你们的新厂建成！写个什么呢？"

"写什么都行，天道酬勤、鹏程万里之类的，反正是鼓励俺们好好干呗！"

王福波把毛笔饱饱地润满墨汁，站在一张横幅宣纸前，略微想了想，一挥而就：拼搏精神！

充满血性的四个大字，也是他自我精神的写照。

"就给长兵写这四个字吧，你们现在正是拼搏的时候，一点不能松劲。我也需要不断拼搏啊！"

春梅豁然开朗："太好了！拼搏是咱创业的传家宝哩！"

她马上带回去，装裱起来，挂到新建的玻璃厂厂长办公室里，夫妇俩常看常新，永远保持着一种拼搏向上的精神！

春梅和王长兵夫妇，只是王福波接触的千百个普通百姓之一。

如果说是亲戚、同学、战友、合作伙伴和公司同事，王福波热心相助、关爱有加，还是人之常情的话，那么，对于类似的购房业主，萍水相逢之人，能够得到如此崇敬的爱戴，交成这样亲如一家的师徒，那就愈加说明王福波具有多么博大的胸怀和高尚的人格啊！他教会了他们懂得：比赚钱更重要的是让自己更值钱！更有尊严！

王福波的所为，不由得使笔者联想起俄国作家高尔基描写的一位悲情英雄——丹柯。当他的族人被敌人赶进森林深处，在黑暗中濒临死亡危机时，他用手抓开自己的胸膛，掏出一颗燃烧的心，把它高高举在头上，照亮族人前进的道路，把族人带出森林，来到阳光灿烂、空气清新的大草原，然后含笑死去。欢呼的族人并没有发现，甚至不小心踩在丹柯掉在地上的心上。而丹柯作为开拓者和领路人，追求胜利的精神永存！

壮哉，丹柯！

壮哉，福波！

仁者为师

鲁西南是一片古老而神奇的土地。

出菏泽市南行 20 余公里，就到了定陶，原是一个县城，现为菏泽定陶区。

两千多年来，定陶一直不曾易名，这与历史上一位杰出的人物有关。他就是春秋战国时期，帮助越王勾践灭掉吴国夫差的政治家、军事家，也是经济学家的范蠡。

史书记载：范蠡虽出身贫贱，但博学多才，文武兼备，辅佐越国国君勾践，卧薪尝胆，一雪会稽之耻。功成名就之后急流勇退，携西施渡海到达齐国经商，化名鸱夷子皮。后又西行至天下之中的陶地，定居经商，三致千金而散之于民，自号陶朱公，死后安葬于此。至今定陶城外一抔黄土，一块石碑，上刻"陶朱公之墓"。定陶之名由此而始。后人誉范蠡："忠以为国，智以保身，商以致富，成名天下。"成为历代商人尊奉的"商圣"。

王福波纵观范蠡的人生之旅，发现他在经商过程中，融合运用了许多政治、军事、文化上的理念，该聚则聚，该散则散，知己知彼，精于预测。他比一般商人看得远、有胸怀，加之他和孔子处于同一时代，与孔子得意弟子子贡是好朋友，常有交集，子贡被称为"商祖"，他们的实践，衍生发展出了"儒商"之道。

范蠡帮助越王勾践灭吴后，封"上将军"职位，是军队的最高领导人。但他在事业高峰时，走出权力的殿堂，由官而民，由仕而商，融入平民百姓之中。可以说，范蠡是中国历史上最早自谋职业、下海经商的最高级别的军转干部。

范蠡为避杀身之祸，逃越至齐，后定于陶地，别越时，曾书致大夫文种，劝其辞官自保，自此有了以下传世警句：飞鸟尽，良弓藏；狡兔死，走狗烹……文种见书，称病不朝，人谗其欲作乱，越王乃赐剑文种：子教寡人伐吴七术，寡人用其三而败吴，其四在子，子为我从先王试之。文种遂自杀，以悲剧结束了人生。

而范蠡由越国至齐，定于陶地经商，曾曰：吾师计然教我七计，用其六计灭吴兴越，留一计为家治产度日吧。

其师计然，是历史上的一个神秘人物，通谋略、晓军事、懂经济，天下大事了然于胸，他出生于今菏泽东明县。亦为王福波所崇仰。后人只记得范蠡、文种帮助越王勾践卧薪尝胆的故事，可很少有人关注越国最终灭吴所用的经济手段和商战策略。吴王见越王勾践已无反心，且越国经济一片凋敝，荒草遍地，路有白骨，便放勾践回越。范蠡用老师计然之法，发行"债筹"，这是中国历史上最早发行的"国债"。先用象牙为筹，后周边国家商人与百姓见有利可图，纷纷购买，改用竹筹。"债筹"作为一种证明债权债务关系的凭证，是以国家的信用为担保的，也即政府以信用换取资本。正如后来马克思所说：信用是一种经济的借贷行为，是从属于商品货币关系的一个经济学范畴，同时，也是一种人格主张、一种公众信仰。

范蠡的经济手段很快使国家经济复苏而强大起来，最后逼使吴王夫差在今苏州城郊的大阳山上自刎。而范蠡后来在陶地经商成功，除了他的商业智慧，更得益于他的信用。

"商圣"范蠡的经营理念里充满了儒家的"和为贵""共赢"和伦理道德的约束。至今定陶还有两千多年前范蠡的养马场遗址。当年越国灭吴后，南方仍战事不断，范蠡判断各国都在加强军备，需要大批军马。可是向南方运送马匹险恶重重，正值兵荒马乱，沿途强盗很多，马匹很可能运不到就被抢光。

范蠡听说有个经常贩运麻布到吴越的商人，叫姜子盾，他早已买通了沿途强人。于是范蠡在城门口张贴榜文，说自己有马队，可以免费帮人向吴越捎带货物。果然，姜子盾找到他，求运麻布。就这样，范蠡和姜子盾一路同行，得到了双赢。这正体现了儒家"君子爱财，取之有道"的价值理念。

范蠡还是中国杆秤的发明者。范蠡之前的商业活动中未有衡器，人们对货物的价值只是用眼睛估算，很难做到公平。范蠡借用北斗七星和南斗六星，发明了十三颗星的木杆秤。为防止不法商贩在秤上做手脚，又在杆秤加上福、禄、寿三颗星，共十六两。缺一两折福，缺二两折禄，缺三两折寿。用伦理道德来约束商人的行为。沿用两千多年，至今乡村集市仍有商贩使用这种"良心秤"。范蠡被后人称为"商圣"，而他最宝贵的遗产是"三致千金而散之于民"。王福波从他身上学到了信用、"舍得"。王福波在接受采访时说："有人舍，是为得。舍而不得，才为至高境界。我帮人，从来就没想过回报。使他人成功，是为大得。"

世上根本不存在"自学成才"。自学，亦有师。

以史为师、以书为师、以人为师。"三人行必有我师焉"，乃至师法自然。

"国学"的内涵是丰富的。王福波崇尚国学，他编著出版的《国学精选赏析》一书中，集纳了儒家、道家、兵家、法家，历史上著名政治家、军事家、文学家的作品，可见他对优秀传统文化的尊崇和接纳。

王福波师从儒家学到了仁、义、理、智、信，恭、宽、信、敏、慧；师从"兵圣"学到了谋略与狭路相逢勇者胜；师从"商圣"学到了诚信经营和"舍得"；师从老庄学到了天人合一，道法自然；师从佛教学到了从善如流与慈悲为怀；他从《水浒传》中学到了忠孝豪气；他从《聊斋志异》中学到了爱与情感；他从黄巢文化中学到了自我革命……

大自然亦为师。他从奔腾不息的黄河涛声中学到了不舍昼夜，自强不息；他从大海的不拒细流而成浩瀚中学到了宽恕和包容；他从喷薄而出的朝阳而悟出"天行健，君子以自强不息"……

做事做一流，拜师拜一流。古今贤达，以及天地自然，皆为吾师。

一切的所学所悟，他都融会贯通在他的经商理念中。同时，他也非常注重学习现代的管理科学。忙里抽闲，他陆续参加了清华大学、深圳大学、复旦大学、香港大学等名校的进修班、MBA班，开阔了眼界、丰富了知识、结交了朋友……

王福波的办公室里，备着文房四宝，时常挥毫泼墨，笔走龙蛇。他认为，中国书法艺术中包含着中国传统文化的精华。这一爱好伴随他从幼年、少年、青年，直到事业有成的壮年，虽说他的书法已经小有名气了，可他仍然拜师学艺、笔耕不辍。他在企业里专设了"王福波书法工作室"。

王福波在经营任何一种新业务时，都是先拜师，而后践行。做到"知行合一"。

谢孔宾，生于1930年，是当代著名的书法大家，亦是国学大师。平生淡泊不入仕途，为菏泽学院的教授。虽退休多年，但影响力与日俱增，书法艺术炉火纯青，自成一家。王福波慕名已久，拜其为师。

谢孔宾艺术造诣不凡，人生之路更是充满了艰辛。

谢孔宾的老家在菏泽地区单县城西的谢楼村。祖辈都是贫苦农民，家境一贫如洗。母亲在要饭的路上生下了他，从记事起就经常饿肚子。母亲心灵手巧，剪得一手好窗花，不识字，也照着剪字，什么金玉满堂、长命百岁等等。小孔宾觉得好看，比着葫芦画瓢的学写，穷得连饭都吃不上，没有纸笔，他就从香炉里扒出黑黑的香头，在石头上，在残留的草纸上，一遍遍地练。

如果说，人间有天才的话，可能就是从小由于某种机缘，特别地喜爱某件事，因而用功多、钻研多、磨炼多，也就比平常人多一些成就。

小小的谢孔宾在还不知道什么是书法的时候，就已经深深爱上了写字。到了上学年龄，父母想着再穷也要让孩子摆脱"睁眼瞎"的命运，尤其看到他喜欢写字，就求私塾先生，少收点"学费"去跟着上学。小孔宾知道来之不易，特别用功，只上了两年，就把《三字经》

《百家姓》《诗经》《论语》学完了。有的学生写错了字，先生罚写100遍，叫苦不迭，可他却常常受到严师的表扬。

9岁那年，鲁西南流行黑热病，当时没有什么好办法，村里因此病死了八九个小孩子。小孔宾不幸也染上了此"绝症"，肚子肿得像蛤蟆肚，发烧昏迷不醒。父母背着他四处求医问药，求神拜佛，就是好不了。

他是家里唯一的男孩，上面有两个哥哥，都早早夭折了。

后来辗转找到一个西医。"死马当活马医"，不想身体奇迹般地康复了。父亲还是决心让儿子上学。在解放战争时期，鲁西南是国共两军拉锯之地，一会儿上这边的学校，一会儿上那边的学校。国民党大撤退时，还差一点把这帮学生带往台湾。不管在哪儿上学，谢孔宾都不忘练字，越写越好，让人眼前一亮。

新中国成立后，谢孔宾在家乡当上了小学老师，仍然每天练字。1956年，曲阜师范学院成立，首批招生。他从家乡赶到济宁参加考试，一篇作文加上漂亮的书法，得了高分，如愿考上了大学。毕业后分配到泰安专区肥城一中工作。1962年，谢孔宾为了照顾父母家人，调回老家单县一中当老师。

这一年，王福波出生了，谁也想不到，若干年后，两代人的生活之路有了交集。

"文化大革命"期间，有一天县公安局来人找他。大家都吓了一跳，谢老师是不是犯了什么大事？谁知，来人见了他却客气地喊了声："谢老师！"

谢孔宾赶紧摆手："别这么叫，你看那大字报，我名字还头朝下哩！"

"咱不管那个。你毛笔字写得好，俺专门来请你给大门写字哩。"

"写啥？"

"你就写毛主席的题字：提高警惕，保卫祖国。"

谢孔宾题写了两句口号，挂在了县公安局大门两侧，人人叫好。这等于变相地给他平了反，造反派们不再找麻烦了。

耐人寻味的是，当时谢孔宾也曾被逼迫写过检讨书、大字报，张贴出来，夜里就被书法爱好者揭走。

严冬过后绽春蕾。

进入改革开放的新时期，传统文化又迎来春天。20世纪80年代初期，新来的单县县委书记王宗甫爱好书法，看到大街上一条标语赞赏不已："这字写得好，谁写的？"

一位了解情况的秘书说："一中的谢老师写的。"

"举行笔会时，把他请来见见。"

这年春节，县里在文化馆举办迎新春书画会，谢孔宾应邀参加，与王书记见了面，当场挥毫疾书，写了几幅字。王宗甫一看果然不凡，由此认定了这是县里宝贵人才，格外器重。

后来，王宗甫调任菏泽师专党委书记，就想把谢孔宾调来任书法教师，开设书法专业课程。不料，县里以保护人才为由拒不放人，王宗甫找到地委书记，这才办成。谢孔宾成了菏泽师专（后升格为菏泽学院）首任书法教授，这位王书记也拜他为师。

当时大学里很少设书法课。没有教材，没有师资，也没有经验，谢孔宾从零开始，忙碌了一年多，从甲骨文、钟鼎文、大篆小篆、楷书，到"二王"、柳骨颜筋等等，编写了五种书法教程，先是以油印本供同学们使用，后被一家出版社看中，正式出版了单行本。菏泽学院中文系、艺术系开设了"写字课"。谢孔宾教出来的学生，书法皆大有长进。谢孔宾教授为菏泽书法教育事业作出了开拓性的贡献。

谢孔宾教授退休之后，校外社会上慕名来拜师学书法的人很多，可他轻易不收徒。

后来实在抵挡不住，谢老师制订了不成文的规定：一律不收学费，不用按时上课，平常点拨练习，适时指点作品。开了头，一发而不可收拾，不断有爱好者登堂入室。

王福波敬慕谢老师的书法造诣，更是敬佩他的为人：博览群书，为人贤达，宠辱不惊，心静如水，正直善良，一生淡泊名利。2010年的一天，王福波通过朋友把谢老师请到公司，师礼相待。

端详着王福波即兴写下的行书，谢孔宾点了点头，赞许道："不孬，大气！"

王福波知道老师说的是客气话，便铺开宣纸说："请谢老给我们写幅字吧！"

谢孔宾欣然挥笔。过去只是看过他的作品，目睹现场书写还是第一次。只见老先生凝神静气，展纸泼墨，成竹在胸，恣意挥洒，写下了"浩然正气"四个大字，顿觉蓬荜生辉。

王福波佩服得五体投地。

一旁的公司高管欣喜万分，纷纷向谢老师求墨宝，殊不知，斯时谢老的作品在市场上价格不菲。可谢孔宾毫无二话，一口气写了十几幅字，彰显大师风范。

中午吃饭时，宾主相谈甚欢，王福波敬佩谢老的艺术人生，而谢孔宾也对王福波的经营理念十分赞赏。

谢孔宾对这位企业家刮目相看："人都说无商不奸，实则那是没出息的小商贩干的事。真正的商人是要有大胸怀、大志向的。"

言谈话语间，王福波深为谢老广博的学识和高尚的品格所折服，敬了一杯酒后说："谢老，我拜你为师，收我吧？"

这样德才兼备的学生岂能拒绝？

几天后，王福波在自己的祥记酒店里举行了一场隆重的拜师礼。按照当地正式拜师的仪式，把谢孔宾请到主桌上座，王福波磕头跪拜，上香敬茶，从此成了谢老师的正式入室弟子。

他拜的是文化，是国学，是人格！

谢孔宾送他一幅自题的古诗行书：

>远上寒山石径斜，
>白云生处有人家。
>停车坐爱枫林晚，
>霜叶红于二月花。

王福波临摹了3年，精心参悟其中的思想意蕴、布局章法，一通百通，技艺大进。

王福波还反复临摹谢孔宾的一幅行草自我抒怀诗：

>先生偏爱把我夸，
>我比他人样样差，
>意像修造无穷妙，
>八十正在学涂鸦。

王福波把"八十正在学涂鸦"改为"五十正在学涂鸦"，反复临摹研习。

在谢孔宾的弟子中，王福波是入室比较晚的，却是进步最快的……

武术，也属于国学。

古老的曹州府，历来就有崇文习武、文武双全的优良传统，素有中国"书画之乡""武术之乡"之称，近代更是产生了"文有何思源，武有赵登禹"两位享誉全国的名人。王福波除了拜师谢孔宾学书法、国学之外，还拜了一位著名的武术老师，即前面提到的陈良柱。

菏泽武术源远流长，民间设场、练拳、授徒一直持续不断，在悠久的菏泽武术历史长河中，涌现出了一代代武林英杰。《水浒传》里一百单八英雄好汉，菏泽及其周边县占其大部分。说来也是缘分，王福波幼时就跟乡亲们学洪拳，而邻乡出了一位有名的梅花拳大师陈良柱，

第六章 财富藏在舍得中

影响甚广，少时他就跟着陈良柱练了一阵梅花拳。

陈良柱出生于武术世家，1944年生于菏泽（现牡丹区）双河集，是梅花拳第十五代传人。小小年纪就打下了扎实的基本功。十几岁时，他拜梅花拳第十四代传人丁金龙为师，而这位丁大师，曾于20世纪初在上海擂台打败过俄国大力士。名师出高徒，陈良柱除了每天坚持练武外，为了增加腿功，还在双腿上绑上沙袋跑步，沙袋越换越重，后来直接换成了9公斤的铁瓦。长此以往，陈良柱的腿上、脚上经常磨破、起泡，一片老茧。

苦练之下，陈良柱的摔跤技艺大增，轻而易举就能将比自己习武时间长的师兄摔倒在地。"那时候条件艰苦，摔跤没有垫子铺，就到麦秸垛边去练习。"陈良柱说。虽然如此，但磕碰、摔打之下，身上伤情不断是避免不了的。除此之外，陈良柱还多次自费到河北、河南等地拜访当地的名师切磋武艺，取长补短。

那时，陈良柱在拖拉机厂当修配工，为了增加臂力，他经常利用身边的工具练习，400多斤的拖拉机轮胎成了他手中的举重杠铃。闲暇之余很多工友、同事都跑来找他"拜师学艺"。渐渐地，陈良柱崭露头角，声名远扬。

为了将传统武术文化发扬光大，陈良柱没有拘泥于传统"传内不传外"的家传形式，而是广收门徒，悉心传授技艺，将自己的看家本领全部教授给自己的徒弟。习武60多年，陈良柱收徒近2000人。

"习武先习德。"陈良柱习武多年十分重视徒弟的武德修养，想要拜师他的门下，不收学费，但首先要遵循"不准欺师灭祖、不准滚门跳教、不准为非作歹、不准退前落后"的"四不准"门规，只要心性纯良，热爱武术，不管从事何种行业、胖瘦高矮、年纪如何，陈良柱都一视同仁，尽心教授。正因如此，他的徒弟遍布菏泽的各行各业。

王福波成为陈良柱最得意的弟子之一。梅花拳亦称"父子拳"。师父不收徒弟的钱。王福波上初中时拜他为师，除了学得一身好武功，更重要的是从师父身上学到了高尚的武德。当时小福波家境困难,师父常予以照顾。梅花拳里有阴阳八卦,讲金、木、水、火、土与内脏的对应;有儒教的济世救民,扶正压邪;有道教的天人合一、道法自然;有佛教的慈善为本,不杀生,不欺弱。在菏泽地区与洪拳同为两大武功派系。

1968年,菏泽专区成立了第一支摔跤队,技胜一筹的陈良柱成为领队。每天除和队友们练习摔跤之外,还经常带领他们参加各种武术比赛和摔跤比赛,切磋技艺,取长补短。1974年10月,在西安举行的全国首届武术比赛及中国式摔跤邀请赛中,陈良柱力挫各路高手荣获第二名;随后,在其他各种比赛中,陈良柱及其弟子又获得了骄人的成绩,使得菏泽的摔跤名声大振。

如今,年过古稀的陈良柱,依然对传统武术情有独钟。他将文武学校交给了儿子打理,希望子承父业,继往开来。自己则从旁相助,每天习武不断,用精神感召着年青一代。如今的他,还时常手握一柄春秋大刀在自家小院中练上几个回合,舞得"哗哗"作响。笔者前来采访,见他朴实憨厚,话语不多,一提起梅花拳,就来了精神,滔滔不绝……

从他身上,王福波时常沉思:这位普通的菏泽人文化不高,不善言辞,也没什么产业,为什么那么多人尊敬他、崇拜他?那是陈师父身上具有的中华民族优秀品质,那是一种闪光的仁义武德使大家折服。他少年师从陈良柱学拳,师父不收学费,知道他家境困难,常留几个杂面馍给他吃。而今师父仍关心着他的成长和事业,使他从武德中感悟中华传统文化之精髓。

文武之道,一张一弛,从大的方面说,武可安邦,文能治国。从小的方面讲,书法可陶情怡性,赋人以文质;武术则能强身健体,激发人之血性。文武兼备,成就丰富多彩的人生。

当代菏泽的两位大师——谢孔宾和陈良柱,一文一武,都被王福波尊拜为老师,不仅仅学到了书法艺术、梅花拳的武德精神,也是一种文化修习和精神储备，使他在企业运作、市场经济里如鱼得水，一路走高，做得风生水起。

谢孔宾的书法艺术可以用"高山仰止"来形容，只不过身处偏远的鲁西南一隅，未得广泛传播。欣赏他的书法作品，是一种陶冶性灵的享受，他不是单纯地追求书法艺术，而是一位具有多方面修养、内涵博厚、功底坚实、墨毫与书理皆精的艺术家。几十载翰墨生涯，他熔铸碑帖，师古师今师造化，以其特有的艺术气质，创造出了自己的书法风格。楷、行、草、隶、篆信手拈来，无不浑然成章。

他常说："书无定法，字无定势，皆依情感与内容，或威武雄壮，南山青松，或轻柔安适，岸边垂柳。如歌曲，有粗犷豪迈的进行曲，也有轻松自然的悠扬小调，达到一种随意万变，任心所为，出神入化的境界。"他认为，各种字体的轨迹皆源于天圆地方、山峙水流、日月运行、草木滋蔓等大自然的昭示。亦同做人，既要刚正秉直，又要有深厚的涵养，阳刚之气能给人以鼓舞，阴柔之美则给人以轻松幽幻的情趣。时代要求以实现阳刚之美为主，同时生活也需要优美和情趣。谢老的书法正体现了这一艺术之哲理。

2013年4月，由王福波董事长牵头并出资，成立了谢孔宾书法艺术研究院，特聘原菏泽军分区德高望重的老政委宋新立为院长，一大批书法家和爱好者加入。

世界各地文艺界不少明星、达人纷纷前来或托人来求谢老的墨宝。澳大利亚籍著名的世界雕塑大师薛林纳，中国国菜大师李光远，中国著名的国画家曹明冉，山东文史馆原馆长、中国《羲之书画报》社长、总编毛同恺……一大批名气大、造诣深的艺术家拜在谢老门下，成为王福波的同门师兄。

谢孔宾老师，就是菏泽的一张文化名片。

谢孔宾虽已过了耄耋之年，但思维清晰、情感丰富，十分钟爱弟子王福波。有时朋友送来了时鲜葡萄、桃子等水果，他总是想到王福波，说："快，给你福波哥送去尝尝。"

有时，谢老想见王福波，就让助手开车带他去公司，可又担心打扰了公司工作，总是先让助手上楼看看："看你福波哥忙吧？要忙咱就走。"助手上楼一看，王福波办公室旁边的接待室坐着一屋子人，等待王福波谈工作。谢老得知，总是悄然离去。

直到有一天，看到人少了，助手才引领着谢老去了王福波办公室。王福波一看，连忙站起来迎接："哟，师父咋来了？"

助手接上话头："俺都来了六回了。前五次看你忙，师父没让进来。"

"耶，这是咋说的。师父，有啥事不？"

"没啥事，就是看看你，别累着……"

这让王福波心里热乎乎的，师父就像慈父一般。

一年春节聚会上，菏泽艺术馆高级研究员、福波的师兄，提出做一个公益项目：请谢老去福利院举行活动，现场书法做报告，送一份社会的关爱温暖。谢老当场答应："我去！"

谢老毕竟年纪大了，过年时患感冒，在家休养。元宵节后，真正的年才算过完，馆长兴冲冲地来请谢老去参加活动，被婉言谢绝："身体不适，出不去了。你去找你福波哥说说，你们去吧！"

这位研究员已经与福利院领导说好谢老出席，孩子们很高兴，都大眼瞪小眼地盼着呢，如何是好？他没法交代了，找到王福波苦诉："这咋整？师父身体不好不能去了……"

"别急，还有一段时间，看看师父的身体恢复得怎么样，我再和你一块请师父。"

日子到了，谢老身体虽然没有完全康复，但是仍然坚持亲自到场，欣然带着书法研究院的几位书法家和众弟子们，参加了福利院公益活动。气氛空前热烈，孩子们从未见过这样的场面，一个个兴高采烈，欢天喜地。谢老现场挥毫留下一幅墨宝：

第六章　财富藏在舍得中

　　珍爱生命，
　　不忘党恩。

　　王福波曾与师父谢孔宾先生坦率地交谈了一次，坐而论道，简直就是一次精彩的关于书法艺术的"华山论剑"。

　　那天，王福波专门独自前去拜访师父谢孔宾，师生二人敞开了心扉："师父，大家都说你的字恁好，咱关上门，你对自己有何评价呢？如果把你放在历史的长河中，是个啥位置？"

　　起初，谢老没想到他会这样问，连连抽烟深思着。

　　"这样想就有水分了，您得一口说出来，才真实。"王福波真心想听师父的见解，又逼问了一句。

　　谢孔宾笑了，弹弹烟灰，说："你冷不丁一问，咋还不想想哩。这样说吧：'书圣'羲之书法清秀自然，柔美天成。欧颜柳赵，是上千年来书法爱好者们追寻的范本，学习的楷模。中国自明清以来，学宋元为多。晚清时期学隶、篆、魏有新的面貌。"

　　谢老说到这里，抽了一支烟之后，接着说："我从小受穷，不管啥年代，没断了习书，研究了一辈子书法。我出生在中国社会大变革时代，中国共产党领导中国人民推翻了'三座大山'，建立了新中国。我的书法是受社会大变革时代磨砺出来的，是时代的产物！"

　　王福波听了频频点头，直言不讳："有道理。师父呀，您是学时眼观四海，落笔龙腾虎跃！自成一体了。"

　　谢老谦虚地说："哪里呀！活到老，学到老，需要改进和提高的空间还大着呢！"

　　"师父，你最佩服的书法家是哪位呀？"

　　颜欧柳赵各有妙，
　　我写我心亦通神。

无衔将军——优秀军转干部王福波的命运创新

　　承前启后发新葩，
　　耻向世俗献媚心。

　　谢老顺口四句打油诗，耐王福波寻味。之后，他接着说："毛泽东主席是一位伟大的政治家、思想家、军事家、文化大家，其书法也是有功有性，挥洒自如，自成一体，值得我们佩服！"

　　由此，王福波愈加敬佩谢老师，不愧是一位学养深厚、沉稳如水的书法家、教育家，值得终身学习。

　　书法是基于中国汉字发展的一种传统艺术。先民开始以图画记事，经过几千年的发展，演变成了当今的文字，又因祖先发明了毛笔书写，便产生了书法艺术。中国书法，能够集中体现一个人的精神气质、文化修养等总体素质。无论是单字成幅还是多字组合成幅，对于运笔的力度，起、承、转、合、收笔等技术的掌握配合，都必须适宜得当，恰到好处。被世人誉为：无言的诗，无形的舞，无图的画，无声的乐，简言之，它是经史子集传统文化的载体和体现。

　　由此可见，历年历届书法大展抑或征文比赛中，人们多是以写古诗词、古文摘、古对联，以及近代毛泽东诗词为主要内容，就不足为奇了！

　　这就是国学！

　　王福波在研习书法艺术中，同样兴致勃勃地畅游在古典文化的海洋中。为此，他亲自主持编著了一本《国学精选赏析》。选取了先秦、两汉、魏晋南北朝64篇具有代表性的古诗文，妙语连珠，异彩纷呈，还配有栩栩如生的插画，图文并茂，通俗易懂。

　　他邀请谢孔宾老师题写了书名。《菏泽日报》原社长赵锋利先生为书作序，特别指出："经典之所以能够成为经典，其中必然蕴含着强大的精神力量，含有不可磨灭的美、伟大的情感和信仰的高度，它们代表着一种文化精神，一种价值取向……这次大家看到的这本图文并茂、有原文、有译注、有赏析的选编，便是王福波先生为众人点亮的一盏心灯。"

此书正式出版发行。公司员工人手一册，还作为礼品赠送给合作单位，并且放在售楼大厅里，前来洽谈选房的顾客随意浏览取阅。一种浓浓的文化氛围，氤氲着这家企业氛围的不寻常……

一朝为师，终身为父。

王福波与谢孔宾的忘年交情同父子。相知、相尊、相惜。每次进入谢孔宾的家，犹如进入了一座精神殿堂。"精神到处文章老，学问深时意气平。"

谢孔宾不但书法上乘，诗赋亦见真性情——

　　信手拈笔学写兰，
　　只为幽兰品格端，
　　身无芒刺呈风骨，
　　淑姿具勇战暑寒。
　　风吹细叶叶不折，
　　雨打娇花花更鲜，
　　虽为小草不自弃，
　　酿造芳馨奉大千！

2017年之春，谢孔宾因腰椎间盘突出，住进北京积水潭医院，王福波一直牵肠挂肚，特拜托师兄王庆华进京探望，并送上两万元，让老人买些补品。而谢老出院后给王福波打电话："你给我的钱，我留下1000元，留下你的心意。现在你是一棵大树，这两万块是大树上的树叶，每一个树叶都非常重要，要维护这棵大树，因为这棵大树上要落许多凤凰，多少人还要在这棵大树下乘凉……"

谢老师的话让王福波十分感动。这是老人对他的一种大爱和激励。

王福波不由得想起落魄时背诵曹操《短歌行》中"绕树三匝，何枝可依"时的处境，他的谢老师，鼓励他变成一棵大树，厚德载物啊！

　　正是由于王福波对国学的学习、挚爱，引申出菏泽的一座"文化城"……

第七章　崛起的文化城

章 首 语

　　胆量是一种难能可贵的精神力量,它能促使人们战胜精神上的极大危险,所以在战争中它也应该被看作是一种独特的有效要素。事实上,胆量只有在战争这个领域里才显得更有地位。

——克劳塞维茨

文化之城

21世纪，是文化力的世纪！

"生意好做，伙计难搁。"道出了生意场上的合作难。每个企业都在追求利益最大化。即使与最亲近的人、最好的朋友合伙，也会暗中留一手，唯恐自己吃亏。自私和贪欲是合作的绊脚石，是创业者的坟墓。对此，王福波心如明镜。要开创一番事业，仅凭一己之财、一己之力，杯水车薪，捉襟见肘。而一旦学会"借水行舟，借船出海"，眼前就会展现一片新的天地。但合作的前提是必须有胸怀，讲诚信，能担当，王福波说："没有难搁的伙计，只有难分的利益。遇事先想他人，利益先给朋友，这伙计就好搁了！"

还有一句格言叫"商场如战场"，也被王福波"颠覆"了。他说："商场不是战场，而是'情场'。市场经济也是感情经济，因为经济活动的主体是人，人是感情动物，付出真情才能交友聚人，人心凝聚才能干事创业。无情无义、虚情假意之人，难成商界大器！"

说到交友聚人，还有一句俗语被王福波翻新："害人之心不可有，防人之心亦不可有。"他说，面对朋友与合作伙伴，说话只说三分，心中暗留一手，怎能谈上共赢？

王福波商海弄潮30年，合作交友30年，现在他的核心团队逾千人，他的合作伙伴遍及北京、浙江、江苏、河南、陕西等省市，还有来自澳大利亚、意大利等国家的国际朋友。他的聚人秘诀，就是"真诚""真情""利他""共赢"八字真经。

王福波许多故事可为经典。

2014年春，有人给王福波传递了一个"可赚大钱"的信息：有一来自外省的开发商，在一项目上投进去1.2个亿，蹉跎几年因"天下第一难"干不下去了，放出话来：谁给9000万元，立马就转手！

第七章　崛起的文化城

在生意场上，这是个难得的好机会！

有人上门传递商机。王福波不仅没有惊喜，反而思忖良久才语调深沉地说："1.2 亿元降到 9000 万元出让！肯定是无奈之举，一定是伤透了心！乘人之危的事我不能干！先见见对方，把情况谈透再做决定。"

项目转让事宜商谈在对方老总的办公室里举行。对方首先将转让这个项目的前前后后、上上下下介绍了个明明白白，所投资金 1.2 亿元的相关支出等也说得清清楚楚。王福波一边倾心细听，一边对这位来自异地他乡、比自己年长十几岁的老大哥的同情心油然而生。

对方介绍完毕，等着王福波开口。王福波他不愿正视这个"自认倒霉"的报价。他不紧不慢地询问起对方身世、生意场上的经历等一通题外话。

对方老总有点沉不住气了："王总，我这个项目已投入 1.2 个亿，如今就是赔钱也愿转手，你能给出个啥价？"

话说到关键处，陪同王福波前来的一位高管，一边在桌子下用脚轻轻踢了他一下，一边用手指比画"9"字。

然而，王福波再一次没按常规思路出牌，而是说出了令在场的双方人员都震惊的一番话："老大哥，你在生意场上滚打几十年，在你们当地是知名度很高的企业家。你赔钱转让这个项目，这明摆着是铩羽而归，金钱损失不说，老哥你的尊严何在？将心比心，我不忍心让你赔钱。这样吧，我出 1.5 个亿，多花几千万元，为老哥你买回尊严！"

"啊！"

一言既出，举座震惊。天下竟还有这样的人？

对方老总呆愣良久，才猛然清醒过来，伸出双手，紧紧抓住王福波的手，两行热泪潸然而下："王总，你……"

接下来，王福波安排会计立马打款。

对方说啥也不接受："王总，遇上你这样重德重义的同行，是我今生有幸；眼下资金宝贵，这笔钱不用动了，算我的股份，从今老哥我就跟你干了！"

在场所有人闻言都松了一口气，进而随着两双大手的紧紧相握、随着每个人眼中的泪光响起热烈的掌声……

从此这位外地老板如释重负，返回家乡休养身心。

胆量，胆识，情操，尽系于王福波一身。

1759年，英国经济学家亚当·斯密出版了他的《国富论》，创立了富国裕民的古典经济学体系。亚当·斯密在《国富论》中首次提出了市场竞争机制像"一只看不见的手"，支配着人们的欲望，把人们在经济生活中的行为根源归结为自私。甚至表述了如下的名言："我们每天所需要的食物和饮料，不是出自屠户酿酒家或烙面师的恩惠，而是出自他们自己的打算。"后来，亚当·斯密发现了自己论述的偏颇，又出版了一本《道德情操论》，书中强调了同情心、悲悯心、友爱、分享和伦理道德在经济活动中的重要作用。谓道德情操亦是"一只看不见的手"，使不同利益的人得以和平共处，达到人类社会政治生活的平衡。此书算是对前书的一种思想补偿。

王福波用行为写出了自己的"道德情操论"。

王福波作为"第七梯队"正式接手又一个烂尾盘。面对一个个同行铩羽而归、避之唯恐不及的烂摊子，他能够再次化腐朽为神奇吗？

毋庸讳言，中国房地产业经历改革开放以来的飞速发展，达到了空前的繁荣。城市几乎变成了一个个大工地，一架架塔式吊车、一辆辆水泥搅拌车、一片片脚手架，催生着栋栋高楼拔地而起。有的市长提出，"经营城市"——实则就是搞房地产，土地财政。有的借市场经济这只"看不见的手"，做一些百姓看不见的勾当。利益与权力结盟，悲剧与牟利共生。助长了"炒家"，房价居高不下，群众怨声载道，以至于政府不得不出台限购、银行加息等调控政策。有识之士指出警惕房地产的泡沫。一时间房地产热迅速降温，不少地方建好的小区空置率相当高，售楼处门可罗雀，也有些在建楼盘资金链断裂成了烂尾楼，工地上的塔吊锈成了铁架子，开发商跑了的传闻不绝……

王福波此时接过一个"烫手山芋"，朋友们不由得为他暗暗捏了一把汗。

王福波气定神闲，按部就班地练书法、品国学，一副胸有成竹的样子。其实，他早在正式接盘前，就已做过详细调查研究和缜密思考：这个地块位于古护城堤以东，太原路以西（市交警队对面），新开通的八一路以南，永昌路以北，西接环城堤，东临赵王河公园。总占地面积240亩，用地面积约11万平方米，是一块大有发展前途的宝地。前几任做不下去，一是项目定位不准确，无吸引力；二是征地拆迁工作没做好。

这两大难题，在王福波这里一一化解。平时，他密切关注并研判国家房地产政策和形势，认为，虽然一二线城市房价居高，但中国房地产业远没有达到成熟时期，更不是山穷水尽。政策调控是房地产业的最大利好！无论是限购、加息、提首付，还是调契税，都会刺激房地产业创新思维，开发出适应人民群众需求的新产品，从而迎来业界又一个春天。菏泽市是欠发达地区，旧城区改造缓慢，人民购买力低下，房价一直平稳，未有过暴涨，随着老百姓生活水平的提高，潜藏着巨大的购房需求。他在公司内部学习研讨会上说："改革开放前30年，财富增长点在基础建设和吃、住、行，重点是物质层面；今后30年，财富要向游（旅游）、养（养生）、娱（文化娱乐）转移，重点在精神层面，以及提高生存和生活质量等新的消费需求。旧城区改造必须跟上时代步伐，求新求变，才能实现可持续发展。"

原先楼盘设计是普通住宅社区，没有特色，王福波一口否决：这个项目要有新的生命力，要有新的定位。

王福波带领公司一班人马向各方面专家请教，到全国各地去参观考察，紧密结合菏泽市历史文化和经济社会发展实际，特别是积极响应菏泽市委、市政府关于建设文化大市的号召，打造苏鲁豫皖四省文化发展高地，果断锁定了产品创新的路径，那就是建设一座文化之城！

文化、服务、健康养生，用新的理念赋予楼盘以新的生命，使住房小区不仅是遮风避雨之所，更是享受丰富多彩的文化生活和优质医疗、保健、养老服务的精神家园。

《菏泽市国民经济和社会发展第十二个五年规划纲要》提出：以建设苏鲁豫皖交界地区"文化高地"为目标，充分发挥菏泽历史悠久、文化资源丰富的优势，创新文化发展模式，加强文化载体建设，增强文化产业实力……

王福波深刻领会菏泽"十二五"规划中"文化高地"的含义，为此楼盘作出了"文化城"的高端定位。文化是一个民族的血脉，是一个国家的软实力。文化产业是经济的重要支撑，做文化就是为经济造血，为民族立魂。每一个企业家、艺术家，都有责任和义务去弘扬中国传统文化。菏泽文化底蕴丰厚，源远流长，是书画之乡、武术之乡、戏曲之乡、民间艺术之乡，同时拥有黄河文化、牡丹文化、红色文化、水浒文化，有历史先贤尧、舜、伊尹、老子、庄子、冉子、范蠡、伯乐等文化名片。将文化与房地产业融合在一起，把文化注入旧城区改造，成为一个全新的设想与创意。于是一个占地面积240亩，规划建筑面积55万平方米的房地产项目，顿时注入了新的灵魂！

还是那块地，还是那个位置和环境，王福波一个理念创新，一下子大大增值，文化的价值凸显出来！

他们聘请著名意大利建筑学博士克里斯，规划设计了文化娱乐、商业住宅融为一体的"菏泽文化城"（天荷御园）项目。计划在此建造27座高层商住楼宇，包括100位国内外名人馆、中国文化馆、中国书画院、山东业蓬影视公司、谢孔宾书法艺术研究院等。立志将"菏泽文化城"打造成四省交界的文化发展高地和艺术殿堂，使其成为集书画、工艺美术、牡丹文化、饮食文化、茶文化、国学研习、武术戏曲、古玩奇石、珠宝陶瓷、雕塑织锦、音乐舞蹈、音像图书、鉴赏拍卖为一体的大型文化综合体。

王福波同时发掘出这个项目的地理优势，它地处城市中心，对面有赵王河和已经落成的八大馆景区（图书馆、冀鲁豫纪念馆、演武楼、大剧院、城市规划馆、青少年活动中心、鲁西南民俗馆、申遗馆），西靠 500 年的古城墙，八一街横贯东西，迎宾大道纵贯南北，南通淮海，北连京津。交通四通八达，5 分钟可达汽车总站，8 分钟可达火车站，20 分钟即可到达高铁站台和新建飞机场。小区内设超大公园绿地，空气清新，清水长流，环境优美。北靠两大商业片区，西有亿联商业大世界和康庄服装市场，购物方便快捷。文化城内有琳琅满目的文化娱乐用品，又有 3.6 万平方米以中国饮食鼻祖——伊尹家乡餐饮文化为龙头的曹州府，使其成为菏泽人民的待客厅。商贾云集，名家荟萃，同时更有特色学校、医院入驻。

王福波特意拟了两句广告词："菏泽文化城，文化一座城。门前赵王河，两岸八大馆。"

在 2015 年 4 月召开的菏泽住博会期间，"菏泽文化城"展示楼盘一经推介，立即引来万众围观。短短三天时间，参观顾客就达 10 万人，有意向购楼房者多达 3000 余人。菏泽的男女老少大都会念两句"门前赵王河，两岸八大馆"，那座建设中的文化城已经在菏泽百姓心中矗立起来。

一个胆识激活了一个烂尾盘；

一种情操挽救了一个企业家；

一个新思维开辟了一片新天地；

一个历史文化悠久的菏泽古城，将焕发出新的生机！

文化的召唤

德国哲学家海德格尔曾说过"现代文明使人类失去故乡"。却同时又说"人类生存的高级阶段是艺术的生活"。两句话都成为传世经典。

金秋十月，秋高气爽，正在建设中的"菏泽文化城"工地上，王福波引领几人边参观边介绍着。

其中一位大腹便便的洋人引起了大家的注意。他穿着一件宽松的灰色外套，内有雪白的衬衣，下着一件花格西裤，头发不长，留着一把花白的长胡子，颇有艺术家风范。确实，他是一位享誉世界的著名雕塑家、画家和环境艺术家，名字叫德拉哥·马林·薛林纳，现定居于澳大利亚。

这一天是 2014 年 10 月 28 日，薛林纳先生是应王福波董事长的邀请，专程来到菏泽市考察文化城建设的。远在大洋彼岸的大艺术家，如何与鲁西南的一个旧城区改造项目有了联系？

薛林纳出生于南斯拉夫一个艺术世家，爷爷是位雕塑家，奶奶是位优秀的芭蕾舞演员，家族里的其他成员也大多从事雕塑工作，至今已延续了几个世纪。他在克罗地亚的马卡尔斯卡学校修完语法后，先后到不同国家学习艺术，毕业于柏尔格雷德大学与伦敦大学，师从雕塑大师奥斯达·内蒙和亨利·摩尔。

"迄今为止，还没有一个人能超越亨利·摩尔，他的名字是二战以来最响亮的艺术家名字之一。"薛林纳这样评价他的老师，并说他的老师永远都在思考。

有一次亨利·摩尔说："你看，天上的星星也在欣赏我们，就像我们欣赏它们一样。是的，我们很幸运，一直只和'坚固的材料'打交道，让我们没有时间去接触那些美好的东西。"

1974 年，年仅 25 岁的薛林纳，凭借一尊诺贝尔文学奖获得者索尔仁尼琴的胸像，震惊艺术界，一举夺得世界雕像雕塑金奖。后来，他应邀赴澳大利亚，为当时的总理惠特兰造像，从此与澳大利亚结下不解之缘。几年后，为躲避南斯拉夫国内战乱之苦，他带着妻儿移居澳大利亚。在悉尼申办奥运会期间，他为悉尼设计的"光辉之塔"环境项目，把 16 公顷荒地改造成充满生机的热带雨林，可供来往人群自由穿行，将环境与艺术做了一次最生动、最美妙的结合。

此外，他还为英国纽约卡斯、日本大阪花博会、悉尼国王十字广场等做过设计和雕塑。在日本做展览时，日本媒体称薛林纳的艺术作品"能抓住转瞬即逝的灵动，并将其停留在永恒的宁静之中"。

2008年，我国四川汶川发生大地震时，薛林纳赶往汶川地震灾区，以"凝固的瞬间"为主题创作了一系列油画作品，并将作品作为慈善品义卖，筹钱捐款。作品倾注了他的情感，因为他曾有身临其境的感受。

薛林纳13岁那年，一场7.4级的大地震袭击了他的故乡——克罗地亚达尔马提亚市的波哥拉小镇，他的祖母在那场地震中身亡："我家在二楼，晃动中，我只听到我的叔叔尖叫着说，'跳！马林！快跳！'但我的身体不能移动，突然间，我的祖父一把抓住了我，像扔一件家具一样把我扔出了窗外，叔叔接住我后，疯了一样跑起来。"

这段童年回忆，让他对大地震中的人们深表同情。2010年12月12日，"凝固的瞬间"其中一幅代表作，被上海官邸酒吧永久收藏。展览结束后，上海阎宝航慈善基金会以100万元的价格寻找到爱心买家，而这笔善款将用于国内其他需要救助的灾难事件中。

薛林纳曾多次来到中国，对这片土地上的人们充满了感情。早在几年前，媒体记者采访他时，曾有这样一段对话——

记者："1976年是您第一次来中国，此次再来，最大的感受是什么？"

薛林纳："对，那是第一次来，陪同当时的总统见了毛泽东主席，只待了几天，看了一些艺术展览。我是1949年出生的，对中国有着一种特殊的感情。我感觉中国的发展进程就像天气一样，有风暴，有雨水，有很多困难的时刻，但最后可以好好地享受阳光。"

记者："您为很多名人制作了肖像雕塑，跟这些人的合作对您来说有什么影响？"

薛林纳："像曼德拉，我很幸运能与他相识。他也是跟从了甘地的教条，一心想要和平、感恩和公正，希望整个社会在没有枪支的情况下能很正面地往前发展。曼德拉也是经历过几十年牢狱之灾的人，和甘地一样，都是用自己的生命来捍卫正义的人，我很感激也很欣赏他们。所以在我的艺术生涯里也倾向于通过我的作品来呈现同样的价值观。"

记者："您一般用什么标准来挑选创作的对象？"

薛林纳："我喜欢很谦虚的人，为这个社会贡献很大，非常伟大，但没有架子的人，喜欢帮助别人的人。"

记者："您的创作灵感来源是什么？"

薛林纳："是'意识'，一种理解事物的方式。从表面上讲，一些漂亮的东西可以激励我，但如果要赋予一个东西生命，那还得用心去体会，而不是沉醉于表面。米开朗琪罗在创作雕塑时，他会对着他的作品说，'来，跟我说话'。"

记者："对您来说，雕塑艺术意味着什么？"

薛林纳："在我充分了解这个领域之前，曾经有过一个令人难以置信的天真的小女孩，透过我的画布看着我，她看起来既有苦恼，又充满着希望。她对我说，'亲爱的，你好。'那个场景至今仍影响着我对这门艺术的态度。"

2014年秋天，薛林纳先生受陕西省西安市政府邀请，前去西安做一个雕塑项目。一次学术交流会上，他结识了某文化公司总经理、王福波的学生李女士，二人一见如故，相谈甚欢。而这位李女士，是山东菏泽人。

早在21世纪初，李女士从老家菏泽考到西安上学，学习企业管理市场营销专业。父亲当过大队支部书记，自己会木工，承包了个建筑队做工程。她受家庭熏陶，很早就勤工俭学，在学校里卖文具等。她聪明伶俐、能歌善舞，人缘不错，毕业后留在西安创业，开过服装店，后来专营建筑材料，常常回到菏泽开拓市场。听大家说王福波房地产公司干

第七章 崛起的文化城

得好,有文化、有思路、有办法,几乎干什么成什么。她很想结识一下,顺便联系一下业务,一位朋友告诉了她电话号码。电话打通了,没说几句,她便迫不及待地立即要了地址赶到办公室面谈。

"王总好,我是刚才打电话的小李啊!"

"好、好,你来得恁快,住得不远?"

"我就是岳程人,离你办公室很近的。冒昧上门,不打扰你吧?"

"今天没啥事,聊聊天。"

本来是想酌情联系一下业务的,通过拉家常聊到了社会和人生,一席交谈,磁铁般地吸引了她,让她忘了建材生意的事,好似来此上了一堂精彩生动的社会课程。临走,她表示想拜王福波为师,指点自己在人生路上和商场上打拼。王福波笑笑说:不急、不急,以后你有啥事尽管说吧!

临走,王福波即兴挥毫赠送她一幅寓意深长的墨宝——

小卒过河,
有进无退。

这以后,李女士经常就国学、经营、人际关系问题讨教,远在西安时也常打电话过来。每次,王福波都不厌其烦地倾听,提出自己的见解,耐心地解疑答难。

"小李,可不能满足现状啊!"王福波认为她是个可造之才,时常提出建议,"你思想活跃,善于创新,适合做文化,包括房地产策划、文化传媒,争取多元化发展。"

有师父做坚强的后盾,敢于拼搏、不断进步。特别是在西安又遇到另一位"王总"。他叫王学林,延安人,某综合性集团公司董事长,既有房地产、建材业,又有文化产业,实力雄厚。一次合作之后,王学林十分赞赏她的为人和能力,决定聘请她为集团旗下的文化传媒公司总经理，工资按年薪计算。

此前，她已经与老师王福波交流过这个问题。面上的钱都是有数的，应该有胆量要股份共同创业。所以，她回答："王总，我不要工资！"

"不要工资？"王学林惊讶地看着她。

"如果你愿意，可以给我股份，这样会激励我们搞好经营。"

王学林不禁对这个小女子刮目相看，当即答应让她占40%的股份，聘为文化传媒公司总经理。

这时，世界雕塑大师薛林纳和他的台湾女友李蓓茹来到了西安，与李女士的文化公司有了交集，从而也就间接地与远在菏泽的王福波有了联系。因为他们除了洽谈西安业务，还在咖啡厅一边休息一边聊天。当听到李女士谈到自己的老师王福波，他是如何研究国学，熟谈易经，擅长书法，正在开发一座文化城时，这引起了薛林纳和他的女友二人浓厚的兴趣，当场表示要来菏泽看看。

王福波放下一切经营活动，专门抽出时间来接待贵宾。当天上午，他陪同薛林纳一行，参观了新建设的部分高档小区，观摩了宋代开凿的赵王河、菏泽著名的八大馆景区以及古城曹州府的市容市貌。当薛林纳得知菏泽市具有悠久历史和丰厚的文化底蕴，尤其是听说要在文化城内为100位中外艺术家建立个人馆藏时，大加赞赏。

回到公司售楼处，王福波指着楼盘模型，详尽介绍了"文化城"项目规划，看得薛林纳连连点头称赞。

在办公室里坐下之后，王福波请来了85岁高龄的著名书法家谢孔宾，与客人交流座谈，谢孔宾挥笔书写了"无限风光在险峰"赠予薛林纳大师。

"谢谢！谢谢！"薛林纳礼貌地收下，随后拿起铅笔，现场为大家作人物头像素描，寥寥数笔，就勾画出每位人物脸部的鲜明个性，博得阵阵喝彩。

第七章 崛起的文化城

谢孔宾与薛林纳交谈得十分融洽，意犹未尽地提笔研墨，又书写了"四海之内皆兄弟也"的墨宝，赠送给薛林纳。大家拉起横幅站成一排合影留念。薛林纳也拿出自己的画作回赠。气氛十分融洽，王福波及时提出恳请：希望薛林纳先生的雕塑艺术，入驻文化城。

"好，好！"薛林纳对菏泽人的热情好客倍感亲切，当场作出决定，"我可以把一些雕塑作品放在文化城。不过，它们很占地方。"

"我们在文化城里专门为你建一座薛林纳雕塑艺术馆，有多少展品都可以存放展出。"王福波当即表态。

艺术与实业约定：明年初预先发来部分雕塑及绘画作品，在文化城项目部一楼大厅展出。

2015年1月31日—2月28日，国际艺术交流——世界雕塑大师薛林纳先生作品展，在"菏泽文化城"（天荷御园项目部）一楼正式展出。此前，薛林纳在全世界100多个重要画廊和艺术馆中举办过展览，他的作品为众多博物馆争相收藏。他曾为毕加索、达利、索尔仁尼琴、澳大利亚总统惠特兰、南非总统曼德拉、李叔同、姚明、刘翔等一大批国内外著名人物雕塑头像。在中国举办过的城市主要有上海、北京、西安等。在山东菏泽办展，还是首次！

在菏泽展出的作品一共有42件雕塑、40幅油画，有写实的，有写意的，也有一些未来的抽象艺术，体现了浓浓的异国风情。薛林纳随同前来布展，并接受了记者采访。当问到为什么来菏泽展出时，他真诚地回答："在我了解菏泽与山东的历史和地理文化后，我深刻感受到这里的人质朴友善，在这样充满自然和谐的土地上建造出一座美丽的城市，还有这样大气的'文化城'，是我加入这个团队的重要原因。借此更希望在这样一个环境里汲取我艺术创作的力量，为东西方文化方面构建一座桥梁，促进双方艺术交流。"

展览结束，这些作品全部留下。这些世界艺术巅峰之作，必将引起人们对这座文化城的仰视。日后，这位世界级雕塑家更多的作品还将源源不断地运来，收藏在"菏泽文化城"的艺术馆内。

一花引来百花开。当中外100名艺术大师作品在此聚齐时，那将是一场多么丰盛的人类艺术盛宴！

文化的地基

随着城市化的加速，城市的躯体正逐步长大，新城建设、旧城区改造成为社会发展的主要问题。

人类文明的进步，必将由理性和道德引领。

王福波的职业是企业家，应在商言商，有理由追求利润最大化。可他还是一个在商言德、在商言国、在商言民生的共产党人。

王福波注重研究儒家的财富观。用中华民族传统的优秀文化和与时俱进的先进文化引领资本。人文主义财富观的核心是"因民之所利而利之"，强调富民、安民、利民、养民的民本主义、义在利先，体现出儒家学说财富观的色彩。

王福波在军旅生活中铭记的"全心全意为人民服务"，更延伸着儒家财富观的内涵。

我们再回到文化城面临的现实。

"菏泽文化城"项目所在的这块地皮，为何易手七任开发商？其中一个重要原因，就是遇到了最牛"钉子户"。

这个"钉子户"不是哪一户人家，而是一个村庄。这个村庄名叫丁庄，丁姓是大姓，宗法血缘关系紧密。为了捍卫切身利益，不管是政府拆迁办，还是开发商，抑或是法院执行庭，谁说也不行。连续七八年就是动不了，被称为鲁西南最大的"钉子户"。

前几年，他们确实要价太高，法院贴出告示限期拆迁。有关部门组织了力量，准备强拆。丁庄人也毫不示弱，一帮白发苍苍的老头老太太拿着棍子，日夜把守着各个路口，像当年根据地百姓对付鬼子一样，

第七章　崛起的文化城

不让进庄。法不责众，只好不了了之。整个丁庄，就像一根硬邦邦的钉子一样，牢牢地钉在菏泽城发展的路中央。关键它还带来连锁反应，几乎所有被拆迁地块上的百姓都看着丁庄如何斗赢政府，作出先例。

如今，拆迁工作和政策有所变化，过去是由政府拆迁办出面协调，开发商直接面对动迁户做工作，现在叫作"政府征收"，开发商通过正常的"招、拍、挂"程序拿地之后，由政府组织有关部门动员、测量、谈判、补偿，直到签协议、动迁，提供一块净地交给开发商。这样，减少了利益相关的开发商与被拆迁者之间产生摩擦、激化矛盾的机会。

看似开发商不用出面，省去诸多麻烦，实则没有那么简单。

一是因为有关部门拿不出足额资金予以补偿，需要开发商先行垫付，叫作"拆迁保证金"。二是因为拆迁太难、太复杂，往往旷日持久，被一些"钉子户"牢牢钉住。开发商实在耗费不起时间和金钱。许多开发商不得不从后台走上一线，明里暗里帮助"拔钉子"。

一旦金钱站在高处，所有的真理都沉默了。

按惯例，区里拆迁办想让开发商多拿点钱，减少动迁难度，而开发商却精打细算希望降低成本，增加利润，形成了"矛"与"盾"的对立关系。因此，一位有关部门的主任苦笑着说："王总，这个庄可是有名的钉子庄，多少年弄不动。关键是居民老是不满足，到时候你该让还得让啊！"

"主任啊，我跟你想法是一致的，希望让群众通过开发都得利。这些年我们宗旨就是拆一片地块，造福一方百姓。将来可能你会拉着我的手，不让我再让了。为啥呢？您担心别处不好做工作了……"

一番话让动迁指挥部的人愁容顿开。

"王总，如果三个月能把这块拆平了，咱好好地开个庆功会！"

"没问题，拆迁是咱公司的强项。用不着三个月，一个月就行！"

"一个月？中吗？"

拆迁办主任像听天方夜谭。

王福波说:"拆迁难,主要是利益之争。老城区改造,其实就是一次利益再分配,千年等一回。你叫拆迁户得到实惠了,他就会感激你,痛痛快快地拆迁。有的开发商为了几十平方米、几千块钱,绞尽脑汁甚至找黑社会去打去砸,最后自己惹上麻烦。我的想法是共赢。这才叫和谐社会。"

这就是一个企业家的文化力!

用文化力做拆迁,为文化城打地基,有什么样的"钉子户"不能化解?

拆迁故事之一

有一位姓何的拆迁户,年轻时当过语文老师,能说会道。他家早年建有一座简易三层小楼,洽谈补偿时要高价,不然不搬。他编了顺口溜夸自家房子说:"一楼经商二楼住,三楼有个养鸡户。你看俺多滋润,给少了不中。"

王福波听说了,亲自找他谈:"何老师,你说偏了,这样价格高不了!"

"咋着?"

"你这样说只一楼算商铺,其他算住宅。其实你这是个整体商业楼,应该全按商业补偿,这样比你说的住宅和养鸡场高多了!"

真的?何某人如梦初醒:这位开发商,竟然不蒙不骗,首先为拆迁户着想,帮助争取高补偿呢!他细心盘算,很快按对自己有利的方案签了协议,拿到了一笔不菲的补偿款,还有多套回迁房,并且和王福波成了忘年交。

他有三个女儿,又有几个外孙外孙女,平常都忙,难得上门来伺候。他曾问过王福波:"你说我得了这些房子,要不要给他们分了?"

"你不能分。"王福波提醒他,"你要是分了,手里没抓头,儿女生不养死不葬咋办?别分。"

后来，何老师得了肝癌晚期，自知时日无多，唯一心事就是如何处理家产，整天愁眉苦脸，心事重重的。这天他打电话："想见见王总！"

王福波立时提着营养品去看望，故意让他开心："何老，你不作诗了？我还想听听哩！"

"王总，我不中了！"说到这儿，他鼻子有些发酸，对着身边家人挥挥手，"都出去，我跟王总说说话。"

儿女们悄然退去。

"医生讲，我活不过两个月了，你说现在这个房子分不分？"

王福波想了想，说："分！"

"分吧，总有大有小，我怕他们打起来，咋办？"

"这样，你写个遗嘱，交给公证处，等真走了再公布。最后还是你说了算，他们得听，打不起来。"

老何点点头，脸上绽开一丝笑容："这法儿中，就按这办。"

王福波回去之后，接到了老何三女儿的电话："王总，你使得啥法儿？老头可喜欢哩！"

"呵呵，我给他用的是养心保健法。你别管，也别问，现在保密。"

过些日子，老何过八十大寿。王福波又专门去为他祝寿。一见面，老何就高兴地来了段打油诗：

　　老汉今年八十整，
　　认识王总真有幸，
　　精心给我出良法，
　　家庭和睦好心情。

一周之后，何老带着满意的笑容去世了……

写到此，笔者不由得眼睛湿润，心情难平：王福波，我们的好战友,你真是个大写的人啊!

拆迁故事之二

那位曾经大闹过区拆迁办公会、曾经把煤气罐搬上房顶准备点火抗拆的妇女,丈夫是这片地区一个小饭店的老板,王福波拿出了让其满意的动迁方案,两口子想通了准备签字。

王福波出台了优惠的辅助政策:谁先签字动迁,可获奖励面积并优先挑房。大家都争先恐后地到拆迁指挥部排队签字。这位被拆迁户的妻子坐不住了,急急忙忙地跑来要求签协议。

工作人员告诉她:"人太多,先等一等。"

这一下可把这位性格刚烈的女子惹急了,竟张开嘴,"吭哧"咬了自己手腕一口,顿时鲜血直流,在场的人都惊呆了。

"给我办不办?不办还咬!"

"哎呀,这是何苦呢!快,包扎一下,先给她办!"

有人找来"创可贴"给她贴上,又优先给她办理了签约手续。当人们问她为何要以此相逼,她说:王总提出的方案,我家都满意。可担心签不了字,他们再反悔了!

事情传到王福波这里,连连感叹:"怎么会呢?我们说一是一,说二是二,从不糊弄拆迁户。"

后来,他们成了好朋友。他们夫妇用补偿到的钱款继续创业,竟历尽艰辛、呕心沥血,在鲁西南土地上试种甘蔗成功。他们到菏泽郊区租了200亩地,种出的甘蔗比南方的还粗还高还甜,像一片小树林一样。亩产量达到4万斤,是所有农作物中产量最高的。一根卖到20多元,远比单纯种庄稼收益大得多。并且,甘蔗地里还可养鸡养鸭,获得多种收益。

他们种植成功之后,专门打电话给王福波:"王总啊,你抽个空,你弟妹请你来吃饭呢。"

第七章　崛起的文化城

"吃饭好说，你来城里吧，我请。"

"不光吃饭，俺想你来看看，请你吃甘蔗、炖柴鸡……"

"那行，光听说你们种甘蔗了，我去看看。"

王福波一行专门去了他们夫妇承包的200亩甘蔗地。让他大开眼界：从来都是江南生长甘蔗。过去著名诗人郭小川就有一首诗：

南方的甘蔗林哪，
南方的甘蔗林！
你为什么这样香甜，
又为什么那样严峻？

没料到，这对夫妇把甘蔗引种到黄河边上来了。王福波对此大加赞赏。热情的妻子抓紧炖了鸡，炒了几个菜，弄了一瓶四君子酒，加司机四个人就在地头上对饮起来。

夫妻俩感叹地说："你给了俺合理的补偿，也给了俺生活的信心。俺摸索了三年，在北方试种成功了甘蔗。我们这甘蔗不用化肥，不用农药，咋法呢？你尝尝这鸡好吃不？这是真正的走地鸡，我们在甘蔗地里养鸡，找虫吃，不用打农药；鸡的粪便，成了肥料，不用施化肥，所以甘蔗长成胳膊粗，还绿色环保！城里人吃的都是速成鸡，一个月出栏，没鸡肉香味，都闻名开车来我这里买鸡。"

"好，好，兄弟你们干得好。"

"我们也愁呢，想扩大生产、推广，让更多的农民脱贫。最好国家能办个乙醇厂，咱国家缺能源不是？"

王福波望着满脸汗水、满身风尘的这对夫妇，一种感动涌上心头。位卑未敢忘忧国。两个普通的老百姓，念着国家和他人。如果换一种拆迁方式，用暴力把如此勤劳、善良的人推向反面，岂不是给社会添了两个"刁民""上访者""社会不稳定因素"？

改革的出发点和归宿都是人！

人的文明升华是最大的改革成果！

我的朋友，当你坐在城市的高楼里，享受着明媚的阳光，品着香茗，可曾想到在农田里挥汗如雨的父老乡亲？当你聚餐时，享受着餐桌上的各种美味，可曾想到每一个菜肴里都有着农民兄弟的祝福？当你乘坐着由马达牵引的轿车，行驶在高速公路上，是否还记得你曾走过的乡间小路？当你有某种权力，在实行执法时，是否模糊了那一张张黝黑的面孔，只用"钉子户"把他们定义，无视他们内心的诉求和尊严，无视他们也有父母、子女，无视他们也有理想和追求，无视他们也有获得幸福和尊严的权利！

王福波，大地之子，军队之子，我们的"无衔将军"，他悲悯的双目看到了……

回公司后，王福波对此事认真做了研究，感到他们夫妇的创举值得推广：这种经济作物一身都是宝，可以当水果，榨糖，提供化工产品和造纸的原料。国家还有政策扶持。如果大面积种植成功，又是一条让农民致富的路子。

王福波对作者表示，他将努力帮助他们夫妇实现这个梦想……

拆迁故事之三

文化城地块的拆迁属于创新之举。

牡丹区成立了拆迁指挥部，区人大常委会副主任亲自担任指挥长，抽调各部门得力干部参加工作。任务到人，责任到人，挨家挨户做工作。王福波公司请来了老朋友、经验丰富的王广才，加上黄玉峰、何树元等人积极配合，也就是说政府出面，企业协助，顺风顺水地干起来。

说来也巧，曾是锦绣中华拆迁户的王福元，这次又成了拆迁户。因为他经营旅游公司的一座三层小楼，正处在这块地皮上。当年他是按住宅楼购买的，自己改造成商业房，一共608平方米。现在政府征收，一查底子，这套房不能按商业用房征收，只能按住改经，即住宅改为经营。商业房的补偿价格是一平方米 1 万元人民币，而住改经呢，则只能给付 5000 元一平方米。

两相比较，整整差了一半。

他有 20 多个员工，一旦拆迁就得下岗，现在不好找工作，怨声载道地找到王福元经理抱不平："咱吃亏太大了。你跟王福波是朋友，找他说说，不能多补些？"

"哎，这会儿不一样了，全是政府部门动迁，叫政府征收。福波也不容易，咱就别难为他了。"王福元和王福波打过交道，知其为人，深深理解。

他详细研究了拆迁补偿条文之后，感到要求按商业房赔付，确实不符合国家征收政策。他长叹一口气，做通了家人和员工的思想工作，签约拿了补偿金，准备搬家走人了。这时，王福波主动找上门来："福元哥，你甭走了，还搁这里干吧。"

"怎么，不拆了？"

"不是。我看好你这座小楼，先不拆它，留着做公司的办公室，楼下可当售楼处。你这旅行社就在这四楼上接着办业务。"

"那……我原来还有个门市，门面房才能招揽顾客哩！"

王福波一笑："我都替你想好了，就在一楼我卖楼的前台，给你部分当门市，想旅游的进来一看，还能选选房，咱们互相促进呢！"

"嘿，你这法儿好！"王福元笑了，"老地方，人都熟了，打心里我不愿搬。不过，一年给你交多少租金呢？"

"不提那个。我知道你一直是经营用房，按住改经补偿，你吃亏了。我反正要在这儿办公，你租金连水电费都不用管了。"

王福元喜出望外："我这两次拆迁都遇上你这样的开发商，真是三生有幸啊！"

经过重新装修之后，这里一至三层成为王福波公司的办公楼，四层则留了个大房间给王福元的春秋旅行社继续营业。这样，他不仅不用考虑员工的下岗问题，就连每年的租金都节省下20多万元。

如今的"菏泽文化城"（天荷御园）售楼大厅里，一边放置着楼群模型、楼书图纸等等，一边是春秋旅行社的广告、招牌，两边的工作人员配合默契，互相介绍，想买房的，顺便看看旅游线路；准备旅游的，则想跟着瞧瞧合适的房型。相辅相成，共创双赢。

这不正是开发商与拆迁户以心换心、和谐相处的形象展示吗？

这是王福波为文化城打下的人文地基！民心地基！这种地基才是坚如磐石的！

在区拆迁指挥部上下努力、开发公司全力配合的情况下，文化城地块的拆迁工作，顺风顺水。人们竞相抢着签协议、搬家。早签有喜事，早搬有奖励，何乐而不为？开创了这个最大"钉子户"拆迁的新局面。

丁庄不姓"钉"了。仅仅半个月，这片地的拆迁率就达到了90%，创造了整个菏泽市的动迁纪录。拆迁指挥部的工作人员都高兴极了，马上兑现召开庆功宴会的承诺。王福波作为开发公司的董事长，带领高层管理人员全部出席。

在指挥长、办事处主任相继讲话之后，王福波端着酒杯站起来，即席发表感言："这个地方拆迁之所以有这么快这么好，第一得益于牡丹区政府人大机关的好领导、好政策。第二得益于东城办事处的干部们，为了这个项目日夜操劳。第三得益于丁庄、杨庄的老百姓识大体、顾大局……"

王福波，从不抢功。每成功一处，都把党和政府的扶持放在前面，把"拆迁户识大体、顾大局"复述一遍。

2015年10月1日，备受广大菏泽市民关注的文化城（天荷御园）项目举行了隆重的开工仪式。正如前面所说：王福波从文化入手，给这个项目赋予了新的灵魂。文化城内规划了中国文化馆、菏泽四乡（牡丹之乡、书画之乡、武术之乡、戏曲之乡）馆、谢孔宾书法艺术研究院、薛林纳雕塑馆等等。十几座高层住宅楼，分别以"花好月圆""盛世花开""钟爱一生""吉祥三宝"等包含着美好祝福的名称冠名，一股浓郁的人文气息如春风般扑面而来，这是祖先留下的、几乎被淡忘的气息，这是新文明的气息，植根在鲁西南的沃土上，拔节生长……

"菏泽文化城"如同巨大的磁石一样，吸引了众多人的期盼和神往。人们无不为王福波高屋建瓴的奇思妙想和宏大气魄所深深折服。国内外许多名人大师纷纷慕名而来，著名书法家谢孔宾先生、雕塑大师薛林纳先生、建筑学博士克利斯先生、国菜大师李光远先生等一大批国际、国内艺术家纷纷签约入驻。电视连续剧《何思源》团队已由全国人大原副委员长何鲁丽授权，正在山东福汉集团旗下的业蓬影视文化中心筹拍。

这哪里还是一个旧城区改造项目啊！

它已经华丽转身、淬火升华，它已成为散发着夺目光辉的一块文化瑰宝，一座独具特色的中国文化艺术殿堂，矗立在古老的鲁西南大地上。

文化的求索

2013年3月17日上午，十二届全国人大一次会议闭幕后，国务院总理李克强在人民大会堂金色大厅举行中外记者见面会。

当新华社记者问道："总理，您好。当前社会上有很多关于城镇化的讨论，也出现了不同的声音。有人认为城镇化是现代化进程自然而然的结果，所以没有必要主动去推进。也有人担心随着城镇化的推进，会有很多农民失去土地，进而形成一个新的阶层，城市贫民阶层。不知道总理怎么看？"

李克强总理微笑着回答："这又是一个大问题，我尽量用短时间来回答。……我们强调的新型城镇化，是以人为核心的城镇化。现在大约有2.6亿农民工,使他们中有愿望的人逐步融入城市,是一个长期复杂的过程,要有就业支撑,有服务保障。而且城镇化也不能靠摊大饼,还是要大、中、小城市协调发展,东、中、西部地区因地制宜地推进。还要注意防止城市病,不能一边是高楼林立,一边是棚户连片。本届政府下决心要再改造一千万户以上各类棚户区,这既是解决城市内部的二元结构,也是降低城镇化的门槛。"

这里,中国总理提出了一个新的宏伟目标:本届政府下决心要再改造1000万户以上各类棚户区。棚户区,城市里的"伤疤",一直是危旧住房的代名词。从20世纪中叶,我国各地曾致力于改造它们,由于种种原因远未完成。棚户区改造不仅关系到城市的容貌,更关系到千百万家庭的安居梦。不久,国务院发布了《关于进一步做好城镇棚户区和城乡危房改造及配套基础设施建设有关工作的意见》,明确提出,按照推进以人为核心的新型城镇化部署,实施三年计划,2015年至2017年,改造包括城市危房、城中村在内的各类棚户区住房1800万套(其中2015年580万套),农村危房1060万户(其中2015年432万户)。

因为历史欠账太多,山东是全国棚改任务的重点省份,而菏泽又是重中之重,全省近八分之一棚改量在菏泽,居全省第一,在全国地市级棚改任务量中也占第一位。菏泽市委、市政府高度重视,多次召开专题会议部署任务,主要领导经常带队深入棚改工地,现场调度。市委、市政府领导经常讲:"棚户区改造对菏泽来说具有特殊的意义,也是最难、最重要的事情之一。一定要下大力气解决好!"

近年来,菏泽建设面貌发生了巨大变化,广大市民住房条件得到改善,生活质量明显提高。而棚户区居民仍居住在低矮破旧、条件简陋的平房里,基础配套不全,环境脏、乱、差,有的甚至是危房,改善生活条件的愿望十分强烈。通过棚户区改造,让一些困难群众住上安全可靠、配套齐全、宽敞明亮的楼房,让他们享受到城市发展提供的公共服务,这是实实在在的民生工程。

第七章　崛起的文化城

善于学习思考的王福波敏感地意识到，这是有利于群众生活、有利于城市形象的宝贵的商机。他立即行动起来，带领公司积极响应市委、市政府的号召，投身到棚户区改造这项造福百姓的工程中去。虽然"菏泽文化城"（天荷御园）项目未能享受到优惠政策，可他仍然以棚改为目标，加快建设力度，让拆迁群众早日住上新房。同样引起了有关领导的重视。

该项目的顺利快速拆迁和建设均创造了菏泽的历史之最，"菏泽文化城"项目对拆迁的优惠政策和真诚，为棚户区改造、改变城市形象作出了贡献，得到了社会各界的高度赞扬。

王福波怀着极大的责任感，结合房地产开发，积极参与政府主导的棚户区改造，此举既是为居民生活、城市形象作贡献，又为公司发展开辟了一条康庄大道。对于一个有担当的开发商来说，何乐而不为呢？

年头岁尾，辞旧迎新，正是各级政府、各级单位回顾过去，展望未来的时候。

2014年12月，菏泽市第八届人民代表大会召开了，作为人大代表的王福波正在参加会议。突然手机上接到一条信息："王总，我想给你汇报一下华夏城的问题，请问何时有空？华夏城项目部陈刚飞。"

我又不是市长，跟我汇报啥呀？王福波不明就里，利用会议间隙，礼貌地打回电话询问："是陈总啊？啥事？"

"可找到你了，王总！"对方一口的南方普通话，急咧咧地说，"我们这个项目做不下去了，都说你是治理烂尾的专家，想跟你搞合作！"

"噢，我正在开会，开完会再说吧！"

"急啊，我们等不得。度日如年，现在就谈好吧！"

"恁急哎？那就散会后，晚上到会上来谈谈。"

从对方电话上听出，确实是火烧眉毛、急不可待了。

这位陈刚飞是浙江绍兴人，鲁迅先生的同乡，早年就学于西南交通大学，毕业后分配到济南铁路局。1988年又考回母校攻读研究生，拿到硕士学位后，他却下海搞起了房地产开发。2008年，他从江浙一带，一路北上，到山东考察，转遍了威海、乳山、海阳、平度，又到淄博、青州、潍坊，从济南转向鲁西南，即济宁、泗水、鱼台，最后在菏泽发现了"新大陆"：大片旧城区，大有用武之地！

可是经济发展不快，房价一直不高，且拆迁太难，使他们望而却步。

直到2012年，陈刚飞发现菏泽生活水平上去了，百姓手中钱富裕，房价突破了3000元一平方米、好的地段接近4000元。因而判断菏泽房地产的春天来临了，会像井喷一样大发展，于是联络了几个浙江老板，成立了山东商控置业有限公司，到菏泽拿下了一块地段。

此地段，位于北关医院对面，东到环城河，西临解放街，东边靠着菏泽有名的商品一条街——康庄路。占地面积249亩，多是老旧房屋，也算作是一个棚改项目。紧接着按照程序动员拆迁、测量面积，按高档住宅设计，取了一个很大气的名称：华夏幸福城。接下来最重要的工作就是做规划方案。

这是做房地产的重中之重，就像一场大战役之前的制定作战计划一样，如果做不好，会一败涂地。而对于商品房来说，败仗就是房子砸在手里卖不出去。业内有句行话：方案做三年，卖房三个月；方案做三月，卖房要三年。可见设计方案是做房地产人的生命线。方案上面有一个微小失误，其损失是以亿来计算的，而管理上面的损失是以千万计算的。方案的初期定位决定了这个项目是否适应市场需求，一旦确定难以更改。由此可见，方案远比管理重要得多。

华夏幸福城的股东们在设计方案上产生了严重分歧：有的说定位于普通市民小区，有的说应以经商方便的商业城为主，还有的说要做成高端豪华的大户型，各执一词，互不相让。一直争论了一年，也没有一个主导意见。方案定不下来，也就没办法进行签订拆迁协议等工作。那位大股东沉不住气了，感觉按照其他人的想法来做，风险太大，弄不好血

第七章 崛起的文化城

本无归,提出撤股不干了。主要投资者一甩手,面临散摊子了!

陈刚飞是个有眼光的人,认为这么走了太可惜了,力劝同仁别放弃,咬紧牙关挺下来:"这样吧,找能人吧!咱找王福波合作。"

一般来说,开发商能不挨骂,算是幸运;两三个人说好,不足为奇;众人都说好,那就说明他不仅有过人之处,而且有长期创业过程中积累的品牌财富。这个财富是亿万金钱无法买来的,也是企业的诚信和文化力!于是,他们曲里拐弯地找到了正在开人代会的王福波。

一见面,陈刚飞就急切地表达了他的心愿,希望一起把这个项目做起来。

"好是好,可我目前没这么些精力和资金啊!"王福波有些为难。

"先不用你出钱。我们跟你合作,就是请你主管一切,救活这个项目。"

资本向道德屈服了!

实际上,王福波在北关医院宿舍住了多年,该项目与北关医院一路之隔,他十分熟悉对面这块地皮,知道这个区域是有潜力的,只是自己摊子不能铺得太大。现在有人愿意出资请他参与,既帮助了别人,又扩大本身的实力,何乐而不为?

经过协商,双方达成了股权重组协议:前面老股东投资占40%的股份,王福波公司后期追加资金占60%,名称还叫山东商控置业有限公司。王福波任董事长和法人代表,拥有100%经营权。如此一来,等于王福波前期用品牌就盘活了一个公司,体现出企业品牌的文化价值。

王福波接手后,集中专家研究分析设计方案。他并没有马上否决原先他们考虑的那些方案,而是要求高管人员外出调研,看看人们最需要什么样的住房?第一步,该项目的负责人特聘设计院赵院长等一行前往广西南宁、河南郑州、湖南长沙、四川成都等地转了一圈。回来详细汇报,王福波又亲自带领他们,有针对性地跑了第二遍。同时,也在省内临沂、济宁、日照等地级市考察。在省城主要看未来的行情、发展方向，而在大体相同的城市里，则考虑可比性和针对性。

经过2015年近一年的奔波，他们有了一个清晰的发现：那就是中国未来的养老问题十分突出，一个"银发潮涌"的老龄化社会即将到来。据不完全统计，全国60岁以上的老年人达到了15%，预计2020年将达17%，这将是一个非常庞大的群体。而相当一部分人是独生子女，一对年轻夫妻将要照顾三四个老人，还要上班，实在难以应对。如果几亿老人都去住养老院，床位根本不够。

思想的火花在王福波脑海里闪烁：这个楼盘面对北关医院，应该发挥这个优势，以孝道为主题，定位于居家养老！将原来设计120平方米左右的豪华房改成70平方米的小户型，便于老两口打扫房间和居住。然而，又不是传统的养老院，而是符合有关政策提倡的"居家养老"概念。也就是说，老人住在自己家里，与医院有关诊室联网，万一有事，一按电钮，医生几分钟就可上门诊治，相当于家庭病房。

中国的传统伦理以孝道为核心。如此定位，这正是弘扬中国伦理文化的最佳亮点！

"华夏幸福城"横空出世！

王福波还通过考察，前去与全国最知名的养老机构结成战略联盟：从项目中拿出2000平方米的房子，免费提供给他们搞一个服务机构，为整个小区居民服务。这个公司非常专业、服务到位，从家政卫生、娱乐健身、照顾病人，到营养订餐、读书交流，老人所需要的服务应有尽有。他们是全国联网的养老旅游机构，几乎各地都有分公司，可以组织健康老人外出旅游，春天踏青，秋天赏月。住在这里，就等于能够免费到各地去走走，换换地方和心情。同时，再为"华夏幸福城"配套建设"孝子房"、"亲子房"、幸福食堂等。想一想吧，作战要有后勤和医院。老人要安度晚年，子女们要孝敬父母，这样的房子能不受人们欢迎吗？

方案一经提出，合作伙伴眼界大开："王总啊，我们可服了你了！过去折腾了一两年，靠着医院这么近，就没想到居家养老的创意。你真神了!"

"不是我神。这是文化啊!"

"王总,你是统帅,把握好大方向就行了。具体事务我们去做,一定做好!"

华夏幸福城项目注入一个"孝"字,等于给该项目注入了一个灵魂,平增了无限的活力和希望。

更重要的是让民族的文化血脉传承不息!

王福波说:"幸福即物质、精神、健康的总和,缺一不可,缺一则不幸福!"

该项目在王福波接手之前叫华夏城,接手后添加了"幸福"二字,品牌内涵大大提升!

第八章　基业长青

章 首 语

　　人生不是一支短短的蜡烛。而是一支由我们暂时拿着的火炬，我们一定要把它燃得十分光明灿烂，然后交给下一代的人们。

——萧伯纳

"福汉集团军"

谢孔宾老人曾用行楷写了一幅《论语》摘句："质胜文则野，文胜质则史，文质彬彬，然后君子。"

此语恰是对王福波为人的概括。

2015年10月8日上午，菏泽市太原路文化城项目部三楼会议室里，秩序井然，宽大的长方形会议桌前，王福波身穿一件天蓝色的衬衣居中而坐，四周围坐着他的精兵强将。他在会上庄严宣布："从今天起，我们山东福汉集团有限公司正式成立了！"

清溪出山泉，曲曲弯弯穿过断崖、陡坡的阻拦，潺潺流到山涧谷底，一路联络细水微澜，汇入奔涌的江河，进而一路向东高歌猛进，奔向浩瀚的海洋……

这象征着一支队伍从小到大、从弱到强的成长历程。

这是王福波从单打独干、捡破烂起家、艰难创业、公司拓展、整合所属公司、走向正规化建设的重大举措，也是他创业20多年来一个宏大梦想的实现。从20世纪80年代末一路走来，从捡破烂起家、卖建材、干装修、搞防水、做旧城区改造等等风雨坎坷，他如同凤凰涅槃一样，终于成就了一番事业。

从十几个人、七八条"枪"，发展成为兵强马壮的一支经济战线上的集团军。

由于历史的原因，在不同的创业阶段，王福波担当了多个公司的董事长和法人代表：山东万佳置业有限公司、商控置业有限公司、祥记御宴餐饮有限公司、业蓬影视文化传媒有限公司和万通物业服务有限公司等大大小小20多家企业。为了加强管理，整合成一个拳头，他们按照《公司法》认真筹备，向山东省工商局申请注册成立山东福汉集团有限公司，获得了正式批准。

集团董事长、法人代表均为王福波。它的架构为：总公司直辖董事长办公室、法务审计部、行政中心、宣传部、财务中心、工程运营中心、销售中心、商控置业、伯特利置业和祥记酒店。再下一层由上述各部门分别管理：文化城运营筹备处、总务室、谢孔宾书法艺术研究院、川一广告、菏泽网络视窗、中国网山东频道、人力资源部、安保部、运营部、拆迁部、招商部、豪泰建筑公司、万通电梯销售、川一建材、青菏防水、锦绣中华物业……

集团公司命名为"福汉"二字，是董事长王福波的创意。他解释："福"字，说文解字为，有衣、有人、有田的人谓之福，引申为幸福、好运、富贵、长寿、财运亨通，一切顺利，才能称得上有福之人；"汉"字，为多音多义字，有天汉、星汉、大汉、汉族、汉语、好汉、汉子（男子汉、女汉子）之意，用现代的词语来说"汉子，就是有能量的人、有血性的人"。"福汉人"，是一个有战斗力的团队，是一个充满正能量的团队，也是一个团结和谐的团队。

山东福汉集团在各级党委、政府的正确领导及各主管部门的大力帮助下，会集了各类专业人才。始终秉承"上善若水，厚德载物，不干则已，干则一流"的理念，本着为民造福、为社会添彩的宗旨，坚持忠诚、责任、勤奋的团队精神，大力营造励精图治、诚信为本、拼搏生存的企业文化，按照科学化、规模化、制度化的要求强化队伍建设，按照规范、安全、优良的标准策划并实施了天荷御园、岳程明珠、锦绣中华、成盛·新都汇、华夏幸福城等旧城区改造项目，总建筑面积约200万平方米，总投资约100亿元人民币，为大力推进菏泽市城市化建设、构建和谐社会作出了积极贡献。

只有壮大自己的力量，才能为国家、为百姓有所奉献！

这是一支所向披靡、敢打必胜的集团军！

这是一支有家国情怀、勇于担当的集团军！

这是一支带着军队绿色基因的集团军！

实际上，王福波一直用部队的管理办法管理企业，在部队期间王福波就是一位优秀的指挥官，先后担任过班长、排长、连长，有一套带兵的经验。从世界范围来看：部队管理是最好的管理！美国总统艾森豪威尔说过："任何语言都是苍白的，你唯一需要的就是执行力。一个行动胜过一沓计划。"

世界上不少成功的企业家都曾经有过当兵的经历。据考证，西点军校出身的CEO远多于哈佛商学院，声名显赫的"蓝血十杰"也都是军人出身。军队对人的意志考验是与商学院完全不一样的，其次是环境差异，即军队是在变动环境下的对抗性博弈，而商学院大部分是假定环境下的对抗博弈。王福波熟知西点军校的22条军规，无论你是什么年纪、身处怎样的环境，都能给你无穷的启发和动力——

  1. 无条件执行；

  2. 工作无借口；

  3. 细节决定成败；

  4. 以上司为榜样；

  5. 荣誉原则；

  6. 受人欢迎；

  7. 善于合作；

  8. 团队精神；

  9. 只有第一；

  10. 敢于冒险；

  11. 火一般的精神；

  12. 不断提升自己；

  13. 勇敢者的游戏；

  14. 全力以赴；

  15. 尽职尽责；

16. 没有不可能；

17. 永不放弃；

18. 敬业为魂；

19. 为自己奋斗；

20. 理念至上；

21. 自动自发；

22. 立即行动。

最科学、最优秀的管理源自军队。难怪一些欧美和日本的企业家，都竞相研究中国的《孙子兵法》。更何况，中国人民解放军还有自己的制胜秘籍：支部建在连上、全心全意为人民服务、一不怕苦，二不怕死、机动灵活的战略战术、全心全意依靠人民群众……

在王福波心里，实业家分为三种类型：生意人，什么钱都赚；商人，有所为有所不为；企业家，担当社会责任和关注民生，追求企业的可持续发展。纯粹的房地产商人只需将住宅楼推向市场就行了，而身为军转干部、人大代表的王福波，在企业创造财富价值的同时，也为把菏泽的改革开放和民生作出贡献作为自己的使命。

我们查到了一篇五年前的记者专访，引用如下，读者可以清晰地看到，王福波在打造精品楼盘的同时，早已描绘着实业报国、成立集团的宏图了——

记者："对菏泽的购房者来说，山东万佳置业有限公司一直比较低调，请您介绍一下公司的基本情况好吗？"

王福波："山东万佳置业有限公司是集房地产开发、科技信息、服务业为一体的企业集团，当然我们名称上还不是集团公司，但是在各级党委、政府的正确领导及各主管部门的大力帮助下，汇集了各类专业人才组成的优秀团队。我们始终本着为百姓谋利、为社会添彩、为国家创造财富的宗旨，坚持忠诚、责任、勤奋的团队精神，按照规范、安全、优良的标准策划并实施了'天荷御园''锦绣中华'和'成盛·新都汇'三个项目。"

记者："万佳旗下三个项目基本情况怎么样？"

王福波："'锦绣中华'项目位于市政府以东、南邻百事得大酒店，这个项目最大的优点是配套设施相当完善，出行非常便利，无论是生活中的吃、穿、玩、用、行，还是上学、上班、医疗、保健、休闲，只需步行几分钟，在这周圈都能找到令人满意的地方。'成盛·新都汇'项目位于菏泽市老城区中心地带，东临商业步行街，项目全部为多层，这个项目的特点是位置稀缺性，因为老城区的地块不可多得，周围生活氛围浓厚，宜商宜住宜投资，升值潜力很大。'天荷御园'项目也就是文化城，西临护城大堤，东临演武楼、大剧院和图书馆，南侧是二十二中学、菏泽市中医院，是我市政治、经济、文化活动的中心区域，建成后将成为我市一张新的城市名片。"

记者："据了解，目前已开盘的'锦绣中华'项目销售情况很不错，这在目前的市场环境下很难得，您认为房地产企业要做好，最重要的是什么？"

王福波："这是我想说的一个重要问题。我1987年从部队转业到原菏泽市建委，是机关里最早扔掉'铁饭碗'下海经商的那批人。25年间，我得出一个结论，无论哪行哪业，企业必须有自己的核心价值观才能基业长青。房地产业涉及国计民生，更应如此。一个项目，好的地理位置、优秀的企业团队必不可少，但这些只是硬件，更重要的东西是企业的核心价值观，这是企业长足发展最根本的问题，也是企业的核

第八章 基业长青

心思想,它对引导企业发展方向和发展策略起着决定性作用。万佳置业以'圆百姓之梦想'作为企业生产和发展的基石,这也是我们企业的核心价值观。"

记者:"万佳置业的核心价值观是'圆百姓之梦想',创业过程中您是如何履行这句话的?"

王福波:"要做好房地产业首先要有大爱无疆的理念,杜甫诗作'安得广厦千万间,大庇天下寒士俱欢颜',而我今天要把'安得'二字改为'修得',为百姓建造买得起、住得好的房屋,是万佳所有职工和我的共同心愿。做房地产的人都知道,项目运作过程中,最困难的不是开发新楼盘,而是旧城改造。旧城改造是一件出力不讨好的事,费时、费力、费心、费财,但它又是一件最能给百姓带来直接利益的事,使旧城区、棚户区的百姓居住条件得到直接的改善。所以,在开发商们都争拿净地的情况下,我的项目基本都涉及了旧城改造工程,在如何平衡居民、政府和企业的利益时,我们的核心价值观即'圆百姓之梦想'发挥了重要作用,使旧城改造成为造福一方的事。提升旧城居民生活条件和品质的同时,万佳置业始终坚持让更多的百姓住得起房、住得好房,用市中心的低房价稳定着公司的健康发展,追求更广范围的社会和谐。"

记者:"作为菏泽市第十八届人大代表、菏泽市模范军队转业干部,您对企业责任是如何理解的?"

王福波:"我所理解的企业责任包括两个方面,内部责任和外部责任。内部的企业责任很简单,主要指对员工和股东应负的责任。外部责任就是一个企业所应承担的社会责任。这两方面我更为看重社会责任,一个企业立足社会,在获取社会资源、赚取企业利润的同时,应注重对社会的回报与贡献，也就是社会责任。对于企业的社会责任，我一向非常重视，因为企业毕竟是社会的一分子，坚持取之于社会、用之于社会，企业才会走得更远。作为菏泽市第十八届人大代表，我肩负的社会责任更重，这对我和公司来说是个挑战，更是件好事，我会时刻提醒自己不负大家的重托，更多的关注社会利益和公益事业，从而让万佳置业为更多的百姓造福。"

记者："万佳置业下一步推出的重点项目是什么？"

王福波："'天荷御园'是我们下一步推出的重点项目，也是万佳置业在菏泽的扛鼎之作。对于每个家庭而言，买房都是一笔很大的投资，我当了8年兵，部队教会了我实事求是的作风，为了能让百姓住得满意，'天荷御园'项目设计过程中，大到楼间距的调整和户型的设计，小到一块石头的摆放甚至一棵树的更换，我都亲自过问。精品住宅是什么样的？那就是楼间距要宽、景观要好、建筑要大气、要有自己的社区，人和自然相融，人与人之间和谐，这几乎是所有人对高档小区的一致看法。这些，'天荷御园'项目都做到了。我们将斥巨资在'天荷御园'的品质上下功夫，在硬件方面，为了保证房屋建筑的品质，我们不惜重金，选用同类中最好的品牌。在软件环境上，我们也下了功夫，斥巨资打造项目绿化景观带。所以，将来你会看到'天荷御园'拥有精致优美的小区园林，不单美观、漂亮，还彰显了文化内涵。"

记者："看到您这里笔墨纸砚一应俱全，想必您也是一位书法'发烧友'吧？"

王福波："没错，我对书法艺术的热爱可以追溯到学生时代，几十年的书法练习，使我体会到了中国文化的博大精深。其实我建议房地产商都来练一练书法，因为书法和建筑有异曲同工之妙。我经常将建筑看作书法，每一栋单体楼、每一个户型对比、变化、统一，就像写一个毛笔字，或行或隶或楷，总有自己的风格，而一个小区就如一件整幅作品。因此光写好一个字还不够，必须写好每一个字，达到整体统一，体现气韵。从这个角度看，房地产与书法原理是相通的，书法创作时常能给我带来楼体规划、户型设计方面的灵感，所以说这两方面的历练，能够相映成趣，相得益彰。"

记者："从目前整体的经济形势上看，地产行业正处于调控阶段，以您的视角，如何看待菏泽房地产业的现状？"

王福波："应该说，现在是中国房地产业处于一个比较严峻的时期，在多元复杂的经济形势下，房地产的调控政策有深层背景。面对当下的高膨胀率，调控在情理之中。而之所以会调控，是怕房价不正常地过快上升。但我们也看到目前调控效果不明显，因为市场还在，刚性需求也还在。菏泽是一个发展中的、处于城镇化过程中的中型城市，人口众多，随着外来人口的落户和本地到来的'80后''90后'的结婚高潮，这些刚性需求将不断释放，所以我感觉菏泽的房地产市场还有很大的发展空间。"

从某种意义上来说，这是一位有责任心、敢担当的企业家胸怀向社会的袒露，也是一篇王福波酝酿成立福汉集团的宣言书。

为了使福汉集团不断发展壮大、长盛不衰，打造百年企业，王福波带领集团高层反复研究，请教专家学者研讨，确立了自己的企业精神和企业核心价值观。

党的十八大报告中提出"政治文化"概念，政府机关和公务员应有"政治文化"意识，才能真正做到为人民服务。而企业文化和核心价值观是企业的基石，是所有成功企业的文化基因。它也是企业生态！

每个企业都有自己的发展历程和企业个性。不同的企业对自己提

无衔将军——优秀军转干部王福波的命运创新

出的企业精神和价值观，理解也有所不同。福汉集团的发展历程，更多体现了优秀军转干部王福波创业创新的人生追求，因此所提企业精神和核心价值观，必须与他本人的创业拼搏经历相吻合。

王福波打造的企业精神，也叫"福汉精神"。概括为16个字：自强、开拓、实干、卓越、自律、养德、担当、奉献。

自强。自强就是自己坚强才是强，不要指望别人，不依靠"外援"。

中国民间自古就有"男儿当自强"之说。在世界上没有什么救世主，也不靠什么神仙皇帝。要想成就一番事业，自强方有出路。福汉集团的发展轨迹，充满了跌宕起伏，艰难险阻，但是，领路人王福波，在创业之初遇到了种种困难险阻，经受了无数打击和挫折，靠着自强精神一步步走向了成功。所以把自强放在了企业精神首位。

开拓。福汉集团从300元起步，拾荒创业，成为拥有20多家子公司的企业集团，靠的就是不断创业、不断创新的"双创"的开拓精神，使企业不断发展壮大。

实干。习近平曾说，空谈误国，实干兴邦。不空喊、不摆花架子，做事实打实。公司正是践行了习近平总书记的务实理念，才使企业稳扎稳打，步步为营。公司经过30年的奋斗、实干，终于成就了它今天的辉煌基业。

卓越。没有最好，只有更好，是公司全体干部职工的理想追求。不干则已，干则一流。王福波曾说，一个人能力有大小，水平有高低，但只要干事认真，追求卓越，把事做到极致，你就是圣人、完人。正是在这种精神的指引下，公司涌现了一大批智人、才人、能人、专家、技术能手等。

自律。世界上最难的管理是自我管理。自律就是自我约束、自我管理，就是不忘自己是一名共产党员、军转干部、人大代表。有敬畏心：敬畏党章，敬畏法律，敬畏在心，遵守八项规定，不涉赌毒酒色，

第八章　基业长青

不搞腐化堕落，不忘初心，永远保持艰苦奋斗本色。大诗人李商隐曾说过，历览前贤国与家，成由勤俭败由奢。可见自律，是避免前进路上妄自尊大、目空一切、蜕化变质走向毁灭的清醒剂。所以要常怀律己之心，常思放纵之过，常弃非分之想，做到自责、自省、自警、自励。这是企业做大做强的必备原则。

养德。养德需要一个长期的修炼过程。所以要养德、聚德、厚德。养，就是增加自己的学养。王福波从创业开始，一直坚持博览群书，增强提升自我。他至今仍在攻读美国MBA在职研究生。其目的就是学知识、明道理、知进退、懂廉耻。从而聚集品德、增加德行。厚德载物，才能担当大任做一番事业。小胜养智，大学养德。

担当。担当就是舍身忘我，乐于奉献。担当意味着付出、风险，甚至是牺牲，担当意味着为了国家和人民的利益而忘我，战争年代，为民族解放事业无数个走向战场为国捐躯的烈士就是担当。和平时期，为国家建设、繁荣而作出牺牲的劳动模范同样也是担当。王福波在改革开放初期下海经商干民营经济；在广大人民渴望住好房、改善住房条件时，他踊跃担当旧城改造重担；在大家渴望文化回归之际，勇敢地扛起文化的大旗。

奉献。干事创业的目的在于奉献。王福波30年的奋斗史，无不体现着奉献社会、报效家乡的责任。家乡修路纪念碑上有他的名字，福利儿童院慰问有他的身影，乡镇敬老院、老年公寓有他赠送的礼物，地震灾区的捐赠簿上有他的名字，杨庄小学有他赠送的新课桌椅。创业创新的大潮中，有他带出的一批又一批人才，可谓是"弟子过千"。这就是奉献，这也是企业的社会责任。

企业核心价值观概括为八个字：爱国、敬业、诚信、共赢。

爱国。王福波17岁那年中断高考，毅然参军，保家卫国。当时，中越开战烽火燃。王福波不顾亲人劝阻，毅然奔赴军营，准备"马革裹尸还"。转业从商，目的是为了国富民强。要以身作则，提高这支队伍的认同感、尊严与荣誉感。爱国要从爱公司入手，只要全体员工把公司当成自己的家，才能体现家国情怀，有所作为。

敬业。敬业是一种热爱基础上的对工作事业全身心投入的精神境界，其本质是奉献精神。敬业是在职业领域树立主人翁责任感、事业心，追求崇高职业理念。力求干一行、爱一行、干好一行，把对社会的奉献和付出视为无上光荣的职业行为。而且，王福波又提出"极致"目标——法取乎上，得乎其中，法取乎中，得乎其下。工作追求极致，才能做到精益求精。

诚信。就是以真诚之心行信义之事。诚信是诚实无欺，信守诺言，言行相符，表里如一。公司从创立之日起就是靠诚信赢天下。兴办装修大世界时，香港十大首富之一的李先生，在未同公司签订任何合同的情况下，一次发来七个火车皮的地砖；新疆商人王先生在菏泽未有任何投资项目的情况下一次给王福波打来投资款5000万元，这就是诚信的力量和价值。诚信是立身之本，强调诚信是企业和员工的核心价值体现。

共赢。当年亚历山大征服波斯出发前，将自己所有的财富都分给了属下将领和士兵。有人问："你自己留下什么？"亚历山大回答："希望。"王福波把共赢作为一种理念和价值观来遵循。共赢不仅是双方赢，也不仅是三方赢，而是多方赢，这是哲学中的最高智慧。古往今来，独沾利益的人不能长久。因为这些只为自己考虑不愿顾及别人、耍心计、重利轻义，只看眼前、不看长远，不是智慧之人。共赢思想是大智慧，是人生哲学，文化城项目拆迁建设，取得政府、拆迁户、企业三满意效果。同时建筑商、材料供应商、购房户、设计、监理、配套服务……都能从中得到利益最大化。这才是共赢理念的深化。

在商言人

王福波深信：一个创新型的企业，一定是一个学习型的企业；一个

第八章 基业长青

创新型的企业家，也一定是一个学习型的企业家。

尼采说过：对待生命，你不妨大胆冒险一点，因为最终你要失去它，如果这世界有奇迹，这奇迹就是努力的另一个名字。生命中最难的阶段不是没有人懂你，而是你不懂得自己。

在广东省会广州市珠江之滨的长洲岛上黄埔村，矗立着一座旧式兵营大院，门前两边建有木制的哨兵岗楼，大门正上方写着"陆军军官学校"几个大字。这就是20世纪闻名中外的"黄埔军校"。

1924年，在国共两党首度携手合作、国民革命风起云涌之际，孙中山先生高瞻远瞩，视"教育为神圣事业，人才为立国大本"，在广州亲手创办了一文一武两所学堂——国立广东大学（今中山大学）和中国国民党陆军军官学校（即黄埔军校）。

黄埔军校建立的目的是为国民革命训练军官，挽救中国的危亡。学校大门两侧写有一副对联：升官发财请走别路，贪生怕死莫入此门。在北伐战争和抗日战争中，这里走出的军人为国家统一、民族解放冲锋陷阵，立下汗马功劳。

王福波入伍前就知道"军队是所大学校"。一个好的企业，也应是一所学校。美国的钢铁大王卡内基说过："把我的工厂毁掉，只留下管理者和工程师，我会重新打造起一个'钢铁帝国'！"

在王福波的企业集团里，不论做哪一种行业，他都要做得最好，树旗称王。其奥妙，在于他善用人才，培养人才，人才是他企业的第一资源。每个人都是一座金矿，都有他自己宝贵的东西。有许多一穷二白的创业者，从王福波的"黄埔军校"毕业之后，放飞市场，成为百万富翁、千万富翁的不在少数。"不想当老板的员工不是好员工"，锻造出一批优秀企业家才是企业的最具价值的产品。

王福波讲了一个有趣而富有哲理的故事：老辈子有这么哥俩，带上一些钱，跋山涉水去找老婆，一边走，一边相亲，走了好久，没有相中一位姑娘。有一天走到一个村头，有一个村姑正在井边摇辘轳打水，长得很丑。哥说:"我不走了,太累了,俺就选这个打水的当媳妇了!"弟弟嘲笑哥哥选的媳妇太丑,继续往前走。哥哥按当地风俗,买了九头牛,牵着去村姑家提亲。当地风俗是,向最好的姑娘提亲要用九头牛。村姑的父亲看着九头大黄牛,半信半疑:"恁是不是走错门了?"哥说:"没走错,俺看恁女儿最美、最贤惠。"

三年后,弟弟没寻到媳妇往回走。又路过此村头,看到一个美女在摇辘轳打水,便尾随她回家,发现此女正是哥哥当年娶的"丑女"。弟弟不解,哥哥告诉他:"我用九头牛做彩礼求亲,向全村宣告她是最美、最好的。这种意念无形中注入了村姑心里。她有了信心,处处求美、爱美,也就变得最美了……"

在连队当兵时他的连长李述民做的几件事也让王福波刻骨铭心——一次他夜间站岗,由于带班员(负责叫班的班长)睡过了头,王福波连着站了三班岗,累得站着睡着了。正巧被查岗的营领导揪着了。17岁的新兵王福波觉得摊上大事了,等着挨批评。不承想,连长李述民得知睡岗的原因后,和颜悦色地对他说:"你太累了,以后注意!"一句体谅的话,让王福波热泪盈眶。

他从李述民连长身上学到了什么叫"鼓励"、什么叫"爱兵如子"、什么叫"官兵一致"、什么叫"战士身上描着连长的模样"。前面说过,上军校预考王福波成绩全师第一。后来他到师教导队参加培训,白天训练,晚上用被子蒙着头打着手电筒偷着学习,被查铺的领导发现,受到批评。为了不影响同室战友睡眠,他又到教室学习,又被查到。一位中队领导严厉地批评王福波:你考学动机不端正!接着通讯员来下达通知:王福波,打背包,回部队去吧,你被开除了!

王福波蒙了,去找中队长。中队长冷冷地说:"这里是教导队!你学习的目的,和教导队的培训目标不一样,走吧!"

"来培训的都是优秀战士,能有人考上军校不是教导队的光荣吗?"

"教导队只培训班长!"中队长把桌子拍得砰砰响。

第八章　基业长青

王福波有生以来第一次耍大泼，又哭又闹又辩解，就差在地上打滚儿了。整整六个小时，他知道回去的后果不堪设想。

刚休假回来的中队指导员看到这一幕，说："这事交给我来处理吧。"

王福波泪流满面地陈述："我坚决不回去。我是团里选出的优秀战士，回去首长怎么看？战友怎么看？说我学习动机不纯，怎么不纯？训练没耽搁，考试都优秀。一棍子把我打死……"

指导员说了一句："你训练去吧。"

此时，王福波"退回"的通知已下到团里和连队。

连长李述民了解王福波。他是全连的"兵王"。他让指导员亲赴教导队，鼓励王福波：我们相信，你是最优秀的战士，我们连队的骄傲。犯一点小错，不影响你，也不会歧视你，你一定要咬紧牙关，在这里拿到毕业证，为连队增光。

教导队一年毕业，王福波门门成绩优秀。

两年后，已是军务参谋的王福波，随师长去教导队视察，中队长还在原来的职务上。王福波向他行了一个庄严的军礼！

世间不缺千里马，而缺伯乐。伯乐就出生在菏泽属地的成武县，伯乐的故事王福波早在少年时就耳熟能详。

前面章节里曾经一一描绘过的黄玉峰、冯尚党、张留奎、张洪全、张斌等人成长的故事。言犹未尽，下面，我们再来见识几个福汉集团的传奇人物，看看王福波是怎样教他们懂得自己的——

王子冰——他是王福波的儿子，也是福汉集团的副董事长

这任命带有家族企业的特点，但却不完全因为血缘的关系。

王子冰也是在这所"黄埔军校"里一步步成长起来的，甚至比其他人经受过更多的磨砺。

王子冰出生于1986年，从记事起，就体会到了父亲创业的艰辛。

无衔将军——优秀军转干部王福波的命运创新

王福波的废品收购业务已公开化了、正在向"破烂王"迈进的时期，雇了几个人帮忙干活。他家住在北关医院宿舍一个小院子里，成了临时废品聚散点。子冰小时候印象最深的，就是爸爸忙得脚不沾地，妈妈除了上班，每天要蒸好几笼馒头，管那些工人们吃饭。后来，子冰上了小学，而父亲又转行做了装修，更加忙碌，根本顾不上管他，以至于贪玩的小男孩天性显露出来，耽误了学习。

那是子冰上三年级的一天，王福波正在装饰大世界里谈生意，突然别在腰中的BP机响了，拿起来一看，原是孩子班主任在呼他。他马上回过去电话，老师劈头就问："你家王子冰咋没来上学？"

"不对啊，每天都去啊！"王福波一头雾水，明明看着孩子背着书包走进了校门。

"今天一天没见他来，恁快找找吧！"

这孩子逃学了？过去也有过类似情况，一不顺心，子冰就跑出去玩儿。

王福波急红了眼，生意也不做了，立刻开车回家告诉了妻子，发动全家出去寻找。正是阴雨天，家人们心里火急火燎的。从学校周边的游戏厅到火车站、汽车站的录像厅，一遍一遍地叫着：

"子冰啊子冰，你在哪儿，回来吧！"

"回来吧，子冰，爸爸不打你……"

在凄风冷雨间，王福波夫妇和亲友们焦急地找遍了菏泽的大街小巷，不见孩子身影。上哪儿去了呢？难道被人贩子拐走了，还是出了什么大事？子冰的妈妈心往坏处想，忍不住地哭泣起来。王福波心中也很恐慌，毕竟是男子汉，强压住满腹愁肠："别哭别哭，咱再到医院找找！"

大家又分头跑了市内各大医院急诊部，一直找到晚上10点多，还是没有！

"福波，咱还是……报警吧！报晚了，儿子就没了。呜……"

蓦地，王福波忽然想起曾经训斥过儿子：再不好好学习，你就回老家跟你爷爷种地去！会不会跑回老家去啊？可是才9岁的子冰从来没有自己去过，都是逢年过节大人带着，能去吗？赶快打个电话问问吧。一打，果然孩子在那儿呢！

原来子冰中午就跑回了爷爷家，对爷爷说：学校没课，爸爸送到村头回去了。爷爷也就没再多问。哪想到家里为找孩子，差点惊动了公安局。知道下落了，王福波立即开车回老家。

雨越下越大，汽车开到离家不远的地方，烂泥糊住了车轮，开不动了。王福波干脆把车扔在路边，下步走去。不料，黑灯瞎火的，一脚踩空，掉进一个大坑里，积水几乎没了脖子。他挣扎着爬上来，一身泥水，跌跌撞撞地摸到村里。真是可怜天下父母心！

好不容易摸进了门，顾不上换衣服，一眼看到小子冰躺在床上睡得正香，王福波一块石头落了地，三尺怒火上心头，挥起巴掌就要打儿子。让他父亲拉住了："干啥，不能动我孙子一指头！"

"这小子逃学，不学好，还不该打！"

"那也不行。"孩子爷爷坚决阻止，"为啥逃学，还不是你们没有教育好。小孩子贪玩不懂事，责任在大人。"

本来，王福波想把儿子接回去，明天继续上学。可老父亲连连摇头，认为思想不通，回去还是不行，干脆就让他在这儿待几天，缓缓情绪再说吧。

王福波想想有道理，叹口气走了。

子不教，父之过。一边走，一边想起明朝大儒王阳明，少时习文学武也十分刻苦，但就是迷上下棋，往往为此受父训斥。父亲见王阳明屡教不改，便把他的象棋投入河中。王阳明顿悟，望着河中棋子沉浮，吟诗一首：

象棋在手乐悠悠，

苦被严亲一旦丢。
兵卒堕河皆不救，
将军溺水一齐休。
马行千里随波去，
士入三川逐浪流。
炮响一声天地震，
象若心头为人揪。

象棋逐水去。王阳明发愤要变成诸葛亮一样能济世救民的有用之材。从此，王阳明刻苦研习先哲之书，后成为历史上有名的思想家、军事家，建功立业。其"知行合一"的哲学思想为后人带来裨益甚大。后人称其可与孔子并列"圣人"。

王福波把教育儿子的问题当成头等大事。一晃半个月过去了，王子冰就是不愿回来。王福波的二姐在当地学校当老师，见状说："别逼孩子了，他不愿回城上学，那就到咱吴店小学来吧。换个环境，或许好些。"

"好吧，那就转学试试。"

由于吴店小学三年级没有位子，直接上了二年级，却收到了意外的效果。蹲班生曾经学过有关课程，一下子成了班级的尖子生。老师同学们高看一眼，使他有了一种成就感，愿意在这儿上学了。

这样一直上了三年，才又回到菏泽城里爸妈身边上中学。不知农村学校基础不太好，还是又因贪玩荒废了学业，成绩落了下来。特别是在高三下学期，面临高考冲刺时，子冰的摸底考试不理想，老师恨铁不成钢，批评了一句狠话："你这个样不行，回家吧！"

不料，王子冰在某些性格上随爹，倔强起来，"回就回。"扛着住校的被窝卷就回家了。

王福波一看又要冒火，可心疼儿子的妈妈拦住了：别吵他，在家复习一个样。果然，要强的王子冰关在自己屋里，日夜苦读起来。高考前最后一周，王福波好言好语地对他说："小，这是最关键的时候了，成不成就看你的了！"

"嗯，我知道！"

功夫不负有心人。高考发榜了，班里只考上两个大学生，其中一个就是王子冰。

西安翻译学院，简称"西译"，是全国比较知名的民办高校。王福波之所以为儿子选择了这所民办学校，起因是他从报纸上看到一篇报道，介绍校长丁祖诒是一位民营企业家，关注教育事业，投巨资兴建了西安翻译学院，师资力量雄厚，教育理念务实，人才辈出。王福波为儿子首选"西译"，因为他知道，有什么样的办学校长，就会有什么样的学校。求学，应有丁祖诒的精神。

王子冰考到这所学院的英语专业，从鲁西南来到了千里之外的古都西安。

说来有意思，他所在的班级共有51名学生，只有王子冰一个男生，成为全班的"男班花"，受到众多女生的追捧。可他从小受父母熏陶养成的低调、内敛，在班里不事张扬。而且，父亲王福波自主创业、奋发向上的优良基因，也在他身上传承着……

那时，子冰放寒暑假回到家里时，父亲总喜欢跟他聊天，忙完了一天，父子俩在办公室里，一聊能聊到深夜十一二点。王福波谈对生活的感受，做生意的酸甜苦辣，使子冰感到比老师讲课还有意思。可以说这是王福波"黄埔军校"最嫡系的学生。更为重要的是，父亲的一言一行，潜移默化地影响着儿子的成长。

比如王福波从来没有直白地说要孝顺老人、真诚待友等等，但具体行动却做出了表率。老母亲半身不遂20多年了，老父亲也是年老体弱，王福波把二老接在身边居住。而他每天不管忙到多晚，回来首先问问父母咋样？另外，王福波细心、体贴、幽默，不时给家里增添笑声。

上了两年学，子冰喜欢上了班里一个叫袁玥的女同学，娇小秀丽的外表却深藏着坚强的性情。她早年父母离异，是母亲含辛茹苦把她养大，上大学后就暗暗下决心，早早自立，为母亲分忧。这让王子冰十分心仪。经过一番接触了解之后，他们互相有了好感。

已经到了大三了，一天晚饭后，两人相约到校园操场上散步。在银色的月光下，王子冰终于表白了心迹，可能传承了父亲的性格，有点直接："袁玥，你看咱俩合适吗？如果行，咱就处下去。如果你说不行，我也不强求。"

女孩子总是有些矜持，低着头说："那……就试试吧！"

王子冰满心喜悦：这就等于同意了！

由此，两个年轻人开始了牵手。

第一步，竟是牵手创业，两人都想到不能再向家里伸手要生活费。他们看到学校周边商店较少，同学们购买日用品要跑很远的路，便商量着共同开个小超市。

子冰向父亲一说，得到大力支持，"借"给他两万元钱，鼓励儿子大胆干。袁玥也从家里"借"来一万元。两人就在校门口租了一个"门脸"，卖起了毛巾、肥皂、牙膏，以及方便面、矿泉水，还有笔记本、签字笔等等。尤其是袁玥懂得女孩子心理，进了一些物美价廉的化妆品和小饰品，受到女学生的喜爱。

学校实行的是"半封闭式管理"，一周只有周五下午才能出校门，周日晚上回宿舍点名。所以，他们的超市也就定在每周末营业。即使这样，仍然顾客盈门，效益不错。两年下来，王子冰和袁玥营业额达到了十几万元。还上父母的投资、租房和进货的成本，还剩下数万元，可以不用伸手向家里要生活费了。更重要的是，通过这次商海里的小试牛刀，锻炼了两个年轻人的创业能力。

共同的追求和志趣，使他们越走越近、心心相印，很快便公开了恋爱关系，使那些心存幻想的女生们打消了念头。王子冰利用放寒假的

第八章 基业长青

时机，回家向父母说明了情况。好小子，上了大学还能带回一个媳妇来，真是全面地"自力更生"。王福波夫妇十分高兴，让他找个机会领回来看看。

2008年五一节小长假到了，正是牡丹之乡"国色天香"绽放吐艳时，王子冰邀请袁玥前来菏泽看牡丹，实际是见家长。俗话说：丑媳妇总要见公婆的。何况袁玥是个俊女生呢！她大大方方地跟着王子冰来了，当他们一走出菏泽火车站，就看到一辆崭新的奥迪车来迎接他们了。

袁玥吃了一惊：你家还有司机啊？你爸爸是干什么的？王子冰从父亲身上学到了惊而不乱，痛而不言，迷而不失，笑而不答。处男女朋友多年，他从来没有讲父亲的身份。此举让袁玥对王子冰更有好感了：这个富二代，不是个纨绔子弟。

两人回到家里，见了父母。秀外慧中的袁玥得到了未来公婆的赞美，张罗着为他们做好吃的，特别是婆婆打心眼里喜欢，这个准儿媳性情随和，模样俊俏，心胸宽大，不计较小事。而王福波则给袁玥一种亲切感，没有高高在上的大老板架子，与子女小辈说话都是商量的口吻，从没有训斥命令式的。对于他们的关系，父母完全尊重孩子们的意愿："只要你们互相之间相敬如宾，我们没有任何意见。"只是在学业和工作上，提出高要求，将来还是要回到自家的公司创业。

一晃到了毕业季，同学们都忙着到处应聘找工作。而王子冰和袁玥打定主意自主创业，一次招聘会也不参加，认真完成最后的学业，周末则全力经营自己的超市。与王子冰同宿舍的5名同学，一个个早早地离开，有的去打工了，有的辗转于一个个面试点。

王子冰却丝毫不动心。他认为大学生活十分重要，一定要坚持到最后一天。有意思的是，每当走一个同学，同室的兄弟们都要凑钱一起吃一顿，为离者送行。王子冰跟着吃了五顿，等到他离校的时候，已没人为他送行了……

本来，父亲希望他们毕业就回家来帮忙，可子冰和袁玥感到经营超市不错，一个月能挣一万元哩，决定留在西安再干一段时间。王福波听了孩子们的想法，爽快地答应了。2009年10月，为他们在家乡举办了婚事，又回去干超市了。直到一年多后，应爸爸的要求，小两口才一起回到菏泽。

那天晚上，父子俩又聊到了深夜：

"小，你刚回来，踏入社会不久，我不要求你挣多少钱，一定要堂堂正正地做人，踏踏实实地做事。记住，一个人的口碑最重要。"

"我好好做事，可口碑与咱有啥关系？很多人都不认识。"

"口碑就是好名声！好形象！陌生人凭什么信任你？凭大家都说这个人中，你做生意就好做！"

王子冰信服地点点头。

为了更好地培养锻炼两个年轻的孩子，王福波把刚刚建好的祥记酒楼交给他们经营。王子冰和袁玥有了用武之地，满怀信心地开始了自己的创业生涯。从设计装修到招工管理，全都是小夫妻俩一手干起来的。作为老总的父亲，从旁观察着，关键时刻点拨一下。

祥记酒楼红红火火地开张了！小两口每天忙得不亦乐乎，客人越多越高兴。王福波仍然搞旧城改造，有时晚上开着车过来，看到他们正笑脸迎送客人，便不惊动，转一圈就回去了。

干了两三年，酒楼走上正轨了。王福波对儿子说："子冰，下一步到公司这边来吧，你也该学学这块儿业务了。"

"行。可祥记这边咋办呢？"

"交给你媳妇吧，我看她干得不错。"

2012年，王子冰正式离开餐饮业，踏入房地产开发公司了。当时正值"锦绣中华"项目开盘，王福波安排他去向销售总监孙丽红报到。"女汉子"孙丽红十分看重王总交给她的这项重任，一心一意带领子冰从销售成品房做起。

第八章 基业长青

与客户洽谈、介绍房源房型、帮助联系房贷、签订售房合同、办理首付、看房交钥匙，整个售房流程一环紧扣一环地走下来。初涉此行业的王子冰虚心好学，加之从小受到父亲创业的熏陶和已经有过几年的经商体验，进步很快。不久，他就能够独当一面了。

成盛·新都汇小区开盘时，孙丽红离开万佳置业公司，自己成立了一个房产中介咨询公司，当老板去了。销售总监的担子理所当然地由王子冰挑起来，他带领着一帮年轻的业务员干得顺风顺水。

紧接着，王福波有意让他参加一些公司各种会议，向其他副总、项目经理们学习、熟悉各种业务，比如选择地块、掌握有关政策法规、拿地"招拍挂"程序、做房产规划设计、与政府各部门打交道、照章纳税等等。最重要的是王福波向王子冰传递了"民企"也姓"国"、办企业以民生为本的价值观，使他懂得企业要为国担当，为民造福，扶贫济困，承担社会责任，不要让追求利润最大化成为第一目标。

2014年，"菏泽文化城"40万平方米项目具备了开工条件，公司高层讨论第一期建设几栋楼。当时背景是，由于楼市不景气，全菏泽城区没有一家开工的，由于种种原因都在观望或没有条件启动。

有人说："国家还在调控房地产，各地纷纷出台限购令，市场不太好。我们是不是先开一两栋试试看？"

"对，如果一下子开很多，占压资金量太大，万一房价掉下来，销售不顺利咋办？不如少量多次，先卖卖再说。"

一时间，这种说法占了上风。包括王子冰也频频点头，感觉说得有道理。而董事长王福波笑而不语，让大家充分发表意见。最后，当人们把该讲的都讲了，一个个望着董事长，他才清清嗓子开口了：

"你们说得有道理，但越是这种时候越要往远处看。我认为，要开就不是一两栋，而是十六栋全开！"

一语惊呆满屋人。不行不行，众人纷纷摇手。

有的老同志甚至急得站起来："王总啊，这太冒险了，看看这市场，如果资金回笼有问题，资金链断了，那可是要有大麻烦了！"

"我不赞同你们的意见！"

难道王总喝多酒了？人们眼里写满了疑问。王子冰同样不理解，感觉这回父亲有点武断了。

王福波说："我们菏泽属三线城市，从中央到省，对菏泽的发展十分关注，菏泽是一座旧城，棚户区改造刚开始。"

"所以啊，我们必须全面开起来，一来缩短建设周期，让回迁户少在外漂泊，早日住上新房；二来向全社会展示我们公司的实力，在群众中树立良好的形象和口碑；三来提供的房源越多，销售越顺，就会效益越好。"

他有板有眼地讲完了，大家像听了一堂宏观经济形势讲座。

人们恍然大悟，但也将信将疑。最后还是通过了王福波的决策：16栋高层住宅约40万平方米一齐开工建设。

一年过去了，王福波的种种预测竟变成了现实。旧城改造刚需增多，16栋"文化城"大楼拔地而起，建筑公司交叉施工，互相促进，既保证了质量，又提前了工期。很快就见到了成效，陆续封了顶。

预售证下来了，以王子冰为首的营销队伍马上投入"战斗"。2016年6月16日开盘那天，像过节一样，售楼处门庭若市，看房、选房的，络绎不绝。不到五六个月的时间，竟销售出70%。王子冰对父亲这位事业教官更加佩服了，他自豪地说：俺爸是拆房的（拆迁建设），我是送房的（安排回迁和销售）。

可是，看到一份份有差异的回迁协议，他还是感到董事长让利让得太多了，有时就拿着协议书找到办公室反映："爸，有的拆迁户要求太过分，你都答应，公司可就亏大了。"

王福波接过协议书，戴上老花眼镜仔细看了一遍，说："小，拆迁难就在一个'利'字上，咱多让点利，他就能抓紧动迁，对几方面都有好处。"

"噢，哪几方面？"王子冰认真地倾听着。

"这些人都是老住户，就指望房子改善生活。不容易啊！公司挣两千万，让出去一千万也行。这样一是项目可以早开工，'时间'也是生产力要素。多耽搁一天，成本就上升一截，提前一天，成本就降低一截；二是抓紧提高拆迁户的生活质量有利民生；三是有利于城市形象；四是公司毕竟还有效益……"

"义在利先。"春风化雨，点滴入土。

刘磊——福汉集团的副总经理之一

他年仅40岁，却是建筑业的老行家了，也是王福波董事长创办万佳置业公司的老员工。这些年一步步在王福波"教官"的带动和熏陶下，从一名施工员，逐渐成长为独当一面的业内精英。

刘磊家住在菏泽本市的道北街，中专学的是建筑工程专业，1998年毕业后到菏泽建设集团总公司，当上了一名施工技术员，实际上就是领着工人干活的小"工头"。干了五六年，辗转经历了菏泽最初开发的几个商品房小区，风里来雨里去，挣些辛苦钱，却也锻打出一身"建筑"的真本事。

2005年，刘磊离开了"菏建"公司，打算自己出去闯荡一番。正好，王福波公司需要懂行的建筑师。一位亲戚就把刘磊推荐过去，给了他一个王总的电话号码："你自己去联系吧。"

刘磊早就听说过王福波的大名，只是无缘相见。

按照电话中告诉的地址，他找到了王福波岳城基地办公室。开始并没有谈工作，而是拉家常。王福波让他坐下，倒上水，问他老家在哪儿、家里情况怎样、干过什么工作，实际这就是王福波观察人的一种方式。他发现入行没几年的刘磊勤恳本分，实践经验丰富，正是公司需要的建筑领军型人才，当场录用。

刘磊投身公司后，被王福波的人格魅力所吸引，忠心耿耿，从此再也没有离开。用他的话说：庆幸遇到了一位好老师、好朋友、好大哥，一个电话号码改变了他一生的命运。

开始，刘磊跟着张洪全建设岳城基地，一个负责管理协调，一个负责施工技术，二人配合得十分默契，一号楼、二号楼，从汽配城到餐饮业，不管是困难时期还是成功之际，他一直是边干边学，得到了王福波的认可。

建筑是凝固的音乐，是物化的美术。这种艺术是由人创造的，因而企业家首先关注的是人的精神建筑。

做完了岳城基地，又上了"锦绣中华"小区。年轻的刘磊从王福波身上学到了做人做事的许多优良品质。特别是在开发"成盛·新都汇"项目上，刘磊更是深为王福波的胆识和情怀所打动，心悦诚服。

在这个地块上，刘磊一家和亲友本身就是主体拆迁户，直接牵扯到切身利益。他也深知前几任开发商失败的原因：主要就是补偿标准问题。这是一片老城区，居民大都是生活水平低下，甚至是没有稳定收入的困难户。住的是老旧平房，不少还是在大坑上填土的违章建筑。

按照有关拆迁条例，1：1的补偿，即拆除有房产证的一平方米旧房面积，补偿一平方米新房面积，而违建房不在此例，只能适当按每平方米建筑材料费补偿。然而，如前所述拆迁户指望通过拆迁，多争取补偿款改善生存条件，所以坚决抵制。前几任开发商垂头丧气地走了，其中还发生了跳楼自杀的悲剧。项目转到王福波手中，作为公司一员的刘磊开始心里也没底，担心重蹈前几任的覆辙。

刘磊家的动迁，等于是整个拆迁工作的缩影。当时还有他奶奶和大爷在此居住，自己盖的小房。拆迁办上门测量面积时，刘家大爷堵着门不让量，因为总感觉他们不会按有土地证的面积算，补偿上吃亏。为此，他还特意对刘磊说："现在换了你们公司开发，你与王总关系不错，去跟他说说，对咱家照顾点儿。"

刘磊说："大爷，不用特别说，俺公司对拆迁户都一样，能照顾，尽量照顾。"

事实的确如此。那天，王福波专门把刘磊叫到办公室，推心置腹地交谈："小刘啊，我知道这回该着你家拆迁了，就由你带着人去量吧，有没有证都量，你报个数就行！"

这是信任！刘磊心里非常感激："感谢王总，我一定办好。"

他带着测量队、评估公司的人去了，他大爷一看亲侄子来量面积，那还能少了？理所当然不再阻拦。大家知道这是公司同事的住房，而且是老总批准的，也都不再计较。这头一人扯着皮卷尺，那头就由刘磊看尺子报数，这是绝对信任，也是特别照顾，可他反而不好意思多报。

测量完了，按说没有分家的一家人，只能按一户人家补偿回迁面积。刘家人很想趁此机会分开居住，彻底改善一下。为此，刘磊拿着评估报告去找王总说明了来意。

王福波想了想说："这样吧，按一户补偿你也不好分，我替你家分了吧。给你出两份报告，算两户，你和你大爷一家一套，一处门市房。行不？"

大大出乎刘磊意料之外，这是他连想都不敢想的补偿结果。他家原先4间住房4间门市，但都很小很窄，一间顶多10平方米。而他了解这个项目的规划，一套住宅是85平方米，一间门市房是117平方米，这一下子就是双份的，简直是天上掉下来个大馅饼："王总，这是真的？"

"我啥时说过假话？这回通过拆迁，彻底改善了你家的居住条件，算是对你敬业的奖励，以后好好干吧！"

"一定、一定！"刘磊激动地站起来，鞠了一个躬，马上跑回去向全家报告。

本来，一直抵触拆迁，怀着忐忑心里的刘家大爷听了这样的安排，连连称赞王总真是"活菩萨"，立刻签了拆迁和回迁协议。

所有的拆迁人家，王福波都是具体问题、具体分析，一家一家的化解矛盾。项目顺利开工了。甚至有的人嫌脏、乱、吵，阻止施工车辆进场时，那些拆迁户们自发地组织起来，维护施工环境。

外人尚且对王福波的公司如此信赖与爱戴，本公司人员更是没有二话了。刘磊们忠心耿耿、全力以赴地干工作，用他的话说："公司对咱这么好，没有理由不好好干。"

叩问历史，当年范蠡"三致千金"，是如何把金钱散之于民的？王福波是否承袭了当年"商圣"风范？

王福波除了对公司忠诚可靠而又踏实能干的人加以关心培养，予以鼓励外，还帮助他们在管理上作提升。刘磊早在建设岳城基地、锦绣中华项目时，每天带着些图纸、计划表跑工地，夏天晒着，冬天冻着，十分辛苦。王总就叮嘱他：加强学习，不能老是施工员的水平，要掌握全面，将来做个职业经理人！

听了这话，刘磊的心里有了大目标，一边做好具体工作，一边注意学习管理、谈判、招标、开拓业务等等，逐渐成为公司管理施工方面的主将之一。多个项目楼盘竖立标示牌上第一个项目负责人就是：刘磊。

那时候，他还不会开车，上工地都是搭别人的车，或是乘坐工程车。王福波看到了，叫住他："这个样不行，你必须学会开车。这是现代社会最基本的技能，也是为了更好的工作。抓紧学，学会了我给你配部车。"

"好，王总，我马上学。"刘磊年轻机灵，利用休息时间上了驾校，很快拿到了驾驶执照。

王福波说到做到，立即把自己驾驶的一辆半新的帕萨特送给他开。平时，对刘磊家的家事，也与其他同事一样，给予了极大的关心。有一次，刘磊母亲因病住院，王福波听说了，立刻买上营养品，去医院看望。

点点滴滴，都让刘磊和公司员工看在眼里，感恩在心里，不仅心

第八章 基业长青

甘情愿地在公司里工作，同时也跟着王总和整个公司不断地发展、进步。刘磊曾经写过一篇发自肺腑的文章，其中写道：

> 自 2006 年跟随王总创业，至今已有十年之久，亲眼目睹了公司的发展历程。……十年间，王总于我亦师亦友亦兄弟，在生活上关心照顾，嘘寒问暖，逢喜忧大事都亲自到场。在工作上谆谆教导，指引方向。跟随王总这么多年，我始终以他为榜样，以他为动力，在他的身上学到了很多做人做事的真谛。相信在王总的带领下，福汉集团将更加发展壮大，我也将继续勤勤恳恳、任劳任怨，努力工作，为公司发展尽一份绵薄之力！

笔者在与刘磊交谈时，能够深切地感受到他那种感激敬佩之情：王总就是一个巨人，我很幸运，我是站在巨人的肩膀上成长……

如今，刘磊早已成为独当一面的负责人了。敢作敢当，遇到困难和问题，首先想到自己去解决，而不是样样都向董事长汇报。只有那些实在办不了的大事，他才给王总打个电话。

那年夏天，接连下了几天暴雨，有个项目正在开挖地下车库，突然大雨形成的水柱把下水道冲塌了，一下子雨水倒灌进车库。施工方赶紧打电话报告刘磊：快来看看吧，没法干了！

当时刘磊正在另一个楼盘，立即开车赶过去，雨大得快把车淹了，可他啥也不顾了，一路疾驰到了工地，一看傻眼了：地下车库成了游泳池，如不及时处理，很有可能发生塌陷，周围楼房都会受影响。当时他想这么大的事，要不要告诉王总，转念一想，已然积水了，又下着大雨，他来了也是想办法排水，还不如我们赶快干起来呢！

立刻，刘磊安排工人一边筑坝挡水，一边张罗着找抽水机，不料跑遍全城买不着大功率的，只有几台小抽水机，弄来不顶事。眼看着积水越来越多,坑边上的泥土一块块地掉落,他全身都湿透了。危急时刻,他忽然想到农村浇麦子用的是大口径水管,一定有大功率机器。立刻派人到周边乡村里寻来,拉到工地上抽起来。

果然管用,这大家伙儿很有劲头,抽到深夜12点多,基坑里的水慢慢下去了,刘磊这才松了一口气儿。而后,他指挥工人三班倒,一鼓作气,抽了一夜两天,把整个车库的水都抽干净,工程又正常施工了。

事过多天,在一次与王总汇报其他工作时,刘磊才把这件事告诉他,并调出当时用手机拍的照片请他看。王福波只是笑笑点了点头,没多说什么。刘磊感到十分欣慰,因为王总并不轻易表扬人,能够点头就是称赞你了!

刘磊在这样的教官言传身教下,也学会了"懂兵""爱兵""带兵""用兵",带起一支铁队伍。2015年,山东福汉集团正式成立,刘磊被"兹任命"为公司最年轻的副总经理。

孙梅——菏泽市鲁班新型建材有限公司总经理

她是一个农民的女儿,父亲曾当过大队支部书记,但在那个"宁要社会主义的草,不要资本主义的苗"的荒唐年代里,家里十分贫穷。兄妹四人,她是老大,肩负着为父母分忧的重任。从小好学,考上了菏泽市供销学校财会专业,毕业后分配到了菏泽制药厂,当了一名统计员。不久,她找到了如意郎君,结了婚,有了孩子,艰辛的生活终于露出了微笑。

可惜好景不长,一场大变革降临了。

20世纪90年代,市场经济冲刷着中国社会的方方面面,制药厂由于经营不景气,不得不裁员,孙梅含着眼泪下了岗。性格要强的她,一心想改变自己和家庭的命运,每天看报纸上的招聘信息。通过应聘,孙梅进入搏生装饰装修公司工作,在装饰大世界商场当营业员。

当时菏泽的装饰大世界占地20多亩,建筑面积近万平方米,是苏、

第八章 基业长青

鲁、豫、皖四省交界近100平方公里之内最大的装饰材料集散地。王福波的办公室就在二楼，他不仅经营材料——多达200多个系列上千个品种，还带着黄玉峰、张洪全等人承接装修工程。据说浙江、广东等地往往是前店后厂，自家生产物品自家销售，而此时的王福波却下店上"厂"，自己公司干装修工程，用自己公司进的材料，肥水不流外人田，这让刚刚踏入商海的孙梅大开眼界。

有时王福波下楼到门市上看看，与商场的经理和营业员聊聊。遇到比较棘手的事情，他就沉默着，围着材料转着，或是蹲在摊位旁，一支接一支不停地抽烟。

看到他如此吸烟，出身药剂化验员的孙梅不敢劝诫，就对在王总身边的工作人员说："王总吸烟恁厉害？对身体不好！"

"他一思考问题就抽烟。劝他不中。"

或许就是在这样的烟雾缭绕中，王福波用思考和拼搏使他的搏生公司从潮起潮落的商海中闯了出来。

不甘平庸、渴望变化的孙梅从中感悟到了商道中的许多奥妙。

这时，王福波已从单一装修也兼做防水堵漏工程了，带领着张洪全、冯尚党等人又成了新行业的"大王"。孙梅明白这就是不停学习、不停思考的成果，主动要求去协助做防水业务。王福波看她思维敏捷、办事机灵，欣然同意，嘱咐张洪全好好带她。从此，孙梅与防水工程结下了不解之缘。

开始，她主要是跟着张洪全和工程队打打下手，跑跑市场，收集信息，帮助联系客户。因为是有心人，每到一个工地，孙梅就细心学习各种堵漏技术，不懂的就问，张洪全此时已被王福波正式"兹任命"为项目经理，同样学到了王福波的风范，耐心地教她。渐渐地，孙梅也成了一位防水专家。当然最重要的，还是从王福波董事长身上学到了做事的胆略和军人的血性。

有一次，孙梅出去联系用户单位，突然在马路上看到王总迎面走来，一个人目视着前方，好像什么也不看，时而拍拍巴掌，时而独自微笑，旁若无人，仿佛全世界都不存在似的。原来他是在思考问题呢！

"王总……"孙梅正想上前打个招呼，张张嘴巴又停下了，担心影响了董事长的思路，只是目送着他擦肩而过。

人是一棵芦苇，一棵会思考的芦苇！

时刻处在学习、思考之中，这样的人怎能不优秀、不成功呢？孙梅暗暗把王福波当作自己的楷模，崇拜的师长。

2001年，制药行业好转，工厂通知孙梅回去上班。可这时，她正做着牡丹小区的防水工程，而且得心应手。不回去吧，就要丢了工作，家人觉得可惜，一个人在外毕竟是端着"泥饭碗"。劝她见好就收，赶紧回厂。

孙梅遵从了父母之命，一步三回头地离开了搏生公司，又回到制药厂做质量检查员。那时待遇不错了，工作又不累，坐在车间化验室里，风吹不着雨淋不着，许多人投来羡慕的目光。不料，已经在王福波的"黄埔军校"进修培训过的孙梅，在商场风云尝到过酸甜苦辣的孙梅，再也不是当年那个只会听命的小姑娘了。巾帼英豪气已经被激发出来，这种看似稳定却一潭死水样的生活已不能让她满足了。她像一只羽翼渐丰的雏鹰，渴望到广阔的蓝天里去展翅飞翔。

三个月后，就像当年的王福波一样，孙梅不顾亲朋好友的劝阻，毅然决然地向厂部递交了辞职书，下海办公司做生意去了。

好女当自强！

她也学会了思考。她想到：经销建筑装饰材料，成本大，一时难以筹措大额资金，而干防水投资少，回笼快，并且技术性强，做的人少，市场竞争不激烈。自己跟随王总在青菏防水公司学有所成，已经掌握了其中的技术，也有一些客户资源，这些都是自己的优势。

说干就干，孙梅立即联合几位志同道合的朋友，成立了菏泽市鲁班建材有限公司，不仅承接防水工程，还自己办厂生产制造防水材料。

第八章 基业长青

一时间,打出了"鲁班防水"的旗号。王总听说后,十分高兴,特意打电话祝贺她:

"孙梅,现在是孙经理了。祝贺你!大胆地干。有什么困难,就给我打电话。"

一句话,传递了兄长般的温暖和大度。

"感谢王总,你还是叫俺孙梅吧。俺刚起步,完全是你给了俺勇气和方向,你是俺这一辈子的老师。"

此时,王福波已把业务转向了旧城改造领域,防水业务只占很小的一部分,从而也给孙梅腾出了施展身手的空间。

孙梅一开始并没想挣多少钱,只是想自主创业和树立公司的形象。她就像王福波当年那样,不断参加各种防水业务学习班和学术会议,如饥似渴地学习着。

很快,"鲁班防水"便在菏泽出了名。有一个居民小区,开发商图便宜,进来的是劣质材料,盖起来十几栋多层住宅,尖顶斜瓦。交房不久,住户搬了进去,一场大雨下来,漏得一塌糊涂。每座楼都漏。外面下大雨,屋内下小雨,外面不下了,屋里还滴答。业主们不干了,找到开发商:"恁这房子是纸糊的?得退房!"

开发商最怕的就是这情景。销售出去的成品房出问题,住户找他们算账。损失太大,而且也没有那么多现金,如果硬要退,开发商名誉受损失不说,经济上也要破产。所以,只能承诺修缮。

他打听到鲁班建材公司防水做得好,立即找上门来:"孙总,请你救救我们吧,只要治好了漏水,价格好说。"

"行啊,俺公司就是干这一行的,保证给你治好!"

公司组织工程队开了上去,干了两个月,整栋楼修好了。再下雨,滴水不漏,业主们不再嚷嚷退房了。开发商喜出望外,不但痛快地付清了孙梅的工程费,还专门在豪华酒店为孙梅公司摆了答谢宴。

一年下来,新成立的鲁班防水公司,竟做了200万元的业务。做这行有尊严，客户都像求神拜佛一样地找上门，好爽。这更坚定了孙梅走下去的信心。她干脆把丈夫从体制里动员出来，一起做自家的公司。

如今，鲁班公司的业务遍及鲁西南，甚至外省市也来邀请孙梅前去做工程。孙梅也学习王福波董事长的风格，定期举办防水培训班，手把手教给那些有志于这个行业的人。菏泽市场上很多防水行家都是她培训出来的，成为此行的"教母"。

水涨船高。孙梅公司一路高歌一路猛进，现在已经拥有了四个施工班，分头承揽工程。一年的营业额达到了1000多万元，解决了30多人的就业问题，累计向国家纳税百万元之多。

葛留印——青海恒润达土建公司经理

他与王福波是同乡，也是菏泽吴店人，在家里学了一手木工手艺，后来外出干装修。人们经常在某些城市街道上看到，蹲在路边摆着锯、刨子、瓦刀、滚刷等揽活工的形象，其中就曾经有个叫葛留印的人。这些人连"游击队"也算不上，顶多算"散兵游勇"。

20世纪90年代初期，王福波被市房管局领导召回，组建菏泽市房屋装饰工程公司。已是工头的葛留印带着几个工人加入进来。

王福波对工程质量要求十分严格。他发现南方人干木工活细致，打磨得锃光瓦亮，工钱也高。一个北方木工，干一天工钱20元到30元，而一位南方木工，则需要120元到150元，差得甚远。为了学习人家的高超技术，王总花大价钱请南方师傅，一边干活儿，一边代教自己公司的木工。

这让本身就是木工的葛留印心里不平衡了，在暗地里要与对方比试比试。一次，接了一个大活儿，王福波有意安排他与南方人各干一半，你刨你的板材，我打我的壁橱，三下五除二，干完了活儿一看，还是南方师傅做得漂亮。他彻底心服口服了。更加佩服王福波的苦心点拨和"要干就干一流"的魄力。

第八章 基业长青

从此，葛留印向南方师傅学习，提升干木工的技能，又相继学会了水、电、暖安装和油漆技术，成了装修方面的多面手。

干了不到一年，由于种种原因，上级把王福波调走，一个国有装饰公司从此"王小二过年，一年不如一年"，最后散了摊子。

不甘平庸的王福波再次毅然辞职，下海成立了搏生装饰装修工程公司。葛留印和他的伙伴们又追随而来。西点军校第22条军规中的"以上司为榜样"，关键是上司必须做出了好榜样才值得追随。

他们属于分散型合作，有项目了，王总一声呼唤，葛留印就带着工人前来干活儿。双方配合十分默契，一连做了几年，不但挣到了钱，还从王福波身上学到了商战中"一往无前""只有第一，没有第二"的作风。

2001年，王福波带领公司再次转型，向房地产业进军。而葛留印则决心闯荡大西北了。那是一次偶然的机会，听到一个跑青海的司机说了句闲话：国家发布了开发西北的政策，青海那边好赚钱。他心里一动，便萌生了前去闯一闯的念头。

亲朋好友纷纷劝阻别冒那个险，还是在家干活稳定。葛留印毫不为之所动，还搬出了王福波说服他们：人家王总连公职都敢辞了，如今自己干出了一番事业。我怕什么？大不了就转一圈再回来呗！

临行前，葛留印特意找到王福波征求意见：

"福波哥，我想到青海去试试，你觉得咋样？"

王福波惊讶而欣喜地看着他："留印，我支持你，你敢闯大西北，说明你已有了胆魄。可是那里海拔高，你受得了吗？"

"没事，我年轻身体好，想闯闯看看。"

"年轻人就要有这种劲头儿。开发大西北，肯定有很多机会。去吧，家里有什么事就给我说。"

当天晚上，王福波请来一帮过去装饰公司的朋友，设酒摆宴为他饯行。叮嘱他首先要注意身体，有了高原反应及时就医，不要硬挺着，如果遇到什么问题，及时打回电话来。

"呜——"随着一声汽笛长鸣，列车从菏泽启程了，一路向西，向西，一直把满怀憧憬的葛留印带到了青海省格尔木。

"格尔木"为蒙古语音译，意为河流密集的地方，地处青海西部、青藏高原腹地。辖区由柴达木盆地中南部，唐古拉山地区两块互不相连的区域组成，市区位于格尔木河冲积平原上，平均海拔2780米，属高原大陆性气候。全市总人口30万，有汉、蒙古、藏、回等34个民族。

正值大开发时期，到处都是建设工地。艺不压身，葛留印会木工、油漆工，由早先来此定居的亲戚帮助联系，很快找到了活儿。他一边干着，一边留意新的机会。

不久，他发现这里筑坝、挖盐池子都需要挖掘机，工钱很高，而此地干这种活儿的人不多。他灵机一动，想到在家干过挖地槽等水利工程，还留着一台挖掘机呢！立即打电话给家里，请家人设法用拖车将闲置的挖掘机运过来，专门联系干挖掘机的工程。

葛留印发挥山东人的吃苦耐劳、勤快肯干的精神，特别是在王福波身边学到的诚信待人、精心做事的作风，揽到了不少活儿，干得风风火火。他经常与王福波通电话，汇报自己的情况，听取"教官"的忠告。

世上没有一帆风顺的航船。树大招风，生意好了，也会遇上同行嫉妒，有的暗地里使绊子，让他吃了一些亏，联系工程不那么顺利了。有时喝点闷酒，就有了高原反应，头晕胸闷没精神，感到干不下去了。关键时刻，葛留印还是想到了王总，电话中倾诉苦衷：

"福波哥，你说他们这不是欺负外地人吗？这还怎么干？"

"兄弟，别急，别泄气，坚持就是胜利。另外，做事要大气，你别跟他们计较，有了活儿主动让一些，能搞好关系的……"

动之以情，晓之以理，葛留印心情平复了许多，决心按照王总的指点干下去。接下来，果然收到了良好成效。一年又一年，他终于在大西北辽阔而雄浑的土地上打开了局面,也交了不少朋友,效益大增。

他趁势再投入扩大规模,一口气购买了四台挖掘机,雇用了16名工人,成立了青海恒润达基建公司,自任经理。由于服务质量高、工期有保证,找他们干活儿的单位越来越多,甚至还承接了青藏铁路上的工程项目。

多少人站着生活,心里却跪着。王福波让他的每一个学生都从精神上站立起来,成为巨人!

这还是那个在街头揽活的木工葛留印吗?他分明成了大西北高原土建公司的"王福波"。

如果把王福波公司看作企业家的"黄埔军校"的话,那么,葛留印应该说是征战最远的一名学员。

海尔的张瑞敏曾说过:"要克隆三万个张瑞敏。"而王福波不是"克隆",因为"克隆"的东西都是重复的。王福波带出的学生各种各样,异彩纷呈,撒遍天南地北。

银发参谋部

采访期间,我们有了一个惊奇的发现:在福汉集团里,有一些已经退休的老干部、老领导、老战友,负责着许多重要的工作。

因为他们大部分人有过军旅生涯,其中有团长、团政委、参谋、连长、排长……笔者把他们形象地称为"银发参谋部"。

人物之一——梁新龙

菏泽市(现牡丹区)原房管局局长梁新龙,曾经是十分赏识王福波的直接领导人,也是把王福波从拾荒战线召回机关委以重任的人。

梁新龙也是一名转业军人。1984年,梁新龙在团政委职位上转业,回到了老家县级菏泽市建委,安排担任了工会主席,主管职工的福利事业、文化娱乐等事务。1991年，建委组建市房管局，由他出任首任局长，人员可以在建委口选调。

梁新龙找到各部门问："有没有年轻能干的，推荐一下。"

市政工程处主任回答："有个王福波，部队转业的年轻干部，写得一手好字，还能写文章哩！"

"好，叫他来我办公室谈谈。"

"他办了停薪留职，下海做生意去了。"

梁局长一愣，进而了解到王福波主动下海，从捡拾废品做起，经营有方，成立了再生资源回收公司，自任经理，已经成了远近闻名的"破烂王"，每天的回收物品发运都用火车皮。

真是个人才啊！梁新龙立即让人把王福波找来，一交谈，他用团政委的目光断定这是个好干部苗子，当场拍板请他回来出任刚刚成立的装饰公司的总经理。

后来发生的事情，我们在前面的章节里写到了。当王福波调到局办公室工作时，又决然辞职，全身心地投入商品经济大潮中创业。梁新龙尽管惋惜不已，当时他的本意确实是把他作为副局长人选来培养的，最后还是尊重了他的选择……

一晃十几年过去了，王福波的事业越做越大，成为万佳置业公司的董事长了。而梁新龙局长一直在建委系统工作，出任过旧城改造拆迁指挥部总指挥，年逾花甲，船到码头车到站，平安退休，在家里含饴弄孙，颐养天年。

2011年的一天，王福波带着礼品找到梁家。老下属来看望自己，梁新龙分外高兴："福波，你这些年干得很不错，我都听说了。"

两人坐定，说起以往，感慨万端。王福波再次感谢当年局长的支持与培养，询问他身体状况，祝福他健康长寿，而后话锋一转：

"老领导，你身体还好，有丰富的工作经验，闲着也是浪费，请你到我公司来帮帮忙吧！"

第八章 基业长青

"我去能做什么呢?"

"我现在做旧城改造,你是这行的专家,来给把把关吧。"

"这个,我想想……"梁新龙沉吟着。

说实在的,这些年不断有公司聘请,他都没答应,干了一辈子,该歇歇了。老伴和孩子也不同意他再出去工作。可这次是王福波邀请,梁新龙有些心动。老骥伏枥,志在千里,退休人员往往被社会视为"废品",而能投入到一个有意义的事业中去,白发人会获得新的生命活力和价值!

不料,老伴听说他想去王福波的公司,表示反对,说当年你也没有特别照顾人家,人家现在混好了,你再去帮忙,社会上咋看?再说你恁大年纪,在家粗茶淡饭享享清福多好?老伴一边不同意,一边向孩子们夸王福波:"不过人家这个大老板真不错,抽烟抽一截,掐灭了,一会再抽;吃西瓜啃到青瓤……"

梁新龙十分坚决:"你看,这不证明福波跟别人不一样啊,我们一起可以做些有益于社会的事儿。你们要是再不同意,我就不吃饭了,绝食!"

家人拗不过梁新龙,最终同意他去上班。

梁新龙去公司里一看,王福波早为他留好了办公室,并发聘书,任梁新龙为万佳置业公司顾问,行使副总权力。当时正是在开发"锦绣中华"项目,各种手续十分繁杂,工作人员成天跑开发区城建局、房管局开发科、规划局等等二三十个单位,有的单位跑十趟八趟办不利索。特别是年头岁尾,各单位忙乱不堪,更是难办。

梁新龙抚摸着久违的办公椅,感慨万千,犹如重新听到了军号的召唤。

梁新龙发现:拆迁动员会还没开,如果拖到年后,诸事积压,一时更开不了,那将大大延迟动迁时间。按照规定,由政府拆迁办组织了动员会,一切才能往下进行。他果断地对王福波说:

"必须马上办这个事，把主动权掌握在咱手里，不然啥也干不了。"

"中！你就带领大家办吧，要人有人，要车有车。"王福波全权委托。

王福波精明着呢！这退休老人身上有着多少宝贵的资源呢！

梁局长在这个行业做了几十年，了解政策条文，人脉很广，还有"余威"，立即找到各有关部门督促开动迁会。还有半个月就到春节了，人们的心思大都不在"班"上了，说："老局长，你别催了，过罢年咱就开这个会好吧！"

"不行！年后又有新情况了，抓紧开完，下边的事俺就好办了。你说谁来不了，我去给你召集。"

如此紧抓不放，梁新龙终于在年前将拆迁办、开发科、社区领导和拆迁户们都请到一起，大张旗鼓地开了拆迁动员会。随后，王福波调派全公司人员各就各位，夜以继日。春节一过，立即转入了实质性的签约、动迁工作。

短短一个多月时间，整个地块就拆平了，提供出了施工净地。

接下来，梁新龙与公司人员、也包括其他特聘的顾问王广才、孙中华、何树元等人一起，又投入了其他组织筹划、处理回迁房、物业管理等等问题，做了大量卓有成效的工作，直到把"锦绣中华"项目完美地做好交付了。"团政委"提出：

"福波，我想休息休息，就算当兵三四年，也该退役了。"

"那不行，家有一老，好比一宝，咱公司离不了你们哩！下边又有新项目了，你还得帮我。"王福波十分真诚。

话讲到这个分上，还有什么可说的。梁新龙又精神抖擞地转战"菏泽文化城"了……

人物之二——李传民

《菏泽日报》原副总编辑、高级记者李传民，曾经当过王福波小学五年级的老师，现任山东福汉集团宣传总监。

他的老家在菏泽市牡丹区小留乡，地道农民的儿子，生于20世纪50年代初期，记忆里满是极"左"年代的艰辛。从农村合并搞合作化，办大食堂，到搞阶级斗争，四清四不清，农民受到了很大的创伤，生活十分贫困。

李传民上了两三回小学，都饿得半途中止，直到1961年9岁了，才开始重新上小学。由于村里没有地主富农，瘸子里拔将军，他家是老中农成分，成了"专政对象"，什么好事没有他的，什么坏事都摊到头上。

父亲一辈子想读书，可惜成了一个久远的梦，就把希望寄托在儿子身上。小传民也争气，一直是班里的尖子生、班干部。"文化大革命"开始后，农村小学也乱哄哄地读不下去了。到了1970年，公社中学恢复招生，推荐考试。李传民家庭成分高，差一点去不了。好在他们家老辈人忠厚老实，人缘不错，有的大队干部主持公道：这只是个考试，还不一定呢，万一考上也是大队的荣誉。

这样，李传民才有机会参加考试，一举以全公社第四名的成绩考上了高中。两年后毕业又回到了生产队，正巧大队小学缺老师，就选他去当了一名民办教师，小留公社魏庄学校，包括小学和初中，从而就成了王福波的小学五年级老师。

1977年11月，极"左"阴云渐渐扫除，各条战线拨乱反正，国家恢复高考制度了。年轻人奔走相告。李传民一家兴奋不已，老父亲鼓励他参加高考，实现祖辈的大学梦。可他明白这些年难以学到什么，数理化很差，只有语文还能拼一拼，便鼓起勇气上了考场。

那是"文革"后的首次正规高考，也是千百万有志青年改变命运的良机。各省市自己出题。山东省的作文题目是《难忘的一天》，李传民捧着试卷百感交集，产生了许多联想，蓦地文思泉涌，行云流水地写起来。一张卷子不够了，又要求添加了试纸，一口气写了很多，写得手直打哆嗦了，才交上试卷。

过后，整个人就像拴在柱子上的猴子一样，走也走不掉，坐也坐不住，总在那里转圈子。他听说十个县的中学老师都集中在菏泽批试卷，就悄悄地前去看望老师。坐下不久，老师就问他："作文写的什么内容？"李传民把开头讲了一下，不料老师接过来往下背。他不由得惊讶地问："老师你看我的卷子了？"

"不但我看了，整个语文大组都看了，写得很好。我们还讨论过两次，是给100分呢，还是95分。地区定不了，报到省里了。"

"啊，那我有没有希望上大学呢？"

"你就等好消息吧！"

很快，山东大学中文系的录取通知书寄来了。全村比过年还热闹，李传民欢天喜地地去省城上大学了。

四年大学毕业了，本来可以留校的李传民要求分配回原籍，来到《菏泽市报》当了一名编辑记者。重点大学"科班"出身，写稿精益求精，很快脱颖而出，从普通记者、部主任，一直干到副总编辑。后来又调到地区办的《菏泽日报》，先后当部主任、副总编辑。一辈子就干了这一个职业，用一支笔见证了家乡日新月异的巨变，他也成了远近闻名的菏泽"一支笔"。

其间，他和他的学生王福波没断联系。王福波刚转业来到市政工程处后，就在《菏泽市报》上发表了通讯稿件《在火热的市政工地上》，初步显露了才华，引起领导的重视。后来，李传民又一直关心和支持着学生下海创业，为他的每一个进步感到高兴。

王福波创业的事迹在社会上反响越来越大。已是报社领导的李传民给他打电话："福波啊，干得很好啊，报社想给你好好宣传宣传。"

王福波却婉拒了："李老师，现在还不行，咱规模还小，没什么可报道的。我还是想埋头多干点事儿。"

这个心愿在几年后终于实现了。那是李传民到龄退休，颐养天年，

第八章 基业长青

女儿也从他的母校——山东大学毕业，又出国深造，学有所成，一家人其乐融融。一天，报社主要领导给他打电话：请他出山写篇大稿子。

原来，随着王福波的事业不断发展，一项项荣誉接踵而至：优秀复转干部，优秀共产党员，菏泽市人大代表，大众创业万众创新典型等等，菏泽市委宣传部做出向王福波学习的决定。省、市以及中央的媒体不断有记者前来采访，纷纷报道他的事迹。尤其是最早写出通讯《菏泽有个王福波》的老记者陈奇，追踪采访，一连写了几篇稿件。为此，《菏泽日报》领导决定把王福波作为一个"双创"典型，写篇全面、深刻的大通讯。他请出已退休的李传民。

李传民感到自己离开单位多年，一时间有些犹豫。

当这位王福波的小学老师，再次熟悉自己学生的事迹材料，并与王福波多次畅谈之后，李传民的热情被激发起来了，在前面几位记者初稿的基础上，整整打磨了3个多月，写出了长达两万余字的长篇通讯，分为上下两篇《潮头壮歌》和《赤子情怀》，发表在《菏泽日报》上，各大网站转载，比较全面而生动地反映了王福波创业创新的先进事迹，反响强烈。

山东福汉集团成立了，王福波专门聘请李传民来公司工作。李传民微笑着婉拒："福波啊，我感谢你想着我，但我来了起不到多大作用，只能给你添累赘。你有什么事给我说说，我帮助办办就行了。"

"来吧，我这儿需要您。遇事给我点拨点拨。"

后来，李传民上任，担任了福汉集团宣传总监。

在其位，谋其政。儒商王福波提出成立一个读书班，培训公司员工理论知识，提高大家的文化素质。办事认真的李传民与集团宣传部长曹胜旗等人一起，精心策划，积极落实，制订了切实可行的学习计划。聘请各方面的专家学者，定期为员工进行各种政治、经济、文化讲座。

第一课，就是由李传民讲授传统文化经典《弟子规》。后面，他们还陆续安排了《宣讲十八大六中全会精神》《房地产销售知识》《棚户区改造的大政方针》等等。如同建设高楼大厦一样，他们这是为打造百年企业所构筑的坚实基础。

耳濡目染，李传民由衷地喜爱这个当年的学生和如今的企业家，曾在一次酒宴上即兴诵诗词一首：

仿水调歌头

（王福波创业经历有感）

壮别将军梦，
痛掷铁饭碗。
此生岂敢虚度，
猛士入狂澜。
废品回收折桂，
防水装修称冠，
创业破千难。
试水房地产，
"黑马"孥争先。

自强志，
厚德意，
初心坚。
捧文化城雄起，
欣万众欢颜。
诚信担当奉献，
实干开拓卓越，
报国照肝胆。
潮头壮歌劲，

赤子情怀远。

人物之三——孙中华

菏泽市检察院原纪委书记、曹县检察院原检察长孙中华，曾是王福波高中时的同班同学。现任山东福汉集团公司法律顾问。

按照年龄来说，1952年出生的他比王福波整整大了10岁，他们怎么同期上了中学呢？这里面埋藏着时代的变迁……

老家同是菏泽农村的孙中华，1968年就初中毕业了，只是处于"文革"的漩涡里，实则基本上没有正儿八经的上学。但总算拿到了中学毕业证书，回家务农半年，就被选拔去当了民办教师，在村里教小学哄孩子。

那时农村青年最大梦想就是拿到城市户口，吃上馍票（工资），要想实现，只有考学和当兵两条路。只剩下应征入伍改变命运了。1970年年底，孙中华放下教鞭穿上军装，来到兰州军区工程部队当兵。

一干就是五年，入党提干的"幸运女神"没有降临到他身上，打起背包复员回到了家乡，托关系到梁山县（当时属菏泽地区）综合石料厂当合同制工，开山打石头。

梦想，是人生的向导。对于身处逆境的孙中华来讲，是不会放过任何一个机会的，改革开放拯救了一代年轻人。1977年，全国恢复高校考试，为普通人的前程打开了一扇大门。孙中华敲打石头的声音，掩盖了那次消息。1978年、1979年，他利用业余时间复习功课，连续参加了两次高考，可是数理化不行，离录取线差一点点，饮泪名落孙山。

此时他已经27岁，正常情况下到这个年龄大学都毕业了，可他还在仰望着录取分数线挣扎，原单位还说再耽误生产就要解除合同。难道一辈子就在山脚下与石头为伴吗？父亲希望他继续做工挣钱，分担一下家庭生活压力。孙中华陷入了深深的苦恼之中。

选择即命运。人的一生都是在各种各样的选择中度过的，迈错一步，就将收获悔恨和烦恼。经过激烈的思想斗争，孙中华做出了一生最重要的一次选择：来年再参加一次高考！不能业余学习，必须脱产到正规中学去补课。就这样，他通过熟人介绍，进入驻地在小留集的菏泽第十中学插班读书，与王福波成了同班同学。

半年后，一腔热血的王福波放弃了学业当兵去了。而已经当兵回来的孙中华则在1980年的高考中，一举越过重点线，考上了西南政法大学法律系。两个同学分别走上了不同的生活之路，谁也不会想到，几十年后，他们又会师在一起，共同创业。

大学毕业后，孙中华分配回到家乡，进入山东省人民检察院菏泽分院（今菏泽市人民检察院）当了一名检察官。由于上大学时年龄较大了，他显得老成持重，工作兢兢业业，连年进步，先后任职副科级检察员、处长、曹县人民检察院检察长。

1987年，已是连级军官的王福波响应大裁军的号召，转业回到家乡。后停职留薪，下海经商，老同学经常凑到一起聚会，沟通感情，交流信息，互相帮助。孙中华是班中的老大哥，始终关心着这帮小兄弟们……

一次，王福波公司给一个单位干完了装修工程，应得16万元的工程款，可对方不执行合同，以别人欠他钱为由拒付。16万元哪，在20世纪可不是个小数目！反复讨要没有结果，王福波一纸诉状将其告上了法庭。

然而，不知什么原因，法院迟迟没有开庭审理，案子一直压在那里。王福波拖不起，如果不能及时要回这笔款子，没有了流动资金，公司面临破产的危险。他只好去找检察院的同学孙中华：

"老哥，我遇到了困难，你给想想法吧！"

"别急，福波，这个事你占理，他的三角债不能转嫁于你。我帮你找找法院。"

孙中华为此专门去了法院，依理依法与办案法官交涉催促他们，及时开庭审理，帮助王福波追回了这笔工程款。

当王福波成立房地产置业公司，去曹县开发明珠商城时，孙中华已调任曹县检察院检察长，同样给予了各方面的支持，而王福波也没有辜负大家的期望，把该项目做得又快又好，受到曹县各界的一致好评和赞誉。所建商品房很快销售一空。到项目收尾时，王福波主动去曹县税务局按章交税。孙中华得知此事，大为赞赏。

王福波从岳程明珠、锦绣中华、成盛·新都汇、文化城一路风雨兼程、步步登高。这期间，孙中华从菏泽检察院纪委书记任上退休了，身体还好，王福波真诚地把他请来做法律顾问。

房地产开发过程中，会面临许多法律问题，孙中华来了之后，尽职尽责地履行法律顾问职责，规避了许多法律风险，解决了不少涉法涉诉的纠纷问题。后来公司成立了法务部，他与法律部同仁们一起洽谈起草合同、审查拆迁协议、办理有关合作或解除手续……

其中在某个项目上，本来确定好的合作伙伴突然撤资，不干了，孙中华负责去处理相关事宜，他与王福波商量："咱们依法办事，他中途要走，按合同办是需付违约金的。"

"不要不要。"王福波连连摆手，"他们也不容易，实在是遇到困难了。把他投的资金全给他吧，另外再按规定付些利息。"

"你这个同志啊，如果说不按合同来，这是你的弱点，但想到你这片仁心，又是你的优点。好吧，我就按你的意见给他办吧！"

面对这样的合作伙伴，谁不是竖起大拇指！依法治企，以仁待人，岂能不胜？

人物之四——老团长

老团长是菏泽市牡丹区人，生于1956年12月26日，与毛泽东主席同一天的生日，每到这天，他都会自然地想到那位人民的领袖。他从小在家上学，1976年参军，来到了济南军区炮8师48团，历任战士、班长、排长、副指导员等职。1984年调任师部军务科参谋,在此与王福波成为一个办公室办公的战友。都是菏泽老乡,自然分外亲切。

王福波转业回乡后,老团长每年探亲休假时,他们总要聚一聚、叙一叙。

一晃10年过去了,1998年,老团长转业回到菏泽,安排在菏泽某银行当纪检组长、副行长。正好与王福波经营的装饰大世界不远,两人来往走动更方便了,空闲时常常聚谈。

当时,王福波发起成立了全市的装饰装修协会、防水协会,被大家推举为会长,经常组织联谊座谈、学术研讨等活动。他往往把老战友、老团长请来参加,给予帮助指导。

2001年,王福波与老排长张剑等人合作,前往曹县搞开发,这是他们进军房地产业的第一个项目,缺乏资金之际,老团长就让妻子把多年积蓄的几万元提出来,一解王福波的燃眉之急:"你都拿去用吧,不要利息,祝愿成功!"

就像部队冲锋时,老团长送来急需的弹药武器。

房地产业是用资本"堆"起来的,没有几千万元甚至上亿元的资金,根本启动不起来。王福波"杀"回菏泽,连续拿下岳程明珠、锦绣中华等项目,资金需求越来越大,他还要为朋友张罗着筹措。

此时,老团长已调到另一家银行当了一把手,王福波去他家中还钱,老团长对王福波表示:我不着急用钱,还是放在你这儿吧!继续支持王福波的事业。同时,老团长也按程序办事,积极为他们公司解决抵押贷款。而王福波诚信第一,不管是银行借贷,还是朋友间筹措,从来都是到期还本付息。大家都放心把钱交给他使用。

这就构成了良性循环。他的事业越做越好、越做越大。

诚信,王福波的生产力第一要素!

2009年,老团长、行长退居二线了,赋闲在家。王福波找上门来邀请他到公司上班。老团长微笑着婉拒,反复说:"我不懂房地产,只能给你添麻烦。有什么具体事你说，我帮着干就是了……"

直到福汉集团正式成立，王福波再次上门请他出山。老团长还是推辞道："这几年我一直休息，不太了解社会，公司的事怕做不好啊！"

"老战友，你得来帮我。这么说吧，你啥也不干，就坐在这儿，我心里踏实。"

话都讲到这个份儿上，老团长无话可说了。刚刚过了年，他就来上班了，王福波代表董事会任命他为副董事长，负责全面行政事务工作。老团长心里不安："别弄这些了，我干个顾问就行！"

一个民营企业里有一伙军人，有团长，有政委，有连长，有参谋，你可以想象出这里是一种什么氛围？

职位代表着责任。经过部队大熔炉锻炼过、又在领导岗位上做过多年的老团长，在公司和董事会里，与其他各部门领导一起，建章立制、定岗定位、抓好宣传工作，规范财务管理，制定了成套的管理制度，人手一册，使公司建设逐步走向正轨，面貌焕然一新。经董事会研究，老团长上任福汉集团主管领导职位。

前不久，王福波提出建立"两队一班"：安保队和宣传队，前者将公司的男女青年人组织起来军训，重大活动时穿上统一训练服，维持秩序。后者则是组织有文艺特长的员工，自编自演文艺节目，活跃文化生活，也是展示公司形象。开办一个读书班，邀请公司内外有关专家讲国学、讲政治经济形势等等，提高员工素质……

这些事情，统由老团长和宣传部、行政部等部门的同志们具体组织落实。

20世纪是人类科学技术大发现、大发明的一年，据考，20世纪的科学技术的发现和发明是人类五千年历史的总和：电报、飞机、加速器、电子计算机、石油的开发与利用、人造卫星、航天飞机、核能利用、移动电话、电视、电冰箱、个人电脑、克隆羊、器官移植等发明可以说以千万计。还有爱因斯坦的"相对论"的发现，马克斯·普朗克量子的发现、霍金对宇宙起源大统一的发现等等，这一切发现、发明和应用，都建立在另一种科学之上，它就是管理科学。美国的古典管理学家，科学管理的创始人弗雷德里克·温格斯·泰勒，1911年出版了《科学管理原理》，开创了人类科学管理的新视野。

当今，每一个成功的企业家，都有自己的经营管理模式，每一个企业都打上企业家本人的精神和意志的烙印。

成功即经验。王福波的管理思想从军队而来，从国学而来，从磨砺而来，从失败而来，从学习中而来，从实践中而来，从家国情怀中而来，也即"从战争中学习战争"，拥有了一个科学管理思想和管理团队。

在福汉集团里，类似的老同志还有宣传部部长曹升启、行政部部长杨传玉、法务部部长李智、拆迁部部长何树元、中山书画院院长王庆华、集团办公室主任郝堂，以及没有任职的王敬月、刘硕、赵锋利、王广才、徐艳琳、战传义、王艳丽等人。"银发参谋部"里一根根银亮的白发，储藏着人生的丰富历程和经验智慧，是这个民营企业里的一道亮丽的风景线……

"天生我材必有用，千金散尽还复来。"财散人聚，财聚人散。这种财富观，后面在王福波论道中还会细说。

青鸟归乡

北京，人民大会堂。

2015年3月5日上午9时，第十二届全国人民代表大会第三次会议开幕，国务院总理李克强在《政府工作报告》中正式提出："大众创业，万众创新"的理念。他说："推动大众创业、万众创新。这既可以扩大就业、增加居民收入，又有利于促进社会纵向流动和公平正义。我国有13亿人口、9亿劳动力资源，人民勤劳而智慧，蕴藏着无穷的创造力，千千万万个市场细胞活跃起来，必将汇聚成发展的巨大动能，一

第八章　基业长青

定能够顶住经济下行压力，让中国经济始终充满勃勃生机。政府要勇于自我革命，给市场和社会留足空间，为公平竞争搭好舞台。个人和企业要勇于创业创新，全社会要厚植创业创新文化，让人们在创造财富的过程中，更好地实现精神追求和自身价值。"

大会结束后，国务院又研究出台了《关于大力推进大众创业万众创新若干政策措施的意见》，各地方政府相继制定了配套措施，一个波澜壮阔的"双创"热潮在大江南北、长城内外蓬勃兴起来了。

2015年，堪称中国的"双创"元年。

这一年，药学家屠呦呦喜获诺贝尔奖，振奋人心；这一年，无论精英还是草根，都可以投身创业创新，驰骋于广阔华夏大地；这一年，众创、众包、众扶、众筹不断涌现，生产方式深刻变革；这一年，中国平均每天新登记注册的企业达到1.16万户，平均每分钟诞生8家公司；这一年，创新已不只是小微企业的专利，大企业主动拥抱"双创"，传统产业改造升级，现代服务业加速崛起，合力打造中国经济新引擎。

2015年12月3日，一篇题为《创业创新的拓荒者——一个大众创业万众创新的成功典范》的文章，登上了中国网头条：

在20世纪军队百万大裁军的80年代中叶，他作为一名年仅22岁、年轻有为的野战部队连长，顾全大局，急流勇退，毅然要求转业回到地方工作；

当改革春风吹拂祖国大地、举国上下大力发展个体私营经济的时候，25岁的他于1988年又主动辞掉市建委"国家干部"这把"铁交椅""铁饭碗"，铁了心加入到个体私营经济大军这个行列之中；

他摒弃旧观念，放下官架子，从捡破烂、收垃圾开始做起，忍辱负重，吃苦耐劳，很快就垄断了菏泽地区废旧物资回收市场，被人们誉为"破烂王"；

无衔将军——优秀军转干部王福波的命运创新

在收购废品的从业队伍迅速膨胀、竞争日趋激烈的时候,他则早已策划好战略转移,迅速把目光投向了尚无人问津的装修装饰行业,并以他缔造的"装饰大世界"获得了"装饰大王"的美名;

而当人们美化生活意识普遍增强、装修装饰行业商机无限、生意兴隆的时候,他却又一次急流勇退、主动转型,瞄准当时建筑行业普遍存在且十分关键的薄弱环节,超前干起了建筑防水的专业,成为名声大振、名噪一时的"防水大王";

再后来,随着创业道路的不断拓展、创新理念的不断升华,他又开始进军天地更大也更加宽广的房地产业:他要为老百姓建造买得起、住得好的房屋,为老年人建造老有所养、老有所乐的公寓,为蓬勃发展的文化产业建造艺术家聚集、文化精品荟萃的殿堂……

近30年的创业创新经历,给了他无比丰厚的回报:他从一个起初用家里仅有的300元钱投资起家的个体户,发展到如今拥有十几家公司的企业集团,资产达到数亿元的大企业家;从"破烂大王""装饰大王""防水大王"等单一的经营模式,发展到现在集房地产开发、酒店经营、物业管理、养老服务、武术传承、网络传媒、书画艺术、影视制作、牡丹文化等等多种经营并举的综合经济体;他投资开发的项目也越来越多、越大,仅今年项目的总投资就达30多亿元。

他,叫王福波,是一个创业创新的拓荒者,是一个创业创新的成功者、好榜样,也是一个创业创新的示范者、好典型……

这篇文章的作者名叫宋新立,是菏泽市委原常委、菏泽军分区原政委，也是一位造诣颇深的作家。他精心写作的长篇小说《国防后备军》，深受好评，获得了山东省精品工程奖。

他曾在济南军区政治部工作多年，当过军事法院的院长，自从来到菏泽军分区任职后，深深地爱上了这片古老的土地。他发挥文武双全的特长，既做好日常部队工作，又深入挖掘鲁西南文化，创造精神产品。退休后，宋新立没有回到老家济南，而是定居鲁西南大地，继续为这里的人民奉献着。大家亲切地称呼他"我们的宋政委"。

曾经是部队军官的王福波，早已引起了善于总结经验、树立典型的宋新立的注意。看到他一年年创造着不凡的业绩，为复员转业的军人增光添彩，十分欣喜。如今，看到李克强总理大力提倡"大众创业、万众创新"，国务院和各地政府都在积极推进，一个火花点燃了他的思维，王福波不就是一个"双创"的典范吗？！

文章迅速被《菏泽日报》《齐鲁晚报》等报刊转载，引起社会的高度关注。菏泽市委、市政府十分重视这一"双创"典型的学习、宣传和推介。菏泽市领导批示："'双创'是今年工作的突出重点，全市涌现出不少优秀典型，王福波同志的创业事迹就是生动一例。感谢王福波同志在'双创'活动中付出的努力。"

王福波的典型事迹，为许多面临新一轮裁军、即将转业退伍的战友，以及青年大学生自主择业、下海创业树立了成功的榜样。同时，他身体力行，积极响应党和国家的号召，投身到"大众创业、万众创新"的大潮中。

当王福波看到菏泽市委、市政府推进全民"双创"工作，准备在全国11个城市建立返乡创业服务站的消息时，立即与董事会商量，尽公司所能，为政府分忧，积极做好配合工作，决定建立一个菏泽市返乡创业接待站，具体内容是：

一、福汉集团从下属祥记酒店拿出5000平方米的房屋，免费提供给接待站作为返乡创业人员的办公场所，同时免费提供前期返乡创业洽谈人员的住宿。

二、福汉集团为接待站安排三名工作人员，其中一位副总挂帅，全力做好法律咨询、项目对接、人才推荐、资金协调、手续办理、子女就学等接待服务工作。

三、如有购房需求者，福汉集团从其在菏泽城区内开发的房地产项目中给予每平方米500元的优惠。

四、福汉集团从事房地产业、文化产业、养老、三产服务业等多种业态，有愿意到本公司就业的人员可优先录用。

王福波与冯德稳、杨传玉等人来到菏泽市人事社会保障局，汇报了自己的想法和初步方案。

人社局有关领导听完汇报，十分敬佩："返乡创业接待站，免费住宿、办公、介绍工作，这在全国还是第一家呢。我代表市政府首先向你们表示祝贺！"

几个月后，一切就绪。菏泽市返乡创业服务接待站正式挂牌成立。市人社局发文任命王福波为站长；副站长：冯德稳、郑艳；办公室主任：杨传玉。一个由民营企业独家创办的纯公益性组织、在全省全国独树一帜的创业服务站诞生了。紧接着，他们向外地创业者发出了一封热情洋溢的信——

携手同行　共同发展
——致菏泽籍在外地打拼企业家的一封信

菏泽籍在外地打拼的企业家、老乡们：

你们辛苦了！

在"大众创业、万众创新"的大好形势下，菏泽市政府

第八章　基业长青

积极响应，提前谋划在全国20多个城市率先建立了返乡创业服务站，旨在激发菏泽籍在外工作及创业人士返乡创业热情，促使我市"大众创业、万众创新"工作再上新台阶，再铸新辉煌。我山东福汉集团闻讯而动，在家乡菏泽申请建立菏泽市返乡创业服务接待站，得到了市政府人社局的认可批准。

菏泽市返乡创业服务接待站是市政府人社局设置的专门服务机构，也是我们在外地游子的共同的家。本站将为大家提供下列服务：一是服务接待。我公司派两名副总级领导负责这项工作，选派两名优秀中层干部专职搞好返乡创业接待服务，使你们能及时了解家乡的有关情况。二是做好创业向导。与工商、税务等有关部门及时联系，帮助你们办理创业相关证件、手续；对有资金但一时找不到理想项目的创业者，推介相关投资项目；对有项目缺乏资金者，主动帮你们联系金融机构；对有项目、资金但缺乏人才者，我们积极为您推荐各类人才。三是提供生活帮助。利用现有的我公司祥记大酒店为返乡创业者提供免费住宿；提供面积达5000平方米的办公、会议、培训、娱乐场所等；本集团公司所属的房地产企业，有优质房源，如有购房安家、置业需求者，愿给予最大限度的优惠；对一时没有购房计划的，可以帮助解决廉租房或周转房。

游子思归，凤凰还巢。无论你们身处何地，家乡从来没有忘记你们；无论你们走到哪里，菏泽始终是你们的根。当前，菏泽正处在超常规、跨越式发展的关键时期，家乡的变化一日千里，家乡的建设日新月异。高铁、机场、高速公路、码头、保税港等一应俱全，菏泽再也不是以前的旧模样。菏泽的发展召唤着你们，菏泽的企业需要你们，这里的创业环境有利于你们。福汉集团愿意与大家携手并进，共创伟业。让我们紧紧地携起手来，汇八方才智，聚内外合力，抢抓这一千载难逢的大好机遇，精诚团结，开拓进取，为共同建设一个更加文明、更加富裕、更加和谐的新菏泽而努力奋斗！

山东福汉集团董事长、菏泽市返乡创业服务接待站站长王福波携福汉集团全体员工、菏泽市返乡创业服务接待站全体同仁欢迎大家回家、创业，衷心祝愿你们身心健康、工作顺利、阖家幸福、万事如意！

菏泽市返乡创业服务接待站

来吧，战友们，福汉集团在这里迎接你们！王福波在故乡迎接你们！带上你们的行囊，带上你们的昨天，带上你们的梦想，带上你们的血性……

或许，远方的乡亲们应该知道那个"青鸟"的故事——

这是一部西方的六幕梦幻剧，描写了一位樵夫的孩子蒂蒂尔和米蒂尔受仙女之托，为邻家生病的女孩寻找青鸟。他们走遍世界，最后发现自己家的斑鸠就是青鸟。它治好了女孩的病，使她获得了幸福。蒂蒂尔兄妹也在历险中得到启示：青鸟并不在远方，它就在自己家里。

只有甘愿把幸福传递给别人，自己才会获得幸福……

第九章　路向远方

章首语

　　如果我们选择了为人类而贡献出自己的全部的话，那么不管是什么样的阻挠都不可能使我们屈服。因为这阻挠不过是为人类做出的一点小小的牺牲罢了。如果我们选择了这条路，那么我们便不会再沉浸在那贫弱、狭隘与利己主义的愉悦当中，人类的幸福就将成为我们的幸福。我们的所作所为将会静静地，但却是永久地进行下去。在我们死后，我们的骨灰将会在人们高洁的热泪中得到永生……

——马克思

无衔将军——优秀军转干部王福波的命运创新

叫"三妮"的男娃

黄河，中华民族的母亲河。

她发源于青海巴颜喀拉山脉，一路出雪山、过秦岭、擦阴山、穿陕甘、越太行，历经九曲十八弯，在鲁西南平原的菏泽东明完成了最后一弯，泻过千里平原，直奔黄河入海口，将生命投入辽阔的渤海湾。

菏泽，是一座黄河母亲养育的历史古城。这里古有雷泽。《史记·五帝·本纪》记载："舜耕历山，渔雷泽。"可见其历史之悠久。

菏泽东与江苏省徐州市、安徽省宿州市接壤，南与河南省商丘市相连，西与河南省开封市、新乡市毗邻，北接河南省濮阳市。四省交界，总面积1.2万平方公里，当年是冀鲁豫抗日根据地首府所在地，如今菏泽有1014万人口，四区七县，是一个地下资源丰富，发展后劲十足，处处洋溢着生机勃勃的平原地区。菏泽原系天然古泽，济水所汇，菏水所出，连通古济水、泗水两大水系，唐朝更名龙池，清朝称夏月湖。此地古称曹州，清雍正十三年（1735年）升曹州为府，附郭设县，赐名"菏泽"，自此菏泽才成为行政区划名。菏泽是我国著名的牡丹之都、武术之乡、书画之乡、戏曲之乡和民间艺术之乡。其所辖郓城县，便是宋江老家，《水浒传》中一百单八将血性男儿，72人出自菏泽地区。

菏泽城北牡丹区吴店镇，有个叫张河口的村庄，早先因居住的张姓人家多，又有个小河码头而得名。村不大，八九十户人家。1962年，新中国遭遇三年"天灾人祸"的困难时期，王福波在这个小村里降生。父母都是老实本分的农民，吃着生产队的"大锅饭"，日子过得紧紧巴巴。

此前王家已有一男一女，都是长到两三岁就生病夭折了。之后又有了两个女儿，乳名叫"大妮""二妮"，王家老两口都已人到中年，生到第五胎好不容易盼来了个儿子，一家人金贵得不得了，生怕"送子观

第九章 路向远方

音"改了主意收回去，于是让他认"武将爷"为干爹，请个保护神并从小把他当闺女养，在脑后留条小辫子，给他起名"三妮"。他，就是长大后的王福波。

无论领袖、将军、科学家、艺术家，都是从一个小小婴儿起步的。因而，以伦理文化为传统核心的中国人，把每一个婴儿的降生，都视为家中盛事。乃至将此小辈称之为"小祖宗"！在北方农村，男娃常以"柱""蛋""壮""铁""栓""黑子""石头"等为名，佑其健康生长。农业社会劳动力珍贵，重男轻女之风也就不足为奇。即使起名叫"妮"，亦是别有用意。

"三妮"的诞生是王家一件大事。

王家在村里算是大姓。从清代传下来的家谱至今保存得十分完整。王福波的爷爷王万臣在当地算是有文化、有身份的人，国民党时期曾被选上菏泽西河区的大队长，管理着城北吴店、小留，包括鄄城什集、高庄等一大片地盘。爷爷身材魁梧、英俊、文质，方脸盘，手下有一干人马，骑着高头大马，犹如一位将军般威武。但爷爷从不与老百姓为难，明里暗里地帮助乡亲们做了不少善事，落下了一个好口碑。1958年过世。

奶奶为人亲善，在村里也是一个能人。她有一手绝活儿，懂中医的经络按摩。谁家的孩子闹肚子、发高烧，找她来摩擦摩擦穴位，病痛就好了。所以，奶奶屋里经常挂着乡亲们送来的红幛子，上写着"妙手回春""仙家显灵""观音再世"什么的，还有不少的糖果点心。福波小时候到奶奶屋里玩，奶奶总要塞给他几块解解馋，他尝到奶奶助人为乐带来的快乐。

福波父亲一辈兄弟五个。一个姑姑远嫁河北。虽说家里成分是贫农，应该成为新中国的主人，但在跑步进入社会主义的极"左"路线影响下，生产资料均低下的岁月，人们一起吃着生产队的"大锅饭"。一个壮劳力干一天农活只合几分钱，如果不小心掉了个扣子，就会心疼地说:"完了,今天白干了!"

小"三妮"童年的记忆中,就一个字——"穷"!

从小没鞋穿,光着小脚丫,或是穿双木制的趿拉板儿;上学了,穿着姐姐传下来的花衣服,裤子是侧开口的,上厕所不敢跟人一块儿去,怕同学们看见笑话。吃饭更是常年地瓜干、地瓜面,加糠菜,只有过年才能看见点"白馍"。

古语说,人穷志短,马瘦毛长。可在福波的成长史上,家风传承和影响的是另一种理念,人穷志不短,贫穷生刚强,使他养成要强好胜的性格。小时候是个调皮鬼,小肚肚里装着糠菜,却天天乐呵呵的,从小善于出谋划策,常领着一群娃娃玩乡间游戏。

有一个时期,"三妮"与同村的孩子们玩儿上了抽"陀螺",也就是北方农村常说的抽"懒老婆",抑或叫抽"皮牛",即将一块圆木块削尖了底座,用一根鞭子不断地抽打旋转。"懒老婆"不停地转,孩子们也乐开了花儿。可是布绳做的鞭子不结实,常常抽断。小"三妮"想到了生产队牲口棚里有牛皮绳,就悄悄地截了一段来。撕开捻成皮鞭抽起来又响又有劲儿,在小伙伴们眼里大大风光了一把。

这事儿让福波娘知道了,一向疼爱"三妮"的娘十分生气,夺过小皮鞭子,把福波绑在院里的椿树上一顿抽打:"你这是偷队里的东西,不学好!看你还敢不敢偷了?"

小福波痛得直掉泪,却不求饶。

打在儿身上,疼在娘心头。福波娘整整教训了半个多钟头,最后把"三妮"放下来,搂在怀里抚摸着道道伤痕,流着泪说:"三妮啊,你记住,咱不管多困难,就是饿死也不能做贼!去,把皮绳给生产队送回去。"

这一顿打让小福波真真长了记性:不是自己的东西,一根草也不能拿。

可是,男娃子终归是贪玩。那年月的娃儿没有如今的娃儿幸福,

第九章　路向远方

什么游戏机、积木、遥控小汽车、玩具枪等，既娱乐又启智。"三妮"抽打"懒老婆"的后果是自己被抽打了。他又和小伙伴们玩儿上了投瓦片，夏天在水面里"嗖、嗖、嗖"地投出一溜水花儿，十分过瘾。冬天则在冰面上投出一条白烟似的长线，谁的瓦片薄、技术高，谁就投得特别远，也就很有成就感。

有一回，一帮娃儿在村头冰湖边上玩，天晚了，其他娃儿陆续回家吃饭了，可小福波还没玩尽兴，一个人继续投瓦片，"哗、哗"地投得老远，突然一下子投到对岸边上。他踩着冰面跑过去打算捡回来接着投，不料，由于天暖冰薄，"咚"地一下子掉到冰窟窿里！

"救命啊！救命！"他接连大喊了几声，没人听见，连着喝了几口冰水，心想这下子玩儿完了……

人逢绝境就会迸发出巨大的力量，哪怕是一个小孩子。小福波知道指望不上大人来救，只有靠自己了，便拼命抡着小胳膊往前扑腾，像一艘小小的"破冰船"。好在离岸边不太远，一条弯弯的柳树枝伸到冰面上，小福波挣扎着抓住了柳树枝，使出吃奶的劲儿爬上了岸。

他一身湿淋淋地回到家，当娘的又生气又心疼，照屁股上给了两巴掌，又连忙把他扒了个"光腚猴"，擦干身子盖上被子，烧了一碗姜糖水。

这哪里是个"妮儿"啊！

记忆里母亲就打了他这么两回。

父亲却从没戳过他一指头。传统上的严父慈母在王家倒过来了。父亲受爷爷的影响，从小喜欢读书写字，还在玉皇庙读了几年小学，性情温和，家里遇上事儿多半是母亲出头。父亲有空就练上一阵毛笔字。小福波常站在旁边看着，也拿个柳树条在地上划拉，父亲则亲切地在一边指点，慈目里透着对儿子的宠爱。直至后来王福波真正爱上了书法，并有了造诣。

菏泽历史悠久，文化深厚，上古时期济濮流域古泽遍布，《禹贡》

九泽之菏泽、雷泽、大野泽、孟渚泽，皆在境内。人文始祖伏羲、东夷之帝少昊、贤明君主帝舜、战神蚩尤、改革家吴起、军事家孙膑、思想家庄子、农学家氾胜之、经济学家刘晏、文学家温子升等大批圣贤，都出生在这里。

自古以来，菏泽就是一块英雄辈出的热土。刘邦登基称帝、曹操成就霸业、黄巢起义等雄壮的历史大戏，均以此地为舞台轮番演绎。尤其宋朝时菏泽郓城出了个宋江，在水泊梁山聚义一百单八将，替天行道，行侠仗义，留下千古美名。

近代抗日战争时期，菏泽人赵登禹，身材魁梧，从小习洪拳，功夫绝伦，从戎后得到冯玉祥赏识，由护卫逐渐提升为团长、旅长，他回乡带走八百子弟兵，背着大刀上前线，在长城喜峰口，赵登禹身背两把特制钢刀，带领队伍偷袭敌营，杀得日本鬼子丢盔弃甲。赵登禹一人就砍下60多颗敌人头颅。那首唱遍大江南北、鼓舞国人士气的战歌：《大刀向鬼子们的头上砍去》，就是为他们而歌，而赵登禹和他带走的八百子弟兵，则血洒疆场，无一生还！

俗话说，说书唱戏劝人方。

小"三妮"长大一些，特别喜欢听这些英雄故事。村里有个年岁大些的堂哥，肚子里装了不少《水浒传》啊，《杨家将》啊，赵登禹、王登伦打鬼子杀汉奸的故事。夏夜人们在屋里闷热，常在院子里铺一张席子躺着乘凉，眼望着星空，福波总爱缠着堂哥讲这些英雄故事。

有时讲着讲着，堂哥困得睁不开眼了，福波一听没声儿了，就用小手捅捅人家："后来呢？哥，别睡啊，接着讲啊！"

春风化雨，点滴入土。

慈父严母的榜样与教诲、英雄好汉的传奇，在福波幼小的心灵上起着潜移默化的作用，养成了真诚善良、好学上进、为别人做好事不怕受苦、不怕冒险的秉性。回首幼年时，他的"英雄壮举"还不少呢！

那年秋天，村内路边猪圈的窝棚下，不知啥时候"长"出一个大

第九章　路向远方

马蜂窝，成群的马蜂飞来飞去，来来往往的行人一不小心，就会被它们蜇着，鼓包，疼痛无比。一些小孩子特别害怕走到蜂窝处，往往快步冲过封锁线，结果一跑带出一阵风，反而惹得马蜂追着攻击，蜇得孩子们吱哇乱叫。

小"三妮"看在眼里，跟小伙伴们商量，无论如何要捅掉这个马蜂窝。大点儿的孩子知道这很危险，劝他去报告家里大人。

"不行！谁也不准说，大人知道了，准不让咱干了。"他很坚决。

"那咱怎么干呢？"

"听我的，你们去找一根长棍子来，我蒙上衣服去捅！"

"战斗"开始了：王福波脱下小褂子，把脑袋蒙了个严严实实，只露出两只眼睛，拿着那根长棍子上"第一线"。一帮小伙伴在他身后躲得老远的，提心吊胆地观战。

只见他蹑手蹑脚地凑近了屋檐下，将木棍轻轻地举到马蜂窝跟前，突然一发力，"叭"地一捅，马蜂窝捅下来了，小伙伴们刚要欢呼，马上又闭了嘴，只见地上蜂窝顷刻间飞出来成百上千只马蜂，朝着小福波冲过去，隔着衣服乱叮乱蜇，疼得他扔下棍子就跑。

娃娃腿哪有马蜂翅膀快？慌乱中又把遮挡的衣服跑掉了，一窝马蜂犹如入侵的轰炸机群，飞快地追上来围着"三妮"的脑袋"狂轰滥炸"。

"娘啊！娘啊——"这可把大家吓坏了，有的孩子还没被蜇上，就大呼小叫起来，有的赶紧去找大人报信去了。等到村民们闻讯拿着扫把赶来，七手八脚地赶走了马蜂，再看小福波的小脸儿和全身都被马蜂蜇得疙瘩一个连一个，整个人肿成个"大发糕"了！

这一次福波娘没有发脾气，而是把孩子抱在怀里连连夸奖："做得好，做得对！"连忙按照土方子给他抹上满脸满身的药膏，还好，没有留下疤痕，掉了一层皮反而更显白了。

捅马蜂窝后不久，他又来了一次"壮举"。

学校里放暑假，他那上中学的小姨来看姐姐，住在家里。小姨是福波娘的小妹妹，秀外慧中，聪明伶俐，也是福波后来成长过程中的重要人物。

　　一天她正在屋里与姐姐说话，忽听院子里"扑通"一声，接着传来一阵惊呼："哎呀！不好了，三妮摔下来了……"

　　"啊？是三妮！快去看看。"福波娘和小姨闻声，放下手中的针线活儿，三步并作两步往外跑。

　　出了房门一看，倒吸一口凉气：只见福波躺在大枣树下，头磕在墙角凸出的砖棱上，头上呼呼地往外冒血，比他大七岁的姐姐蹲在地上手足无措，只知道哇哇大哭。心疼得福波娘眼泪"哗"一下就出来了，上去拽过大妮生气地问："快说，咋回事儿？"

　　"呜呜……俺兄弟他……"大妮显然吓傻了，呜呜半天说不出话来。

　　小姨拦住姐姐："赶紧送三妮上医院。这血可流了不少哩！"

　　一句话提醒了福波娘，那时福波爹下地还没回来。她马上出门借了一辆地排车，一手抱着孩子一手捂着伤口坐到车上，小姨和大妮拉着车就往距离18里地的县城北关医院跑。

　　一路上，生怕福波昏过去醒不了，不断地喊着："三妮、三妮，快醒醒，可别睡觉啊！"由于失血过多，小福波一直昏迷，吓傻了福波娘。

　　乡间土路颤颤颠颠。一到医院就送进急诊室。外科医生赶紧清洗检查，发现脑袋左侧磕了个好几厘米长的伤口，缝了七八针。

　　出院后回到家平静下来，小姨追问他："三妮，你爬那个树干啥哩，你馋枣了？"

　　"不是……"福波小声地回答，"是小黑蛋娘有病，吃那个药邪苦，里头放上枣就好了。俺去给她摘枣哩！"

　　黑蛋娘就住在东院，小姨连忙跑过去问个究竟：原来是福波去黑蛋娘院里玩，听黑蛋娘跟邻居说刚配了几副中药，需用小枣作药引子。说

第九章 路向远方

者无意，听者有心，小福波想到自家院子里有棵挂了果的枣树，回家就爬上了树去摘。不料，一脚踩空摔了下来。

黑蛋娘听说了此事，也赶忙过来看望，嘴里是又自责又称赞："你看你看，我就是随便一说，多些个小孩搁那儿玩，就他当真记住了。咱三妮恁小，就懂事了，真是个好孩子！"

如今，已是福汉集团董事长的王福波，头上还留着一块长条疤痕。只不过平常让头发盖着，看不出来罢了，那是幼儿时印上去的一枚勋章！

及至稍大上学之后，王福波像一个小小的男子汉，认真学习，吸取更多的知识。他尤其喜爱动脑动手的手工课，家里的钟表啊、手电筒什么的，经常让他拆得七零八落。甚至，他还学着做鞭炮。鲁西南一带人家有个习俗，过年过节或者办红白喜事，村里人就买些火药、废报纸，自己擀炮筒装填火药，生产二踢脚和上百头的火鞭。

这年正赶上福波的一个堂嫂过门，因为堂哥平时待他很好，为了报答堂哥，他悄悄地帮助制作迎亲的鞭炮。

由于白天上学，只好晚上加班赶制。擀了30个炮筒后紧接着就往炮筒里装药，为了多装药放得响，在火药敦实时，不小心将火药粉溅到了煤油灯的火苗上，只听得"轰"的一声，火药一下子爆炸了，小福波潜意识地身子后仰，但是上身的棉袄和颈部、脸部全部被烧。小福波的爹娘听到响声赶过来，只见一屋浓烟，火药味呛得喘不过气来。他们迅速将烟火中的小福波救了出来。

办完喜事的堂嫂听说了此事，甚为感动，不知道婆家还有一个这么好的小叔子，心中很是过意不去，不等三天回门就急着赶回娘家，从土郎中那里买回特制的烧伤药膏，给小福波抹上。真是土方能治大病，不出一周，小福波的烧伤全好了，浴火重生，小福波不仅没有留下伤疤，而且小脸比以前更加白净了……

不过现在仔细近距离观看王福波的额头，顶部的3厘米还是与下部有明显的色差。

好一个"三妮",打小做的全是真小子的事儿!

黄河少年

小福波在本村上小学,条件很差,就是那种"黑屋子,土台子,里边坐些泥孩子"的状态。

三年级的时候,周边四个村的孩子集中到较为正规的玉皇庙小学,离张河口村三四里路。父母为了让姐弟互相有个照应,福波与二姐上了同一个班。

在这里,他们遇上了学识高、要求严的语文老师程慈祥,才真正懂得了学习的重要性。程老师早年上过理工大学,还是学校里的高才生,却阴差阳错地丢了工作,回到家乡当了小学教师。壮志未酬,他把全部知识用在教书育人上,希望自己的学生将来学有所成,报效国家。他发现福波这批孩子基础太差,许多基础知识都不懂,便从头给他们补习起来。

从汉语拼音,到常用成语,再到写作文,要讲主题思想、谋篇布局、注意开头结尾等等。程老师在讲台上讲,在黑板上写,小福波在台下睁大了眼睛、竖起了耳朵,聆听着每一声师音。加之从小受父亲的影响,依样画葫芦的练习写字,他很快就成了班上名列前茅的好学生。

如同落进知识海洋的海绵,王福波如饥似渴地汲取着、学习着。尽管求学之路不近,从家里到学校要走上一个多钟头,还尽是乡间小路,坑坑洼洼,晴天一身土,雨天两腿泥,可福波姐弟俩天天摸着黑起来,拿上"黑馍"就往学校跑,从来不迟到、不早退。

有一年冬天,菏泽一带下起了百年不遇的大雪,漫天鹅毛无止无休地飘洒着,积雪足有一尺多厚。程慈祥心想:天寒地冻,这路不好走了,今天怕是没学生来了,可作为老师不能不去看看。

第九章 路向远方

当他来到三年级的教室门前时，被眼前的一幕惊呆了：两个身上落满了雪花，宛如雪人一样的孩子站在那里，等待着老师开门。他赶忙走到近前一看，正是王福波和他的二姐……

那年月，农村里没有什么娱乐，来个电影队放电影，便是村民尤其是孩子们的过年日子。玉皇庙是在几个村的中央，隔上一两个月，就在学校的操场里竖起两根高高的杆子，挂上白白的银幕，四乡八村的人们像赶集似的早早聚来。福波与他要好的同学晁洪志、宋占银等人一次也不落下。只不过，王福波总是带着课本去，利用放映前亮着灯的机会，再学习一会儿。

这天晚上，露天电影又即将上演，程慈祥老师也拿着个小板凳去看电影。开演之前是比较混乱的，孩子哭，老婆叫，有为了争座位打起来的。可是，他刚坐下忽然听见后面有人在振振有词："千钧一发，比喻到了十分危机的时刻；拔苗助长，形容违反事物发展的客观规律，急于求成，反而坏事……"

不管周围是怎样乱哄哄的，竟丝毫没有干扰到那个学生，忘我地投入到自己的学习中去。这是谁呀？程慈祥禁不住回头去看：哦，是王福波！

这样的学生谁不喜欢？

虽说那还是在20世纪70年代的"文革"后期，"白卷英雄"张铁生红极一时，可程慈祥老师坚信曙光就在前面，常常教诲并勉励同学们："你们一定要好好学习，就像王福波一样，社会不能老是这个样，早晚还是要看一个人有没有文化！"

穷人的孩子早当家。

在那出一天工不值一粒扣子钱的年月，能够勒紧腰带供孩子去上学，实属不易了。懂事的小福波知道家里困难，能省则省，为父母分忧，衣服大都是姐姐们穿过的，缝缝改改他再穿；带着上学的干粮、咸菜，有时都发了霉、变了味，仍然大口地吃下充饥。

无衔将军——优秀军转干部王福波的命运创新

用句成语说：王福波很少"一筹莫展"。他还在玩闹的年岁里就想到了帮家里挣钱……

夏秋之际，村头田野里响起一片"蝈蝈"的叫声，那是一种小昆虫摩擦翅膀产生的歌唱，美丽动人。城里人买来装在小篦笼子里，为家庭带来大自然的声音。小福波从中看到了商机，中午课休时，约上宋占银、晁洪志等人跑到豆地里去捉。

"看，那里有一只！"眼尖的宋占银指着一棵豆秧低声叫道。

"你别动，看我的。"福波脱下布鞋，光着脚，屏息过去，看看够着目标了，"啪"的一声，两只鞋扣在了一块。

"哈，逮着了！"

小家伙们欢呼着，又小心翼翼地翻开鞋口，看看别给憋死了，抓出来放在用高粱秆的柔性外皮编好的小笼子里，拿到城里去卖。8分钱一个，一连卖了好几个。三个好朋友"发财了"，每人买了一支钢笔，还有泡墨水的蓝靛片，放到灌满了水的玻璃瓶里，轮流把钢笔吸得满满的。

既玩得开心，又可以给家里省下买文具的钱，一举两得。不过，最先出主意的王福波觉得小打小闹，不满足，随着年龄的增长，他开始琢磨新的门路了。

时间过得很快，一晃该上五年级了，一帮小伙伴转到了小留公社的魏庄学校，属于小学戴帽加初中。学杂费增加了，穿衣吃饭也更需要钱了。特别是长大一点了，还穿着姐姐传下来的女式花衣服，遭到个别同学的讥笑，小福波心里"很受伤"，愈加感到了没钱的难堪和屈辱。

穷则思变。虽说小小年纪的学子们，还不会理解伟人这句话的真正含义，但却不知不觉地身体力行了。赵楼公社一带有种植果树的习惯，杏园、梨园、桃园、苹果园，成方连片，花开次第，果熟飘香。双河集附近就有一个很大的杏园，每到5月"夜来南风起，小麦覆陇黄"的时节，这里一片一片的杏林就挂满了果，黄澄澄透着娇红的麦黄杏上

第九章 路向远方

市了。别说孩子了，大人见了馋得都要流口水。

"咱们贩杏去，能挣钱。"王福波瞄准了商机。

"不行，不行。"有的同学反对，"见了杏都想吃，还不全赔了？"

"咱定下规矩，谁也不准吃，光闻闻杏味儿，赚了钱再说。"

小小年纪懂生意经：讲成本管理，追求利润最大化！

在王福波的带领下，几个同学利用麦收放假的时间，兴冲冲奔杏林去了。他们没有什么本钱，凑到一起不到两块钱，能贩多少是多少。他们把杏装到小篮子里，在上边盖些树叶防晒蔫，走村串户地叫卖开了。一毛钱从杏林买10个杏，再两毛钱卖出去，一个杏可赚一分钱。有的村娃闹着要杏吃，家里又缺现钱，咋办？福波小脑袋瓜十分透灵："可以拿鸡蛋来换，一个鸡蛋三个杏。"卖一天杏，剩几个烂的，分一下，犒赏一下自己。别看这些娃儿们，他们竟然知道企业管理当中最深奥的秘密——管理者首先要管理好自身的欲望！

这事瞒不住人，有的同学向老师报告了。此时的班主任老师是李传民，王福波的又一位"伯乐"。他也是当地农民的儿子，祖辈们把学文化光宗耀祖的希望寄托在他身上，可惜世道纷乱，一直未能如愿，但养成了一心向学的秉性。他当上民办老师，一边教书一边自学，对家境贫寒却不放弃学习的学生，充满了理解和同情。

李老师把王福波找到办公室，语重心长地说："福波啊，你贩杏可要注意两件事，一是不能耽误了学习，二是别在学校周围转悠，让人看见会说的。"

福波先是一惊，继而低着头说："老师俺不是馋杏了，是想赚点钱买文具……"

"我知道。你和你姐学习一直不错，还得再加把劲儿，将来才能在社会上做个有用的人！"

这位乡村老师眼光远大，在课堂上除了教语文、历史等日常课程外，还激励学生们要有志向、有理想。这在那物质、精神都很匮乏的年

285

代里，犹如春风细雨般灌溉着干涸的心田。

或许，少年时的刻苦读书、崇文尚武是王福波走向军营的热身，而卖蝈蝈儿、贩杏子等等则可说是他最初的"勤工俭学"和"商品经济"的试水。

菏泽近代史上的两大名人，文有何思源，武有赵登禹，成为鲁西南青少年的楷模。前边介绍了抗日英雄赵登禹，从小在村里就爱习武，敬仰忠义之人，长大带队投军打鬼子，大刀砍出了中国人的志气，至今北京还有一条街道命名为"赵登禹路"。何思源也是菏泽农家子弟，自幼好学上进，考上了当时的重点学校——山东省第六中学（现菏泽一中），继而又考上北京大学，到美国芝加哥大学、哥伦比亚大学、德国柏林大学、法国巴黎大学留学。毕业后回国效力，当过国民政府山东省教育厅厅长、省政府主席、北平（北京）市长，为民族进步事业作出了贡献。多年来，菏泽仍流传着这样一句话：六中、北大、哥伦比亚。意思就是说走何思源的路，好好学习，报国有门。

当代一文一武的传奇事迹，深深影响着王福波的人生。他小小年纪一边读书练字，一边跟着村里的拳师研习武术，梦想着长大后为国家和百姓干些大事儿。菏泽农村有个传统，人们利用冬闲时节练拳脚，吃罢晚饭喝罢汤，趁着月亮拉开了架势，王福波拜师学艺，一套梅花拳打得有模有样。

那时候，村里有盘铁匠炉，每天叮叮当当地打锄头、镰刀什么的。小福波没事儿时，就去看打铁，帮忙拉风箱，饶有兴趣地问这问那。

当看到铁匠师傅打完一件家什儿时，就把红通通的铁块放到冷水里浸泡，"吱——"的一声，水桶里冒起一股青烟。小福波身上不由得也一激灵，奇怪地问："这是为什么呢？"

"为什么？这是淬火！把热铁放在凉水里激一下，就会更结实、更有韧性！"师傅解释着说，"人啊，也需要这样，多吃点苦不是坏事，等于淬火嘛！"

第九章 路向远方

小福波若有所思地点点头，也许那时他还不完全理解这话的含义，但后来这成为他的人生经历。他把遇到的每一次困难都看成是生命的一次淬火。

20世纪70年代中期，当时上高中还是推荐制，按生产队人口数量比例来选定名额。因为王福波和二姐一个班，姐弟俩只能摊上一个，姐姐就被推荐上了本公社的小留中学，而王福波则求远门的舅舅推荐到杜庄中学上了高一。

"文化大革命"还没有结束，学校只开了语文、数学等几门课程，学工学农劳动课安排了不少。这个学校在吴店有个几百亩地的农场，王福波和其他同学一样一年有半年的时间是在这个农场里干农活。养鸡、喂羊、打铁、种菜，文化课没有学好，却练就了一个好的农把式。

东方不亮西方亮。在那个不重视学习的年代，王福波干农活和其他集体活动在班级表现突出，不久就成为一名光荣的共青团员。而且，由于从小受父亲的影响，写得一手好字，学校办专栏、写黑板报，都是他执笔，连写带画，变换好几种字体，图文并茂，每出一期，同学们都来参观欣赏。就连毛泽东主席逝世学校开追悼大会，老师也挑他来写标语，制彩旗。

1977年，高考恢复了。王福波被挑到"大专班"学习，但"文革"不重视文化课的恶果显现了，杜庄中学当年参加高考的应届毕业生几百人当中就录取了一个。王福波和多数同学一样名落孙山。难道只有回家当农民？

王福波不服输。他瞒着家里，悄悄去考县重点中学，竟然考中。1978年又上了小留中学。

已经有过两年高中经历、还早早入团的王福波，很快就在班上崭露头角，成绩似雨后春笋"噌噌"地上升。学校里器重，同学们尊敬，他被选上了班干部、学校的团委书记，打篮球也是一把好手，还加入校篮球队。个子高高的，一表人才，走到哪儿都风风光光。

然而，由于家中劳力少，工分挣得少，成为地地道道的缺粮户。上高中住校，三天回家拿一次干粮，还是地瓜面掺麸子做的黑馍，一天5分钱菜金，买一碗白菜汤，几个要好的同学"伙"着吃。正是十六七岁长身体的时候，身高已有一米八〇的王福波，面黄肌瘦，体重还不到100斤，幸亏有小姨和同班同学以及表妹的资助，身体才勉强支撑得住。此时王福波十分感谢他的两位恩师。一位是教他政治课的官昌军老师，看他身体发育快，生活差，几次偷塞给他几斤粮票，使他能早晚换几个白馍增加些营养。另一位是他的班主任杨秀芝老师，看他学习用功，怕他身体吃不消，多次把他叫到家里，开个小灶。尽管这样，王福波还是发生了意外，有一次当场饿昏在课堂上……

"王福波，王福波，你怎么啦？快起来，上课呢！"同桌以为他在闹着玩，一边拽他，一边叫着。听不到回答，再看看他脸色蜡黄，连忙惊慌地大喊起来："不好了，老师，王福波昏过去了！"

"什么？"正在板书的老师扔下粉笔，冲过来把手指放到他鼻子上试试，还有气息，抱起王福波就往外跑："你们赶快报告校长，找辆车来，上医院！"

七手八脚一阵忙乱，同学兼好友晁洪志、宋占银等拉着排车一溜小跑把王福波送到了医院，并且通知了家长。经过一番检查，医生说孩子没有大事，就是营养不良，低血糖，说白了，就是饿昏的！

在医院住了几天，稍好后，小姨把他接到自己家里，补养20多天，才缓过劲儿来。

在那个年代里，小姨是这个家族唯一吃上"国库粮"的城里人。她从小看好这个叫"三妮"的外甥，孩子长得帅气体面，有志向，爱学习，想法跟别的孩子不一样，长大一定能有出息，所以对他呵护有加。

经此一折腾，王福波好像明白了更多的事理：虽然人穷志不短，可是改变贫穷才是根本。因为贫穷会给亲人添牵挂，给社会增负担。连饭都吃不上，谈何奉献？

第九章 路向远方

当年陈胜吴广率农民起义反秦，说了一句警世之语：王侯将相宁有种乎？

穷则思变。穷人总要活下去，最近热播的某反腐电视剧，把贪腐官员归之于出身贫穷，"穷怕了！"既浅薄，又不合情理。难道官二代、富二代才不会贪婪？他们亲朋相连，狼狈为奸，组合成庞大的利益集团，民生之苦又作何体现？

王福波生活于黄河古道冲积平原上。这里的人们称吃晚饭为"喝汤"，其中包含两种含义：粮食少，很少吃干馍，多以稀粥充饥；黄河经常发洪水，每来洪水百姓都喝"黄汤"，甚至丢失性命。"喝汤"是生活在黄河滩上的百姓悲惨生活的写照。

但"喝汤"长大的王福波身为农民、为军人、为企业家，无比热爱这条母亲河。

今天，你怎么能想象出一个六七岁的农村娃，第一次决意要独自去看看黄河，带上两个黑馍，打着赤脚，徒步几十公里，走上黄河大堤。娃儿望着滚滚黄河水由西而东，后浪推前浪，发出震耳的涛声，永无休止，流也流不完。它来自哪里？又奔向哪里？走了多远的路？那黄河的气势远非村边的小河可比，幼小的娃子第一次看到黄河的壮阔、美丽；第一次看到这么多的水，这么长的河流，这么大的气势，他不知道它已奔腾了几亿年的岁月。祖先们五千多年来靠它的哺育，繁衍子孙，它是中华民族的大动脉。满河的黄汤，就是母亲的乳汁，滋养了中国北方的文明。

黄河的恢宏、奔腾气势，不屈的奋进，永无休止的呐喊，在他幼小的心灵上打下了深深的烙印，他是黄河之子，黄河是他生命的图腾，从此后，他不论走向天南海北，黄河的灵魂都已注入他的生命里！

第二次走近黄河，是1977年，他15岁时。连降大雨，黄河水暴涨，为防决堤，各公社、各村庄派出壮劳力，到黄河大坝上搭窝棚，填土护坝。时值学校放暑假，王福波正在街上玩耍，生产队长看他长得人高马大,招呼:"三妮,上河护坝去!"父亲赶来对生产队长讲:"俺小才15岁,力气没长全呢!"生产队长说:"身大力不亏,坝上缺人哩!"父亲说:"俺小连鞋都没有……"生产队长花三块五毛钱,买了双军用胶鞋,王福波穿上去了黄河大坝。

民工住的窝棚就搭在黄河大坝上。他第一次看到发怒的黄河,咆哮的黄河!"黄河之水天上来",万夫莫当。黄色的波涛此起彼伏,一旦决堤,万亩良田将被淹没,人或为鱼鳖,家园不再。民工们拼尽全力,用双手同上天争夺生存权!大坝薄弱处出现裂口、缺口,护坝的民工蜂拥而上,盛满泥沙的麻袋、大大小小的石头、树枝、木板、石碑、石条等等,都用来护坝抢险。

成千上万的民工变成了一个生命的整体,为了一个目标:护卫家园。

小鱼串在大串上。王福波和其他整劳力一样分担任务,手上脚上磨起了泡,肩上的勒痕血红,一天吃下八个窝窝头。

天黑了,堤上留下打更人,王福波和其他民工睡进窝棚,下面是麦秸、草席,上面搭条薄被。王福波带来了两包书,蒙上被子,打着手电筒阅读。

他边读书边思索,黄河虽然宽厚、宏大,但它不能接受天灾给予的压迫,上天强加给它的暴戾。天上、地下的洪水迅猛涌来,河面只见怒涛不见帆影——水可载舟亦可覆舟!

令王福波惊讶的是:菏泽段的黄河有一种奇特的人文景观,有一些农民世世代代居住在被黄河水包围的"滩"上。这些滩有的面积很大,土地肥沃,种一季吃三秋。平时滩高于水面。但洪水来时,滩被淹没,滩民的房屋也漫进了洪水,有的山墙被洪水冲倒半边,可令人惊奇的是,这些滩民毫不惊慌失措,依然生火做饭,一如平常。有一年险情大,县里派救生艇救济,许多人竟不愿出滩。他们已同黄河共生。他们和黄河有一个约定:每有男婴降生,户主就会运来石头,为他打好一座房屋的地基，成年后，在上面盖屋成家。

王福波从部队转业回来后，第三次又步行去东明县看新修的黄河大桥。他独自一人默默地行走在结实的大堤上，几经改造，大堤已变成一条宽阔的公路。他迈着军人的步伐，目光深邃，闪烁着一个成熟男人的睿智和文质。这条大河其实就是一个男人，一个民族之魂。黄河为什么会这样几千上亿年来如此奔流不息——因为它宽容、豁达、不拒细流。从巴颜喀拉山泻下一抹清溪，一路携湟水、纳白河、接黑河、迎窟野河、领汾河、拥无定河、抱泾水、呼渭河、召洛河、唤沁河、融金堤河、带大汶河、牵运河、揽济水……多少山泉溪水，多少雨雪冰凌，皆入怀中，因而有其磅礴，有其恢宏，有其生生不息。

在国学中，王福波偏爱儒家学说。他每年都要去一次曲阜，到孔庙、孔府、孔林祭拜，先后去了不下30次。每一次，他都要在孔庙站立许久，跨时空与先哲对话。而每当此时，他都想起古代的另一位先哲——老子。老子和孔子是同时代人，孔子曾多次前往向比他年长的老子问道，回来对他的学生赞美老子："神龙见首不见尾啊！"

孔子51岁时，又去问道老子。

老子说："你现在已经成了北方的贤者，你也已经懂得天道了吗？"

孔子回答："还没有懂得天道。"

老子说："你是怎样寻求天道的呢？"

孔子回答："我从制度名数来寻求，没有得到。"

老子问道："你又怎么样去寻求呢？"

孔子说："我从阴阳的变化中来寻求，还是没有得到。"

老子说："是的，阴阳之道目不可见，耳不能闻，言不可传，是通常的智慧所不能把握的。原因就是道不可见、不可听、不可言、不可赠送。努力寻求道，关键在于内心的觉悟。"

孔子告别。老子送孔子到黄河边。

孔子叹曰："逝者如斯夫，不舍昼夜！黄河之水奔腾不息，人的年华流逝不止，河水不知何处去，人生不知何处归？"

老子道："人生天地之间，乃与天地一体也。"

老子的"道法自然""天人合一""道存于心"的哲学观念和宇宙观，无疑都给了儒学创始人孔子以有益的启迪。

王福波不止一次登临泰山。当年鲁国即在泰山脚下，孔子一生曾多次登泰山观日出。王福波遥想这位目光如炬的伟大哲人，站立在泰山之顶，望着壮丽的东海日出，会发出怎样的激情和对人生、对社会、对宇宙的感悟？

孔子是一个崇拜黄河、崇拜太阳的人。他的思想学说如黄河般奔流不息，传递于后世。

王福波认为，人应该学会仰望！仰望茫茫星空宇宙，仰望给予世界一切生命的太阳，仰望圣贤和人杰，仰望历史上的英雄和伟人，他们告诉了我们什么是崇高和远方！

亦师亦友南怀瑾

不拒滴水而成大河，使王福波悟出一个真理：一个人要成为对社会有用的人，必须不断学习，丰富自己，纳知识，升智慧。

菏泽是圣贤辈出与活动之地。它是一部印刷在鲁西南大地上的"史记"。

尧、舜先祖皆曾活动于此；

名相范蠡之师计然，生于菏泽东明县；

"商圣"范蠡居菏泽在陶经商定居，并仙逝于此；

"智圣"老子之师单父，生于菏泽单县，此县历千年未改地名；

道家庄子出生于菏泽曹县；

鬼谷子四大弟子之一的军事家孙膑，为菏泽鄄城人；

汉高祖之皇后吕雉，出生于菏泽单县；

第九章 路向远方

商汤三聘奴隶伊尹为相，伊尹为菏泽曹县人；

相马的伯乐，为菏泽成武县人；

曹植曾在菏泽鄄城侯任上赋诗；

李白、杜甫在此留下数篇诗文；

唐代写下"不第后赋菊"名诗的农民起义领袖黄巢，是菏泽市人……

进入《二十五史》的菏泽古代政治家、思想家、军事家、教育家、经济学家等达200多人。

捡破烂，拜师；治房屋漏水，拜师；搞装修，拜师；干旧城改造，拜师……

学不足，则拜师。商战不可无德、不可无信、不可无谋、不可无智、不可无勇、不可无师。

王福波认真研读每一位在这片大地上留下思想和足迹的先贤和他们的故事。

他崇尚孔子、老子、庄子、范蠡、墨子、伊尹、经商有道的子贡、有血性的水浒好汉、近代英杰赵登禹、王登伦、何思源。与笔者交谈时，他还多次提及鬼谷子，这个被封建社会统治者有意淡化了的思想家、军事家、纵横家、谋略家，其历史影响尚不及他的四个学生——使六国合纵抗秦、挂六国相印的苏秦；以横破纵，使各国纷纷由合纵抗秦转变为连横亲秦的张仪；著名军事家孙膑和庞涓。

孙膑和庞涓一决胜负的桂陵之战，就发生在王福波家乡附近，至今留有一块石碑和一个警世故事。

出于同一师父的两位军事家，却打得烟尘蔽日，你死我活。王福波把孙庞之战看成是一场善恶之战。

孙膑和庞涓同为鬼谷子的学生。庞涓耐不住深山寂寞，辞别鬼谷子，到魏国谋求富贵。庞涓用鬼谷子之谋略和兵法不久便征服了宋、鲁、卫、郑等小国。

孙膑却安于深山，学习鬼谷子真传。鬼谷子见他为人诚挚正派，把秘不传人的《孙子兵法》十三篇细细地教习于他，使孙膑的才能远超过庞涓。墨翟（墨子）向魏王推荐了孙膑，魏王对孙膑很敬重。庞涓妒之，向魏王进谗，说孙膑有通齐谋反之心。魏王下旨，孙膑受刖刑及鲸面，成为不能行走的残疾人。

庞涓故作关心体贴，将孙膑接入府中，要求他把鬼谷子所传的《孙子兵法》十三篇及注释讲解写出来。孙膑夜以继日地在木简上写起来，日复一日，废寝忘食。

一个照顾孙膑起居的男僮十分敬重孙膑，便对庞涓的贴身侍卫讲，是否求庞将军让孙先生休息几天，那个侍卫道："庞将军只等孙膑写完兵书，就要饿死他呢！"

男僮偷偷把这消息告诉了孙膑。孙膑便装疯避祸。齐威王知道了孙膑的境遇，救孙膑至齐。后庞涓兴兵进攻赵国，并围住赵国的都城邯郸。赵国派人到齐国求救。孙膑以"围魏救赵"之法，直捣魏国都城大梁（今开封），使庞涓仓促撤兵。孙膑在桂陵设伏，生擒庞涓。齐威王欲杀庞涓，孙膑念旧情，劝齐威王释放了庞涓。"围魏救赵"不仅成为一句成语，也成为世界军事家研究效仿的经典战例。

后来，庞涓发兵攻打韩国，韩国求救于齐，孙膑运用"围魏救赵"战法，直捣大梁，孙膑又利用庞涓多疑、贪功的弱点，制造军队边撤退边"减灶"的假象，诱魏军至马陵道，预先埋伏的齐军万弩齐发，庞涓身中六箭，最后拔剑自刎。

这应了他的老师鬼谷子的名言：种种因果，都是自己造就的。

以害人始，以害己终。庞涓的霸道，终败于孙膑的人道！

著名的国学大师南怀瑾在世时，不遗余力地弘扬优秀的传统文化。他博学强记，精通儒释道，后半生的大部分时间用来教习、传播国学。

王福波有幸在上海参加一期南怀瑾先生举办的讲习班，学员皆是事业有成的CEO。

第九章 路向远方

课余时间，王福波就对鬼谷子及其学生评价求教于先生。

南怀瑾说：鬼谷子的"捭阖学"把握了天、地、人三才的运行发展规律，直指人心，是中国最早的心理学家。也是谈判学和纵横学的鼻祖。《史记》上只留下他十几字。其时汉室"罢黜百家，独尊儒术"，统治阶级怕臣子和百姓掌握鬼谷子的谋略造反，一直压制他的学说。用谋略犹如玩刀，玩得不好，会伤害自己，只有高度道德的人、高度智慧的人，才会善于利用。我曾引用过西方宗教改革家马丁·路德说的"不择手段，完成最高道德"。但一般人往往把马丁·路德的话只用了上半截，忘记了下面的"完成最高道德"。当年的庞涓和现在的一些人，只讲不择手段，忘了要完成最高道德。

王福波极为赞赏先生之言：谋略、知识、科学、技能本无善恶，而掌握它们的人，却有善恶之心。庞涓行霸道，孙膑重人道，因而得道多助。

先生颔首称是。

南怀瑾先生知道了王福波创业的艰难和企业的核心价值观，大加称赞：你就是当代子贡啊！经商义在利先。福及民生，实在难得。

南怀瑾先生也是个有趣的长者，有一次讲课时间长了，见有的学员打瞌睡，先生停下讲课，作出一个惊艳的提议：你们都是大老板，有钱有能力，看谁有本领20分钟内搞定一个情人？

打瞌睡的学员们立刻都睁大了眼睛。

一位西安交大中文系毕业的旅游公司的年轻老板，第一个举手要上台表演20分钟。他口才极好。邀请了一位美丽的女生登台，开始表白："尊贵的女士，我是×××旅游公司的CEO，我叫李××，这是我的名片。我的公司总资产达五亿元，员工150名。只要你喜欢，我愿亲自陪同你去西安看兵马俑，去青海看盐湖，去四川登四姑娘山，去西藏爬雪山，去鄂尔多斯吃美味的烤全羊……"

女士回答："这些地方我都不想去，我也不愿吃羊肉，你的广告与爱情无关！"

全班哄堂大笑。

第二个上台的是一位上市公司的刘总，经济实力雄厚，北方人，南漂上海，做围巾生意十分成功。他颇具绅士风度，手抚胸口，弓身邀请某电视台的一位综艺女主播，她曾是中央电视台某著名主持人的同事，气质极佳。

"陈小姐你好。我是从外星球来的，我知道你是地球上最美丽的女人。因此，我企业所有款式的围巾都是为你而设计的。我从外星球带来了先进的设计和纺织技术，我生产的围巾不仅销遍中国，还销到俄罗斯、拉脱维亚、丹麦，还有以生产奢侈品著称的法国、中东。非洲人也都喜欢我的产品，关键是我的围巾根据不同国度、不同民族的美学追求来进行设计，质量可靠，美观大方。每年我的销售额能达到××亿元，我所做的一切，都属于你……"

20分钟到了，女士说："你继续卖你的围巾吧，我下去了！"

又是一阵哄堂大笑。课堂气氛活跃起来。

后来又一位上海本地的汽车经销商登台，向一位新疆女孩表白："我经销的汽车有十几个品种，都是高档车——奔驰、宝马、宾利……"

女孩回了一句"我不买车"，汽车经销商的表白结束。

饭间，王福波与南怀瑾先生同桌。他礼貌地对先生说"南老师，你出的题目太难了，老师你能否20分钟搞定一个情人，为学生们做个示范？"

先生有些羞涩地捂着额头说："我搞不定。哎，王福波，你有这个本事吗？"

众人起哄，都想让这个来自水浒之乡的"白面书生"表演一番。

王福波说："我不用20分钟！1分钟就足够！"

"我们太期待了！"

掌声响起来。

第九章　路向远方

王福波目光扫了一圈，盯住身边一位30岁出头的成功女企业家，此女秀外慧中，机敏过人，是"班花"。

王福波看着手表秒针："我选乐佳小姐！"

乐佳小姐面无表情，似乎决心让他败在自己手上。

王福波的眼睛里忽然充满了温柔的爱意："乐佳小姐，从我第一眼看到你时，我就深深地爱上了你，我在青岛五四路有一座500平方米的海景别墅，价值3000万元，我曾给朋友夸下海口，如果我哪天爱上一个美丽善良的姑娘，就把这栋别墅送给她；现在，我当着老师和同学们的面，郑重宣布：我要把这栋别墅送给你。因为我深深地爱上了你！"

乐佳女士激动得一下子搂住了王福波的胳膊，激动地说："我要嫁给你！"

在场十几位女士齐喊："王福波，我们也爱你……"

王福波看看手表，用了18秒！

第二天乘船游黄浦江，女学员们围到王福波身边，气场仍未散去。而失败的男士们纷纷凑来讨教诀窍。王福波说："马克思讲过，人同世界的关系是一种人的关系。那么你只能用爱来交换爱，用信任来交换信任。但你们把货币当成人与人交往唯一的介质，认为可以用货币换取一切，反而失去了真正的需要。"

多年后，乐佳和其他女学友还打电话，向王福波索要海景别墅！

还有一件事情使他的同学们印象深刻。

有一堂课，南怀瑾讲佛教史。下课后，路过一座拱桥，桥下各色锦鲤戏食，十分美观。

王福波问："南老师，你喜欢钓鱼吗？"

先生说："喜欢！我可是钓鱼的高手哦！"

王福波笑了。

南先生好长时间才反应过来："你这个王福波，你在考我，我虽是经常钓鱼，可总钓不着！"

"钓不着也不对。先生刚刚讲过佛家以慈悲为怀，不杀生。你虽然钓不着，有意念就是邪恶，就是恶业。所以，钓到钓不到，都是不慈悲的动念。佛家讲六道轮回，鱼吞了钩，嘴豁了，下世转生为人，就会成为兔唇。"

"王福波啊王福波，你比我悟的透啊，你是我的老师！"

"不敢，不敢！都拜先生教诲。"

当时国学班30多位学员，三人居一室，南怀瑾先生独居一套房。先生邀王福波到自己居室同住，彻夜长谈，有些像六祖慧能被五祖相中，夜授机宜。

先生感叹："我研习了这么多年国学，教了那么多学生，你是最有悟性的一个。经历加体悟，才等于智慧。有些人学习国学，只会背书，而你能应用于实践，且体悟出道来，你会成为大师！"

古希腊哲人亚里士多德从17岁起就跟随其师柏拉图学习，时间长达20年之久。对亚里士多德来说，柏拉图是他的良师益友。他曾作诗这样赞美过柏拉图："在众人之中，他既是唯一的，也是最初的……这样的人啊，如今已无处寻觅！"

然而，在探究真理的道路上，亚里士多德毫不掩饰他在哲学思想的内容和方法上与老师所存在的严重分歧，毫不留情地批评自己的恩师的错误，引来一些人的指责。亚里士多德对此回敬了响彻历史长河的一句名言："吾爱吾师，吾更爱真理！"

叔本华说过：

> 大凡能做出一番事业的人，都是一个独立思考的人。
> 真正独立思考的人，在精神上是君主。
> 如果一个人拥有大量的知识，却未经过自己头脑的独立思考而加以吸收，那么这些知识就远不如那些虽所知不多但却经过认真思考的知识有价值。

第九章　路向远方

　　王福波白手起家，创业有成，源于滔滔黄河水的养育和激励，更源于他不唯书、不唯上、不唯师的实干精神。在创业创新中，他总有自己的独立思考，且能付诸实践。

王福波论商道

一张茶案，三杯清茶，笔者听王福波论商道——

　　一个企业有了正确的价值观，才能做到基业长青。
　　金钱衡量得出的叫价格；金钱衡量不出的叫价值。
　　企业精神，也就是企业家精神。核心，是企业家的价值观。福汉集团几十年打造起来的企业精神，其实就是王福波精神！海尔的企业精神，就是张瑞敏精神；万科的企业精神，就是王石精神。
　　第一，办企业，要坚决听党的话。
　　大裁军转业是听党的话，下海创业也是听党的话，依法经营也是听党的话，旧城改造以民生为本也是听党的话。
　　你是民营企业、个体户，只要共产党员的身份还在，你就是党的儿女。共产党现在是执政党，每一个共产党员都是执政党的一员。经营企业，要通过你的企业运作和企业行为，向社会和老百姓传递正能量、传递公平正义、传递和谐，这是我们的宗旨所在。
　　在部队的时候，每周都过组织生活。汇报思想，开展党内批评与自我批评。有困难、有思想问题向组织汇报解决，感到生活有方向，有奔头。转业回来下海，没地方过"组织生活"，非常别扭。我渴望接受党的领导和党的监督，不然就像孩子没了娘。所以我作为民企在全省最先提出建立党支部，接受党的领导，市里报地区，地区报省委组织部，专门下发了文件，现在我的集团已成立了党委。聚集了一大批共产党员，还发展了新党员，正常过组织生活。企业有了信仰，有了凝聚力，有了发展目标，坚定正确的政治方向，这是企业的政治文化建设，这是中国特色的企业之基。

第二，财富观。

企业是做什么的？

不管经营什么，终极目的都是为了创造财富。企业家是社会资源的配置者，组织起生产力各要素，创造利润最大化。企业需要资本——我捡破烂也需要几百元的资本，收购废品，然后加上附加值售出，赚取利润，周而复始。资本像滚雪球一样，滚大了，然后可以做更多的事情。马克思在《资本论》中深刻地揭示了资本的性质。咱们国家改革开放以来，大众才开始认识资本、接触资本。资本的原始属性也在我们的市场经济中遗传下来。所以出现了"丛林法则"，有人用掠夺、诈骗、造假、偷税漏税、权钱交易等方式追逐金钱和财富。有些跳楼的开发商，初始是被利润的幻象吸引，结果事与愿违，导致悲剧。共产党人手里掌握了资本，资本姓什么？这是经济改革的根本问题。中外很多资本家、实业家，早期不择手段地圈钱，不讲道德，不讲诚信，不要悲悯，用一切手段攫取财富，到了人生将尽时，守着金山银山开始了忏悔，明白了财富并不是人生最重要的东西，才开始做慈善、赈灾、办学校、做公益、回报社会。如果你40岁时就明白了，你的功德更大，会使更多的穷人脱贫，受到良好教育，社会更和谐。我在40岁就明白了这个道理。

最难的时候我身无分文，手里有了资本，就有了经商的本钱，可以有条件调动资源、配置资源，谋取商业利益。但

第九章 路向远方

君子谋道不谋食，我有了资本，等于有了一定的社会资源支配力，有了话语权，但我不以谋私利为目的，我追求共赢、多赢。一个项目挣了10个亿，我不要那么多，9个亿拿出来，建筑商、材料供应商、员工、政府、拆迁户都得到利益，懂得施舍，最后留下5000万元利润，足够了。我实现了共赢，共赢就是我最大的利润。

懂得共赢、多赢，就不难！就不累！就不纠结！

到目前为止，我干的旧城改造项目，全是接的烂尾盘，成千上万的百姓获益。有的来给我磕头，有的在家供着我的牌位，烧香当神敬。我不希望这样。我是共产党员，是转业军人，这样做应当应分。我对拆迁户说："应感恩党的政策，感恩改革开放。"

财富是身外之物，生不带来，死不带去。

人活到极致，一定是素与简。活得越素简，越是能听见内心的声音。这个世界上，没有无成本的占有，你占有的东西，同时也在占有你。

不与国家争利，不与同行争利，不与百姓争利。这是企业构建和谐社会的使命和价值观。世界上最贵的东西是不用花钱的——空气、阳光、亲情、友情、尊严等。资本在经济社会里固然重要，但最宝贵的财富是民心，是企业家能保持内心的淡定和从容。

第三，做企业就是做人。

天道酬勤，地道酬善，人道酬诚，商道酬信，业道酬精。中国的优秀传统文化有着丰富的做人启示。

首先，做民营企业家，自律非常重要，不自律，有几个钱就飘飘然，目无法纪，蔑视百姓，奢侈浪费，挥霍无度，心无国家和百姓，甚至道德沦丧。前阵子市里公务员纪律考试，好多人考不及格，我拿来试卷一看，都是常识。

　　民营企业家讲自律，就像军人一样要自觉遵守纪律，一个不自律的企业家，不可能打造出名牌企业、百年企业。我非常喜欢陈毅元帅的《手莫伸》：

手莫伸，
伸手必被捉。
党与人民在监督，
万目睽睽难逃脱。
汝言惧捉手不伸，
他道不伸能自觉。
其实想伸不敢伸，
人民咫尺手自缩。
岂不爱权位，
权位高高耸山岳。
岂不爱粉黛，
爱河饮尽犹饥渴。
岂不爱推戴，
颂歌盈耳神仙乐。
第一想到不忘本，
来自人民莫作恶。
第二想到党培养，
无党岂能有所作？
第三想到衣食住，
若无人民岂能活？
第四想到虽有功，
岂无过失应惭怍。

第九章 路向远方

吁嗟乎,

九牛一毫莫自夸,

骄傲自满必翻车。

历览古今多少事,

成由谦逊败由奢。

陈毅元帅的诗,是老一辈革命家留给后人的警世格言,是老一辈共产党人留给后来者的遗嘱。

创业艰难,不自律,可以偷懒、少干,边干边玩。我25岁转业,创业30年,没过一个星期天,每年大年初一休半天,这就是我的假期。政府机关、国有企业一天8小时工作制,有双休日,我一天工作16小时。人生有效工作时间为40年。人生的长度都相似,但人生的宽度、厚度却各不相同。毛泽东、周恩来、朱德老一辈革命家,他们的生命强度太厉害了,他们短暂的生命造福了一个民族、一个国家!民营企业家只有自律,才能达到独善其身、兼济天下的境界。

人皆可以为圣贤。圣人有三个境界:

一是技能层面的,如"兵圣"孙子、"商圣"范蠡、"书圣"王羲之、"工圣"鲁班,还有棋圣、诗圣等,只要在某一个领域达到极致,无人超越,便可称圣。

二是大圣。

孙悟空被民间称为"孙大圣",但他是神话人物。明代大儒王阳明可称为"大圣"。文治武功,知进退,有预见性。创立"心学",他的"知行合一"丰富了儒家思想。习近平总书记在多次讲话中提到王阳明的"知行合一",并强调他的"知",应理解为"良知",王阳明说过:"千圣皆过影,良知乃吾师。"我们当今社会最需要的就是良知。为后世留下宝贵的思想遗产，此为"大圣"。

三是至圣。

水低为海，人低为圣。孔子最经典的一句话是"己所不欲，勿施于人"，这句格言挂在联合国大厦的走廊上。孔子任过鲁国司寇，后为奸臣所陷害，被鲁襄王辞退。但却成就了孔子，周游列国，弟子三千，成为后世崇仰的政治家、教育家、思想家，成为"至圣"。

孔子说："人不敬我，是我无才，我不敬人，是我无德，人不容我，是我无能，我不容人，是我无量，人不助我，是我无为，我不助人，是我无善！"能做到这些，有大智慧、大道德之人，能造福社会，造福后人。一位外国人这样说孔子："地球如果没有孔子，人类还是漫漫长夜。"他开启了人类精神文明之光。

第四，一个企业家要有大爱之心。

人最大的敌人是自己。西方有一个哲学家讲"他人即地狱"。中国传统文化讲仁者爱人，人之初，性本善。企业家是配置资源的，最主要的资源是什么？不是资本，不是生产工具，而是人！没有谁生来就是盗贼、泼妇、刁民。如果在旧城改造中，用另一种方式处理问题，很可能还会制造出刁民，甚至杀人犯。

咱菏泽3600年前有个名人——"中国第一名相"伊尹。

他出身奴隶，一出生就被扔在伊水河畔桑林中。一位莘国（夏朝属国）国君的厨师收其为义子。伊尹跟养父学得一手好厨艺，（后世供他为"厨祖"）。莘国公主喜欢吃伊尹做的饭菜。后公主嫁与商汤，伊尹作为奴隶当了"陪嫁"。伊尹不但跟着养父学了一手烹饪好手艺，还聪明好学，足智多谋。他虽为做饭奴隶，地位卑贱，却注意研究三皇五帝和大禹等

第九章 路向远方

英明君王的施政之道。对当时社会有着深刻体验和观察。伊尹后来被商汤用为司厨,掌管膳事。有一天,汤王来到厨房向伊尹问起饭菜的事。伊尹以烹饪之道寓治国之理。伊尹对汤王说:"做菜既不能太咸,也不能太淡,要调好佐料才有味道。治国如同做菜,既不能操之过急,也不能松弛懈怠,只有恰到好处,才能把事情办好。一位贤明的国君,要想治理好国家,一定要善于征求各方面意见,通过'五味调和',制定出适应国情的方略,才会使国家兴旺发达;如果只听一面之词,独断专行,国家就要衰败。治国也要讲究'火候',不能急躁,不能怠慢,应随时掌握变化规律。"

后商汤三聘伊尹为相,联合各属国反夏,终于灭掉不顾民生、残忍无道的夏桀。夏朝灭亡,商朝建立。奴隶成为名相,国君识人,不以伊尹为奴隶而卑之,伊尹奴在灶厨,大爱天下,终成名相。

现在福汉集团逐渐做大,一些名牌大学的毕业生纷纷入职。我先教给他们的不是如何经营、计算成本和利润,而是传递企业文化,教他们如何做一个有担当、有家国情怀的合格的公民,然后才是企业人,包括我的儿子王子冰,我更加严格要求,强调做人第一,学习第一。

中国的未来都写在了中国历史里。"八国联军"还会再来,但是低头而来。我们必有民族自信!

我已过知天命之年,决定55岁就退出,潜心研究国学。我一直被长征路上这样一个故事深深感动着:

红军将领董振堂,是红五军首长。长征路上他率队员负责断后。在部队继续北上的路上,一位女战士突然要生孩子,而且是难产。当时这位女战士疼得满地打滚,身边没有一个医护人员,只有几个红军小战士。一公里以外,董振堂正率领战士拼死作战，眼看着顶不住了，董振堂提着抢冲回来问："到底还有多少时间能把孩子生出来？"没人能够回答。于是董振堂再次冲入阵地，大声喊道："你们一定要打出一个生孩子的时间来！"

战士们死守了几个小时，硬是等这位女战士把孩子生了下来。

战斗结束后，一些战士经过产妇身边时怒目而视，因为很多兄弟战死了，但董振堂说了一句足以载入史册的话：

"你们瞪什瞪？我们流血和牺牲不就是为了这些孩子吗？"

这就是董振堂将军的初心！也是共产党人的初心！

我们说：这也是所有转业到经济战场上拼搏的"无衔将军"们的初心！

后 记

当本书收笔时，忽然看到官方报纸、网站发布的一则消息：

近日，北京市住建委消息，作为京冀地区重要铁路，联络线之一的京霸铁路将改线建设，不再经过霸州，改为连接雄安新区和菏泽、商丘地区的京雄菏商高铁。

一则新闻，万众瞩目。菏泽这座古老的城市，登上了现代化的高速列车，显身于世！

菏泽多年来知名度不高。在一些人印象中，"菏泽土""菏泽穷""菏泽是欠发达地区"……

菏泽，是菏泽市境内远古时期一大水泽，原古时这一地域与"菏泽"并存的另一大水泽是"雷泽"。史书载"舜耕历山，渔雷泽"。传说远古时西北有一个华胥氏部落，一位美丽的姑娘游至东方的雷泽，踩到雷神的脚印而怀孕，后生伏羲。[1]《史记》中曾将此称为"天下之中"。许多历史资料表明，黄河浇灌的菏泽是中华文明的发祥地之一。

---

[1] 肖东发主编：《母亲之河：黄河文明与历史渊源》，现代出版社2014年版，第61页。

无衔将军——优秀军转干部王福波的命运创新

我们在采访主人公王福波时，他多次语音哽咽使采访中断，他抽出几张纸巾，走进洗手间。我们沉默着，等待着……

他是为童年的贫穷而悲伤吗？是为部队的战友之情而动容吗？是为创业的艰难而伤心吗？我们想起了已故的著名诗人艾青的诗句：

> 为什么我的眼中常含泪水，
> 因为我对这土地爱得深沉。

鲁西南大地之子，他的每一滴泪水中都浸润着历史的沧桑，每一丝泪光中都传递着祖辈的苦难。

他的双目涌出的是黄河儿女几千年积压的痛苦与梦想。

这是一片苦难的土地。

几千年来，黄河泛滥造成的灾害，曾使成千上万的百姓流离失所，饿殍遍地，析骨而炊，易子而食……

几千年来，数百次王朝更迭，菏泽发生的大小战争不下数千次，百姓屡遭战争之苦，生产资料和生活资料被战争掠夺，青壮年从军，田园荒芜，食不果腹，衣不蔽体，流离失所，生命如草芥。

自1840年鸦片战争之后，黄河儿女更是陷入外寇的压迫与掠夺的悲惨境地。1938年5月14日，土肥原贤二指挥的第十四师团攻陷菏泽，残酷屠城。无耻的日本士兵在光天化日之下裸体持枪，在城中搜捕百姓，遇到男人用枪打死，抓到妇女群体轮奸。几天之内屠杀我骨肉同胞2000多名，炎黄子孙之血染红了黄河水……

这支异国的禽兽之师，屠城后又分兵到城外的村庄。每到一村，就把所有的村民集中到村外农田里，逼迫村民低头跪在地上，有人抬头，立即枪毙。

一个野蛮民族，要目睹另一个民族跪在他们的刺刀下，剥夺另一个民族的尊严！

后　记

　　就在这一年年底，毛泽东作出指示："派兵去山东，开辟冀鲁豫平原抗日根据地！"

　　刚刚打完平型关大捷的罗荣桓、杨得志、杨勇等将领，率部奔袭鲁西南平原，依靠人民、保卫人民，重挫日伪军，建立起冀鲁豫平原抗日根据地。

　　一寸山河一寸血，九曲黄河吼壮歌。

　　山西中条山战役中国军队失利，中国士兵弹尽粮绝，三面被日寇包围，空中有敌机扫射，面对波涛汹涌的黄河，无路可退，上千名中国士兵一起唱起高亢激昂的秦腔，飞身投入黄河母亲的怀抱……

　　而就在此刻，被日寇重兵包围的菏泽曹县的"红三村"，1000多名群众在水塘中保护着一位没有撤退的八路军战士秦兴体。而当秦兴体看到乡亲们因他而屡遭屠杀时，挺身而出，被凶残的日寇钉上"刑床"，用历史上最残忍的酷刑——凌迟，一刀刀切下他全身的肌肉。秦兴体高喊着："狗日的小鬼子，肉你拿去吧，骨头是我的！"

　　1000多名群众为了救一个八路军战士泼洒热血，一个八路军战士为了救1000多名群众献出了宝贵的生命。这是人间什么样的血性和血缘？

　　纯朴、勤劳、豪爽的鲁西南人民，是根据地的靠山：

　　　　最后一碗米，送去当军粮；
　　　　最后一尺布，送去做军装；
　　　　最后一床被，铺在担架上；
　　　　最后一个儿，送去上战场。

　　冀鲁豫后来发展成了全国最大的抗日根据地，贫穷的菏泽成为它的首府。从抗日战争到解放战争，从这里走出了杰出的国家领导人、元帅、将军、无数革命干部和英雄战士。

无衔将军——优秀军转干部王福波的命运创新

陈云曾经说过：新中国是从冀鲁豫走来的。

菏泽没有被历史遗忘！

古老的黄河诉说着五千年的雨雪风霜、诉说着五千年的繁衍生息、诉说着五千年的艰难求索、诉说着五千年的文明苦旅！

我们被黄河水洗成了黄皮肤，红色的血脉世代传承不息！

在采访王福波的日子里，我们仿佛穿越时空，和他一起重温了他的成长史、创业史，并触摸到他那颗红色心脏的跳动。

本书两位作者亦是转业军人，在最后一次采访中，我们不约而同地想到2017年是建军九十周年。我们没有穿越过枪林弹雨，但我们曾是这支军队血性与忠诚的传人。王福波让司机去买了几样熟食，摆在小圆机上，像小时候围坐在农家小饭桌旁，王福波表情凝重，为每人倒满一小杯白酒：

干杯，为我们的军队，为我们的祖国，也为历经苦难、浴火重生的菏泽！

"无衔将军"起立，站成威武！

三位曾经的军人将杯中酒一饮而尽。

透过落地窗，居高临下把目光望向这座城市。古城如今高楼林立，一片水泥与钢筋的青纱帐与花园式的社区，替代了破旧的棚户区；宽阔的马路上，公交大巴和各款轿车头尾相衔，有序而行；政府投放数千辆时尚的"共享单车"，方便百姓的出行；一座座学校以最好的建筑质量矗立于各市区；郊外，菏泽机场已打好地基，2018年菏泽将飞起铁鹰，云中漫步华夏大地；6万平方米的菏泽高铁站已经在建，它是曲阜高铁站的六倍之大；农机在田野上播种着秋庄稼，农民从繁重的体力劳动中解放出来；阿里巴巴的大数据显示，菏泽的电商脱贫领军全省乃至全国，2017年秋天，一个全国性的互联网论坛将在此召开；大众创业，万众创新，全市已有60万户民营企业破茧而出，积压了几千年的创造力，将像火山般喷发而出……

后 记

菏泽市"十二五"发展规划中提出的打造四省交界的文化高地，已具规模；"十三五"规划提出的富民兴菏八大战略正在逐步实施……

在一代代执政党人的领导和黄河儿女的奋斗下，菏泽正在踏上复兴之路。

数以几十万计的复转军人，隐身在这支复兴的队伍之中，默默地奉献着忠诚与血性。

王福波引用了另一位转业军人的话与我们共勉：

> 坚定道路自信、理论自信、制度自信、文化自信。中华民族是最有理由自信的。有了"自信人生二百年，会当水击三千里"的勇气，我们就能毫无畏惧面对一切困难和挑战，就能坚定不移开辟新天地、创造新奇迹。

一个伟大的民族，一定是一个自信的民族！也是一个充满希望的民族！

历经苦难的祖国母亲，你的儿女与你同在！

李延国　许　晨

2016 年 10 月至 2017 年 6 月

写作于菏泽

出　　品：图典分社
策划编辑：侯俊智
责任编辑：刘　佳
责任校对：苏小昭
封面设计：汪　阳　王欢欢　成洪岩
责任印制：孙亚澎

图书在版编目(CIP)数据

无衔将军：优秀军转干部王福波的命运创新/李延国，许　晨 著. —北京：
　人民出版社，2017.8
ISBN 978－7－01－017956－8

Ⅰ.①无… Ⅱ.①李…②许… Ⅲ.①报告文学-中国-当代 Ⅳ.①I25

中国版本图书馆 CIP 数据核字(2017)第 165843 号

无衔将军
WUXIAN JIANGJUN
——优秀军转干部王福波的命运创新

李延国　许　晨 著

人民出版社 出版发行
(100706 北京市东城区隆福寺街 99 号)

三河市天功达印刷有限公司印刷　新华书店经销

2017 年 8 月第 1 版　2017 年 8 月北京第 1 次印刷
开本：710 毫米×1000 毫米 1/16　印张：20
字数：268 千字

ISBN 978－7－01－017956－8　定价：38.00 元

邮购地址 100706　北京市东城区隆福寺街 99 号
人民东方图书销售中心　电话 (010)65250042　65289539

版权所有·侵权必究
凡购买本社图书，如有印制质量问题，我社负责调换。
服务电话：(010)65250042

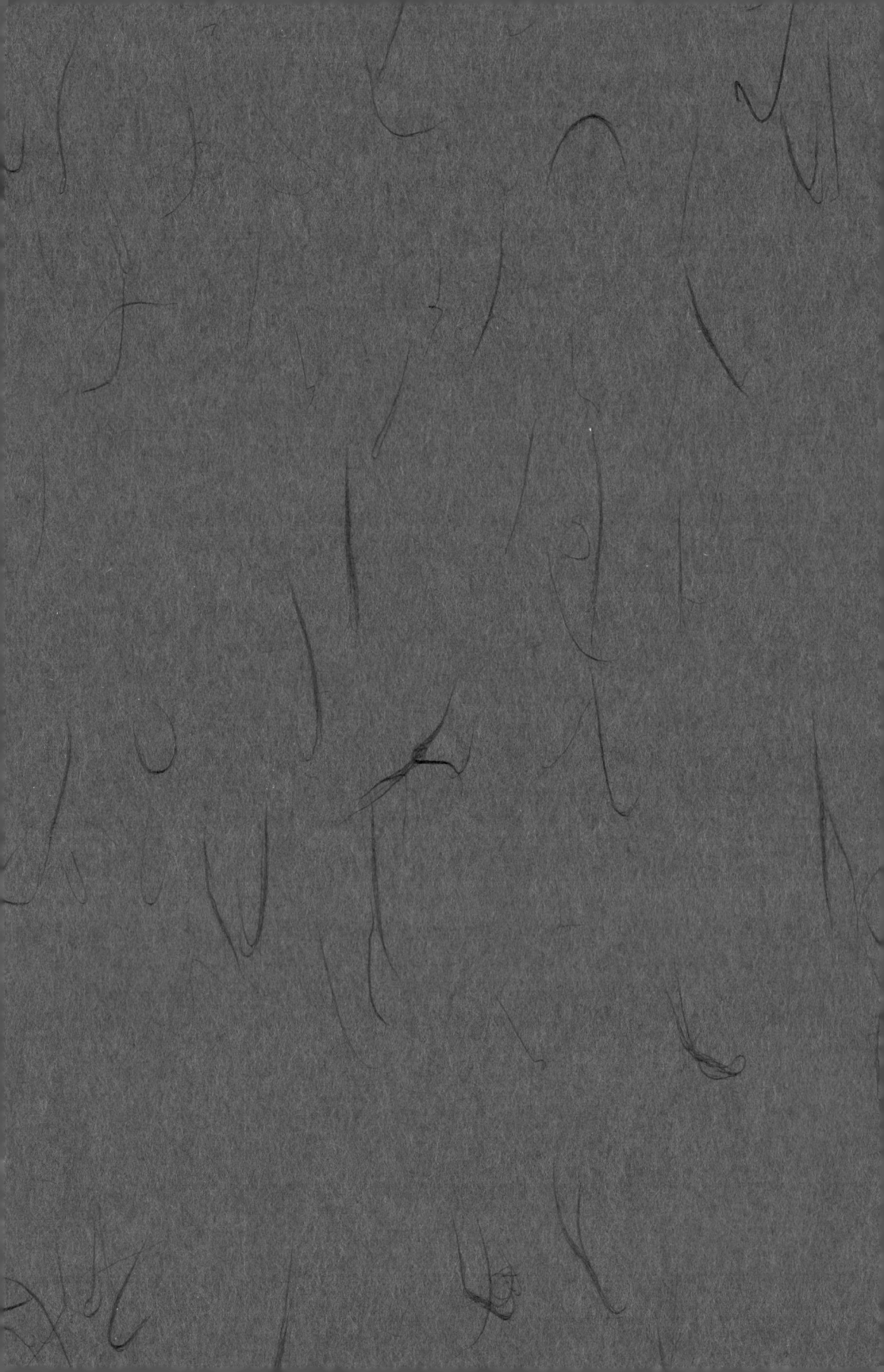